流水

舒羽 著

目錄

第二輯　行書

下江南

冬季到台北來看人

第三輯　草書

序

余光中

從香港回到台灣，來高雄定居已超過二十六年，期間訪客不斷，從香港、台北來的尤多。近年兩岸交流日頻，幾乎月月都有，甚至一月數起。接待多了有時也窮於應付，並不怎麼感到「不亦樂乎」。

去年十一月二十五日來訪的一位陸客，既不隨團，也不客套，更絕口不提〈鄉愁〉一詩，也不像是初踐寶島，而是以年輕詩人的即興來看一位老詩人。其實她也未必是專程來看我，而是受人之託，把我去年清明杭州之行的相關資料轉交給我。她正是詩人舒羽。

其實那天她從西子湖遠來西子灣，也不像是要「問詩」於我。主客坐定不久，她倒問了我一個問題：「你知道在超車時，最重要的是什麼嗎？」當時我不知就裡，竟認真回答。後來她才自問自答，說什麼「最重要的就是要超過去！正如算術算術，最關鍵的就是要算對！」原來是如此，正如亞歷山大大帝對付果底厄斯不解之結（The Gordian Knot），利劍一揮就解決了，而哥倫布對付難立之蛋，也是逕自敲破一端就立定了。

經此一問，我才發現，眼前這位杭州來的女詩人，不是一般遊台的陸客，更非隨意亂問的記者。她的談吐不俗，見解頗廣，那天來得也快，走得也早，都出乎我的預料。她留下的詩集，我因事忙一直未能細讀，直到她即將出版隨筆集《流水》，寫得十分精彩，法無定法，靈動之至。尤其是寫她父親的四篇，以及歐洲與台灣的遊記，我才真正注意到她獨特的風格及其後透露的獨特的性格。

法無定法，靈動之至，這話並不誇張。舒羽學音樂出身，卻投身於浙江的電視台，從音樂人變身為媒體人，可謂內外兼修，既回頭去懷古，又要轉頭來迎今，擠進社會的前線，追逐分秒的變化。所以她的筆路法無定法，十分靈動，簡直像今日大學生標榜的「腦筋急轉彎」。

我寫白話文，強調「白以為常，文以應變」，又延伸為「俚以見真，西以求新」。舒羽似乎更放得開，舉凡白話、文言、方言、成語、舊小說語言，甚至當前的名言等等，她都冶於一爐，結果語境非常多元而且富於彈性，乃形成她不拘常法的口吻，無論敘事或狀物，都佻巧而諧謔，取笑的對象簡直無人能免，舌鋒所及，不但坦然自嘲，而且均沾四周的朋友，連家人也不放過。所以她筆下的人物都帶點漫畫的趣味。以前中文系的作家，下筆都帶儒家的溫柔敦厚，近年就不拘了，台灣中文系出的女作家下筆驚世駭俗的漸多，對岸的同行也早已開放。舒羽筆鋒過處，好在震駭倒還未必。

例如為人盛稱的〈父親四記〉和〈母親的戲劇生活〉就好笑到瀕於「不孝」的程度，真是「有其父，有其母，必有其女」。王爾德就說過：「一頓盛餐過後，你會原諒所有的人，包括自己的親戚」。請看舒羽如何描寫她的家人吧：

現在，父親QQ聊天已經聊得十分流暢了。假如有一天，你在網上遇見一個梳著特務頭，簽名為「阿亨寶貝」的，那麼無論他的網路身分顯示的是七〇年代出生，還是八〇年代出生，都別去招惹他。

「特務頭」該怎麼梳，我實在想像不出來。樣板戲裡有這種臉譜麼？這就是兩岸中文的差異了吧？看過這樣寫父親，再看她怎樣寫母親：

客觀的說，母親的越劇「演出」水準在業餘選手中絕對是了得的，天生了一把沒心沒肺的好嗓子，以至於每次接電話，人們總是會把她六十歲以上的聲音誤認為是家中的小閨女。

嗓子好到沒心沒肺，真不得了啊。我不能斷定，這誇張語法究竟是她獨創，還是今日大陸流行的妙語？可以斷定的是，舒羽能熔鑄的語言十分多姿，無論是香港的「埋單」，或台灣的「抓狂」，都很自然的嵌入舒羽文體的七巧板中。〈最美的誤會〉一文，就有文白不拘、生冷不忌的句子：「一開始語焉不詳，難免抓狂。」

〈記恩師高醒華先生〉一文提到我在金陵大學的往事，說高醒華不但是我在金大的校友，其父高覺敷教授更是我在金大的老師。我曾選修過高教授的心理學；這麼排起輩來，舒羽推算，她得稱我一聲師叔了。我下次再去杭州，醒華當為我撫琴，舒羽也會為我彈箏。這倒是寫詩的大好題材。

凡此種種因緣，峰迴路轉，終把舒羽引來西子灣訪我。在這本《流水》集中，她的西子灣半日行占了好幾頁，很例外的，倒沒有把我描寫成漫畫，不過文筆仍不失生動而兼細膩，該注意的都收入筆底了。無論當日在場與她共餐的我女兒幼珊，或是當日並不在場的吾妻我存，她都顧及。甚至走廊上張貼的我得星雲獎的海報，研究室門上《梵谷傳》出新版的封面設計，她一瞥之餘都不放過。可見她不但是崛起文壇的新秀，也是富於潛力的媒體高手。

《流水》一書分成楷、行、草三輯，很是別致。「行書」三部，一寫遊歐，一寫訪台，一寫下江南，各具佳勝，說明她不僅有兩岸觀，也有世界觀。至於她理論知識的修養，也自不弱。例如〈美人香草是離騷〉一文，娓娓道來，不但中規中矩，而且直覺敏銳，文采可觀，不同於中文人慣使的老套。

寫於二〇一二年五月，高雄西子灣

第一輯
楷書

只見父親扛起一大捆漁網，涉水而行，
半截身體慢慢地飄過岸去。
白色襯衣如同荇菜一般浮游在水中，
而水流湍急，一股一股
在父親腰部形成瞬間解散的小水渦。

父親四記

就像《天使愛美麗》裡女主角發現的那只錫盒，裡面藏著一個男孩了不得的寶貝一樣，關於父親，我也有一個記憶寶盒，裡面收納著我從略能記事起就拾掇起來的珍珠、貝殼。當時光的流水不斷淌過去，我總是時不時打開來檢一檢，理一理。我的寶貝什物太多，一下子倒出來難免堆砌，也不便觀瞻，那就容我零零碎碎一樣樣的數給你，像兒時父親給我和姐姐分發糖果。

打魚記

小時候我一直認為父親最大的愛好是釣魚，雖然我的臆斷已經一次又一次被顛覆，但我可以曬出來的關於我父親的連環畫式的第一頁畫面，就是釣魚。

該怎麼形容那表情，那悠閒中略帶仇恨的憤懣？抿著嘴，上唇擠壓下唇；眉頭鎖緊，拽成一個筆法不太流暢的「川」字形；眼神專注，但也談不上特別專注，因為偶爾也會並無目的地環顧一下四周，左左，右右。可能是因為長時間低著頭，頸部需要抬升幾次以調整關節的靈活度，但我判斷，主要原因是那種無所事事者所特有的莫名其妙的小得意。當然，嘴裡哼著歌。

我的性格具有雙重性，一半陰鬱一半光明，一半熱鬧一半安靜，像黑與白相輔相成。這安靜的一面也許跟兒時經常陪父親釣魚有關也未可知，因為，等一條魚兒上鉤實在是需要忍受一個地下工作者潛伏的孤寂，真能把一個四五歲的小女孩等出輕度憂鬱症來。為什麼太陽都快下山了，魚兒一條也不上鉤來？這是一個盤踞了我心頭好些年的問題，但始終也不敢問。其實也不必問，因為在忍無可忍的時候，父親總是會亮出絕招。

正所謂先君子後小人，當不成姜太公，就當魯智深。每當太陽快要掉進對面的山谷時，父親就「嗖」的一聲站起來，收起漁具，說一句：「去！」我就端起兩張小板凳跟在後頭，沿著蘆葦小徑，隨父親一同來到分水江的一小段支流畔（分水江也是富春江的支流）。我站在岸邊，看父親朝著一大片火紅的水域布下天羅地網……

關於為人處世，父親曾在我少女時代給過我一些忠告，他說：遇到想約你的人，要懂得把握分寸。假如你不想去，前兩次大可不必去，但假如約到第三次，即便是你不想見的人你也要給出一點面子，一來給人留了餘地，二來給自己一個機會以當面謝絕。如此授意後，我笑嘻嘻看父親一眼：當斷則斷，不斷則亂！

蘇東坡說寫文章要「行於所當行，止於不可不止」，釣魚也一樣。只見父親扛起一大捆漁網，涉水而行，半截身體慢慢地飄過岸去。白色襯衣如同荇菜一般浮游在水中，而水流湍急，一股一股在父親腰部形成瞬間解散的小水渦。此時父親距離我足足有十多米遠，但我絲毫不感到懼怕，反倒像個小巫婆似的盯著眼前的一切，以一種略帶哀悼的心情，期待著一場收穫的狂歡！這是一種用尼龍絲編織而成的漁網，魚線透明而柔軟，宛似褶皺起伏的紗窗，抓成一把又像晶亮的圍巾，展開則無限綿長，那網格的細密是專門用於對付靈活的小魚兒的。從那頭返回這頭，父親在岸的兩端各打下堅實的地樁，用漁網將小河攔腰截斷後，叉腰望天，夕陽下佇立，臉上一副有殺錯冇放過的斬決。整個過程除了風聲、水聲，與風水交織的聲音，並無其他語言發生。

「是時候了，夏日曾經很盛大。把你的陰影落在日規上，讓秋風刮過田野。」（里爾克詩〈秋日〉）。是時候了，斜陽已經很濃鬱，父親脫下長褲，用柳條兒紮緊兩個褲管，將我舉過頭頂，騎在他的肩上，然後自己開始一尺一尺的回收置於兩岸的漁網，一枚一枚像採摘果實一樣，直到魚兒鼓鼓的擠滿父親的長褲，時不時動彈幾回，煞是有趣，酷似某種後現代的行為藝術。多年後，每次看見陽光打在水面上，我就想起那場景：從水中躍出的小魚，紛繁的弧線，構成不可捉摸的幾何圖形，江渚上傳來父親發出的幾聲不可抑制的「吼吼」聲，伴著這銀色的旋律。

小時候，吃肉是講計畫的，吃魚對我來說卻是家常便菜，頓頓都有。大魚小魚、水桶腳盆、米缸水缸、一簍簍、一筐筐，一年四季不間斷，說句實話，看著眼煩，心也煩。實在吃煩了，就曬成魚兒乾，潑出去，陽台上一片細碎的銀光。為了釣魚，父親也著實付出了不少代價，母親也跟著吃了不少苦頭。比如遇上漲潮，皮筏艇飄走了，母親雨夜富春江上尋夫，最後出高價買舟救人。又比如午夜，等不回漁夫，後接到醫院電話，說有一周姓中年男子正躺在手術台上切闌尾炎，速來醫院繳錢，順便將門外的一筐魚拿回去。

《易經》、《詩經》、《爾雅》等文獻中早已出現過關於捕魚工具的記載。唐朝陸龜蒙在〈漁具詩並序〉中十分系統地描述過漁具和漁法，有網具、釣具、投擲漁具、定置漁具，有藥魚、燈火誘魚、音響驅魚等等。據此我推斷，父親最後那一招屬於圍魚一類。與陸龜蒙並稱皮陸的皮日休有一組〈奉和魯望漁具十五詠〉，其中「遊鱗到溪口，入此無逃所」，寫的就是圍魚的光景，而「編此欲何之，終焉富春渚」，對於在富春江邊長大的我而言，讀起來更覺親切：

> 波際插翠筠，離離似清籞。遊鱗到溪口，入此無逃所。斜臨楊柳津，靜下鸕鷀侶。編此欲何之，終焉富春渚。

獵鳥記

二〇一一年七月二十七日

午間，我端起飯碗，準備扒拉幾口就出門。父親嘴裡咬著塊油豆腐，慢悠悠地咕噥了一句：「原來寫書的人也會出來吃飯的？」這種不鹹不淡的挑釁，在我父親那是隨時隨地都會冒出來的，我原也懶得理會，但見他損自己的女兒損得這麼有趣，就想起逗逗他拍鳥的事。

「嗯，偶爾也吃點，餵餵腦袋。」我也夾一塊油豆腐，咬一口，放下，問：「老爸，你拍的那一堆照片中有略微像樣一點兒的嗎？」

「這是什麼話？」父親十分警覺地斜睨著我。我趕緊補充說明：「哦，我是想改天寫一篇你拍鳥的文章，然後配上你拍的照片，給宣傳宣傳。」

「呵呵，多了去了。」父親一副滿不在乎的樣子，把剩下的半塊油豆腐放進嘴裡，咀嚼幾口，突然停頓，轉向我，揮舞著筷子，斬截地說：「大片！」

記得有些電視小品，說的是子女因忙於工作，無暇顧及家中的父母而生出許多心酸事兒，我家二老恰恰相反，誰要操心他們的作息時間，敢於提點意見，誰就自討沒趣。尤其像我父親這種愛一行幹一行又幹一行像一行的，任何行當，只要一上手，可不跟那炭鍋子似的，輕輕一撩撥就熱得你燙手。自退休以來，玩音響、養金魚、炒股、學車、攝影、上網、打電動遊戲等等，鬥雞走狗，賞花閱柳，愛好之多用阿扁的說法就叫作罄竹難書。對新事物好奇心重，這沒什麼不好，但他的興趣轉移得也實在是快，就像黑瞎子掰棒子，又像日本人換首相，全然忘卻了我小時候他教導我的持之以恆的大道理。

一個個舊愛撂開了手去，這幾年他又迷上了新歡：攝影。起初還安靜，拍人像，總央求我做他的模特，調焦，調光，不亦樂乎地調到我常常哈欠都出來了。後來技藝精進，搞動態攝影，為了拍一幀「大片」，他起早摸黑，爬高弄低。現如今，也不知攀了什麼門路，竟擠入了杭州市攝影家協會，端端的以「攝影家」自居起來，尤以「專門從事難度較大的鳥類拍攝實踐」自詡。

對於父親的攝影愛好，癡迷於越劇演唱事業的母親持一種充分理解的態度，可謂惺惺相惜。她笑盈盈地在我對面坐下來，眉毛一翹，爆料：「為了拍鳥，你爸爸前幾天還專門去剪了一塊兩米多長的布哩！」「哦？買布？」「是啊，迷彩布。」「這拍鳥要迷彩布做什麼？」

一門不到一門黑啊！父親談起了心得。為了掌握鳥兒的習性，攝影師必須多次踩點，長期觀察，必要的時候還得餵，也就是持續好多天，將穀粒灑在某一棵鳥兒經常啄食的樹下。鳥飛來的時間多為清晨四五點。為避免驚動鳥兒，攝影師通常會在距離那棵樹七八米遠的地方，挖出地洞，把身體整個兒貓進去，只露出迷彩帽下的一對眼睛和一只鏡頭，像地上的一片落葉一樣安靜。只有這樣，鳥兒才會渾然不覺，旁若無人，各種生動的意態才會被攝影師的鏡頭捕捉到。

「哎老爸，躲著就躲著嘛，要布做什麼？」父親用極為詫異的眼光看著我：「一等就是五六個鐘頭，這三伏天的，三十七八度的高溫，焗『叫化雞』啊？」哦，原來是夏天氣溫太高，地洞裡的日子過不下去了，才想用迷彩布支起一個圍欄，在中間挖個孔，伸出個鏡頭，變通個法子而已。

「野雁見人時，未起意先改。君從何處看，得此無人態？無乃槁木形，人禽兩自在。」蘇軾有一首詩〈高郵陳直躬處士畫雁〉，早已經說到專門從事鳥類寫真實踐的極大難度。眼見我父親煞費苦心把自己弄得形如槁木心如死灰，僅僅只為了捕捉翠鳥的一個瞬間影像，我不禁想到當年他同鳥兒之間的種種過節。當然嘍，我也是見證人。

我六七歲的時候，父親就經常帶我去打鳥。他背氣槍，我提乾糧。父親說，打鳥必須要有耐心。為了培養我的耐心，臨行前父親總要給我再講一遍邱少雲的故事。所以我很早就明白，不管風雨飄搖，還是蚊蟲叮咬，當一隻鳥來到了你的視線中，伏在草叢中的獵人都不能輕舉妄動。「據說，最好的獵手最是無心，／哪怕一絲大氣或光的顫抖／都動搖不了他——他凝視而一無所視……。」

慢慢的，我甚至還學會了體會鳥兒的心情：如何遠遠的飛過來，如何忐忐忑忑地在相鄰的幾根樹枝間跳躍，如何從枝幹兒晃動的幅度判斷自身的安全性。如果搖晃過於劇烈，那是因為自身的重量呢，還是源於風的吹拂？終於擇定一枝，安然落定，鳥兒開始自在地啁啾，呼朋引伴……「是時候了，夏日曾經很盛大！」只要父親扣動扳機，那麼這隻鳥就會像一枚成熟的果實一樣，命中樹林上空的一聲槍響。

「鳥！鳥！」就在父親扣動扳機前，我總是會忍不住跳起來，指著樹枝，在蔓草間歡呼雀躍：「爸爸，你看那隻鳥！」

大勢已去。鳥兒飛走了。

這時，仍然趴在地上的父親會狠狠的側過臉來，直愣愣的拿眼勒著我，彷彿父女間所有的情意都在這怒視中一筆勾銷。與驚飛的鳥兒正好形成強烈反差的，是我的呆若木雞。不過漸漸的，我也練就了另一項本領，每當父親用暴突的眼珠子盯我，而不幸我的目光也正好與之相遇，我會讓注視的瞳孔一圈、一圈地模糊起來，直到不覺得自己正在看著他。然後，在某一個不可多得的瞬間迅速將視線平移出去，以一種孩童特有的天真表情平息父親燃燒的怒火。

但我始終不能明白的是，既然屢教不改的小女兒總是這樣關鍵時候掉鏈子，為什麼父親打鳥總還要帶上她，還嘮嘮叨叨的重複那重複了無數遍的邱少雲的故事？也有很少那麼幾次，父親獨自去打鳥，這晚的餐桌上就會多出一盤細胳膊細腿的野味，味極鮮美。我也始終不能明白，我這樣驚呼是沉不住氣呢，還是想給可愛的小鳥報個信？但那不是存心跟父親過不去嗎？嘿，不管怎麼說，一盤香噴噴的麻雀，總也比不上一隻活的麻雀從冰涼的槍眼中逃離，撲騰著翅膀朝天空飛去的那幅畫面，能帶給一個孩子心靈上的慰藉。

那是一個娛樂和餐桌一樣貧乏的年代，就像母親總是變著法兒把大女兒穿小了的衣服改成一件體量合適的新衣，溫柔地披在小女兒的身上一樣，父親也總有辦法讓我們從更為慷慨的自然界獲取更多的營養，比如魚肉、鳥肉。那時的物質生活與現在相比有著天壤之別，但那一種寒儉中突然出現的，因為一點點反而顯得更多的豐盛和溫馨，又豈是現在的孩子所能體會的？

說起物質貧乏，有一件事令父親痛心疾首，至今也不願多提。時間退回到一九九三年左右，那會兒父母每個月的工資收入是幾百塊，可父親不知用什麼辦法唬弄住了母親，竟買了一把價值二千八百多塊的雙管獵槍回來。那一個婆娑憐愛喲，讓我想起王夫人把寶玉摟在懷裡，嘴裡念著皮啊肉啊的甜膩情形。父親小時候的偉大理想是去當兵，還背著我奶奶偷偷去報了名，結果因身高不夠而無緣軍旅生涯，聽說他為此還很是消沉了一段日子。好不容易，現在有了一把獵槍過過癮了，那個喜歡的，我雖是寶貝女兒，槍可是寶貝兒子啊。

無奈好景不長。沒幾天，國家忽然頒布了禁槍令，所有的槍枝都必須交到派出所去備案，而且代為保管，槍的主人一週可以去探望一次。那可是一彈未發的新傢伙啊！我們一家人都十分納悶，又不送飯又不送換洗衣服的，探望什麼呢？我父親本來真是恨不得一日看三回的，後來也漸漸去得不那麼勤快了。再後來就沒有什麼音信，大約是那枝槍要把牢底坐穿了吧。

「老爸，你有空拷幾張得意之作給我，說不定能幫你去報社投投稿。」父親對紅燒油豆腐的喜愛簡直快要趕上他對紅燒素鵝的鍾情了，慢條斯理地一塊接一塊，一副無可無不可的樣子。

就在我背上包快要閃出家門的時候，只見父親一隻手擎著一個隨身碟，探出門外。

二〇一一年九月五日

學車記

「超車這個東西啊，同學們，關鍵是什麼，你們知道嗎？」

我永遠忘不了我的駕訓教練是如何擲地有聲地說出那句徹頭徹尾的廢話的。在杭州徑山竹徑路邊的一家小飯館裡，這位精瘦的教練用一根有點蜷曲的食指，把一張油膩膩的桌子敲得「梆梆」響。

圍坐他身旁的四個「同學們」，有大學教師，有公司財務，有企業主，還有當時在電視台工作的我，屏息洗耳，恭聽著下文。

「是什麼？」最先沉不住氣的是大學教師，求知欲太強。

「梆梆……」教練又在桌上敲了兩下，活像大武生開唱前的高調鼓點，「同學們，超車這個東西，最關鍵的，就是要超過去！」

這天才的回答，讓我電光火石地想起十多年前，初中時的數學老師，用粉筆敲著黑板：「同學們，算術算術，最重要的是什麼你們知道嗎？——就是要算對！」

我的數學成績一直不理想也就不足為奇了，但我的駕訓筆試分數卻高得有點浪費。多年前的那個週末，我帶父母去梅家塢喝茶、吃土菜。飯間，我很得意地亮出嶄新的駕照，炫耀自己如何臨時抱佛腳地把學科筆試考到滿分，又如何才上了四次路就通過了術科的路考，扯篷拉縴，不一而足，得意地忘了形。搭著父親的肩膀，我說：「老爸，要不你也去學開車？總比你一天到晚騎個摩托車拋頭露面的強啊。」我料定，儘管他愛好廣泛，這回他不會真的去學，畢竟已不年輕了。

果然，父親悻悻地說：「開什麼玩笑？我都六十歲的老頭兒了，還學什麼車？年輕二十歲還差不多。」

唉，人無近慮，必有遠憂。扯到這兒如果及時打住，也就沒什麼了，誰知我熟極而流，習慣性地反駁父親：「六十歲學開車有什麼關係嘛？還能開上十年。現在不開，那你這一輩子可就與車無緣嘍。」

有些人實在惹不起。不出幾天，我帶了一箱父親喜歡的新鮮芒果，回桐廬老家過週末，進門卻沒見著他，就打探去向。姐夫說：「還不是你挑唆的，咱家老頭兒最近每天蹦進蹦出的，在學開車，說是你逼他去學的。」「啊，這，唉……」真是欲辨已忘言，無語。

天黑了，還不見父親回家，母親神色有些凝重。都這把年紀了，她怕父親的反應跟不上年輕人。

「沒有阿根辦不到的事！」八十多歲的奶奶平日裡耳背得很，但只聽人一提到自己的兒子（阿根是父親的小名）就滿眼放光，精神一時間抖擻起來。

「他小的時候，有一次，我等到後半夜還不見人回家，到處尋啊尋不到，就敲鄰居家的門。鄰居說，哎呀，這事情可不好嘍，天亮的時候還看見他在塘邊釣魚……我一聽，急煞。趕到塘邊，只聽見『噗隆咚、噗隆咚』，你知道是什麼聲音？」

奶奶每次講故事都很生動，假如版本能更豐富一些的話就更好了。這個段子我已經聽過好幾十回，奶奶又拿出來扯了。什麼聲音呢？原來父親老是釣不到魚，就跳進池塘，用臉盆恨恨地往外舀水。奶奶趕到的時候，池塘的水都快要舀乾了。

掌燈時分，父親終於回來了，一身酒氣加菸味。「學車到這麼晚？」我問。「請教練吃飯。」父親擺出一副老江湖的調調兒，右腿子抖抖兒，靠在沙發上閉目養神，好像在外頭忍辱又負重，勞苦而功高。

惹不起，躲得起。我們知趣的都遠遠的走開了。無處可躲的姐夫損失慘重，他抽屜裡的幾條高檔香菸，漸漸都跑到教練車的後備箱裡去了。

教練占了多大的便宜麼？才沒呢。據說，帶父親的那位教頭可被整慘了。一般一個教練身上都綁著幾十個學員，跟明星排檔期似的，每天跟著排課表出勤。誰知我父親怕自己考不通過，就整天猴著教練，只要有人請假，他就自告奮勇地上車去替補，搞得教練哭笑不得，老跟人說：大清早的，就看見老周背著個水壺到駕訓班的辦公室報到來了。

父親學車，我是鐵了心不提這事，事不關己，高高掛起。然而，是禍躲不過，該來的，還是來了。

一天午後，我正揉著倦眼，「啪」，父親把一個黑本本拍在我面前的桌子上。

「幹嘛？」

「駕照！」

帶著某種預感，我沉重地打開黑本本，看見父親在一寸彩照上看著我，和藹而憨厚。

「幹嘛？」這一次我明知故問。

「不幹嘛，給你看看。」父親一副無事人的樣子。

我四下裡尋找姐姐的目光，直到讀出了一種略帶嬉皮的無奈後，又重新轉向父親，斂聲探問：「你的意思，就是說，要買車了？」

從桌上型電腦到筆記型電腦，從傳統攝影機到數位攝影機，從傻瓜相機到單眼相機，多年來，我和姐姐總是勒緊腰帶買給父親。電子產品最討厭的地方就是能不斷升級，我們一邊忙著倒手賣掉舊版，一邊貼補差價去買升級版。可是哪裡料得到，六十歲的父親，如今又給我們搞出一本汽車駕照來？

「你的意思，就是說，要買車了？」我的聲音，鎮靜得略帶悲劇意味。

「啊，買車？這麼急幹嘛？」

這位二十四歲就開始當廠長的人，閒庭信步，臉上不顯山不露水。突然，好像想起了什麼似的，猛一回頭，一擺手：

「八月份再說好了。」

八月份再說？我和姐姐面面相覷，再將目光一起投向牆上的日曆：七月，二十八日。

「是時候了，夏日曾經很盛大。」父親把他的陰影落在了女兒們的心上，他的話像風吹過空蕩蕩的牧場。我和姐姐像兩捆被收割的牧草，歪歪斜斜的彼此攙扶著，挪到書房裡。「你那兒能湊多少？」「這個數。你呢？」……

既然都七月二十八號了，又何必捱到遙遠的八月份？

「走吧，」我們說。

「哪去？」父親問。

「汽車城，買車去。」

「女孩子家就是性子急。我不是說嘛，八月份再說，現在就要趕著去……」

很快，父親像是老大不情願地走進電梯。

到了汽車城，我和姐姐非常默契地一起看中了一輛小型轎車，價錢在十萬元以內。「就這輛吧。你看多麼小巧，停車也方便。」「嗯，排量1.4，綠色環保。」

「排量多少啊？」父親跟在我們後頭轉來轉去，「動力太小了吧？超車不太方便。」母親終於忍不住發飆了：「超車不太方便？你個時髦老頭，都這把年紀了還超車不太方便？」

開著新車回家的路上，我跟父親說：「老爸，聽我朋友說他開了一家飛行俱樂部，現在已經開始流行自備小型家用飛機了，改天帶你去感受感受？」

見我問得這麼認真，父親也認真的回答我：「開什麼玩笑？我都六十歲的老頭了，還學開什麼飛機？年輕二十歲還差不多！」

二〇一一年九月十四日寫，十九日補

上網記

「你爸爸得老年癡呆症了！」

這一回，電話那頭母親說得非常嚴肅。我有點懵：「老年癡呆症？怎麼可能？」

「是真的。不騙你！」母親的申訴有長時間的停頓，似乎有一種介於憂心忡忡與痛心疾首之間的複雜情緒在折磨著她。

莫非歲月真的不饒人，就連行動力如此之強的父親，竟然也早早得上了這顫巍巍的病？我的心一拎，「怎麼回事？別急別急，慢慢說嘛。」

於是母親就慢慢地說了起來。「今天早上，社區有個很重要的演出，我本來是說不去的，她們一定要叫我去，還說菊蘭啊，你不去這戲怎麼唱啊？你唱得這麼好的都不去，我們跑龍套的撐不了檯面啊……」

我聽得有點恍惚，這細枝末節的生活敘述在小說中通常出現在大悲劇來臨之前，我預感一個烏雲匝地式急轉而下的戲劇性場景即將出現。「哦母親，咱們先說爸爸老年癡呆症的事兒，行嗎？」

「我就是說這個啊。這不，我趕著出去唱戲，到了樓下才想起手機沒帶，我就在樓下叫，元根——，元根——，幫幫忙，把我的手機送下來。唉，老頭子光顧上網，半天也沒反應！」

高潮懸而未決，母親繼續鋪陳，急煞人！

「然後呢，媽媽？咱們說重點吧。我現在為了聽你的電話，把車臨時停靠在非法停車區……」

「然後？然後你爸爸就得老年癡呆症了！他突然打開窗，二話不說，喏，把你買給我的那支紅顏色的新手機從四樓扔下來了，直接摔在水泥地上。」

「啊！結果呢？」我也傻了。

「結果？啪一聲！裂開了，像石榴一樣，裂成好幾瓣！」

世間有許多事情的結果是可以預料的，比如玩物了就喪志，又比如談戀愛了成績就直往下掉。但是，上網使人提前得老年癡呆症，我卻始料未及。

「好的，媽媽，我知道了。明天把他的電腦充公了就是。」我趕緊把車開走，該幹嘛就幹嘛去。父親母親，一個玩演出，一個玩遊戲，我真吃不消這一對玩主！

之所以惹出母親諸多怨氣，我深知自己難辭其咎。父親如今成為一名廢寢忘食的網遊高手，而且到了這步疑似「老年癡呆症」的田地，始作俑者，捨我其誰？

十年前網路剛剛興起，我花了四千塊給自己買了第一台電腦。想著父親退休不久，投閒置散在家，心理肯定有落差。於是我咬咬牙，七拼八揍又買了一台，忙忙的給他送了過去，心想著總比他跟幾條金魚過不去，養死了一茬又一茬強吧？更何況今天搬音響，明天拆摩托車的，弄得左鄰右舍都不消停。果然，他從此以後，既不出門，也不點燈，深居簡出，息事寧人。家中除了鳥鳴山更幽地傳來幾聲網路象棋的「將！將！」聲之外，再無其他不妥情事發生。

「老合投閒，天教多事。」敏而好學的父親去新華書店搬回了一套「電腦入門叢書」啃了起來，過不久便成了能手，連許多別人用不到的功能都掌握了。

一天，晚飯桌上，我說想把一台52寸的背投電視機換成一台液晶壁掛式，既順應潮流，也節省空間，只是發愁原先那一台又高又大的舊電視無處安置。剛準備徵求意見是不是送到老家去，母親就遠遠的隔著餐桌朝我遞了個眼色，意思是讓我別提這事。她知道這傢伙費電。父親悶著頭，自顧自喝老酒。

晚飯後，逮住母親洗碗的空檔，父親把我哄到房間裡，把聲音壓得低低的：「這台背投電視什麼都好，螢幕也大，畫面也清晰，但是你的觀點我贊成，新時代的年輕人應該用新時代的新產品，優勝劣汰是事物發展的必然規律……」

「不必說了，背投你拿去！」我別過頭，一舉手，攄開五指，阻止了父親一套宏大的進步論。

不出一週，母親氣急敗壞的投訴電話又來了。「啊啊，都是你慣的！還不快回來看看，這家都成什麼樣子了！」

過去一般人家客廳裡作興貼牆做一溜矮櫃。我家客廳格外逼仄些，一排矮櫃對面就是一排沙發，之間相距不過兩米。憑心而論，也著實給父親出了一道難題。這52寸的背投電視原已虎背熊腰，加上底座，足有一米多高，再放在矮櫃上頭，那真是頂天立地，人站著看還得仰視。

「是時候了，夏日曾經很盛大。」父親情急之下，焚琴煮鶴快刀斬亂麻：拆！

我一進門，只見一片殘垣斷壁，中央兀立著一台龐然大物，開膛破肚散了一地的亂線。一溜矮櫃統統都不見了。

還有什麼可說的，除了趕緊掏電話請木匠泥水匠上門。

塵埃落定後，父親安逸地將背投電視螢幕連接到電腦上，在遼闊的戰場上開始了新一輪的網上廝殺。怪不得他如此性急地要我優勝劣汰，原來他好推陳出新。至於，那一樁「把你公司的投影機借我用用」的事兒我就按下不表了吧。

其實，我父親並非完全玩物喪志，也曾為振興家庭經濟做出過積極的探索和努力。A股從六千點坐過山車滑到三千點之前，我父親的枕邊書是《股神祕笈》。

在醫院做財務的姐姐，業餘還特別成功的加盟經營著幾家服裝連鎖店，有一天回家時從店裡帶回來一副雙肩背帶，就是電視劇裡華僑們經常搭配在西裝褲上的，那兩根可撥可彈的鬆緊帶。當時父親正穿著一條大褲衩在翻祕笈，見姐姐過去一本兒正經地幫他穿戴上身，就嚷嚷道：「幹嘛幹嘛，這是？」

著裝完畢後，姐姐饒有興致地解說：「你看你吧，車也有了，眼看著老妹又買了筆記型電腦給你，索性再給你配上這樣兩根背帶……」

「什麼意思啊？」父親一臉丈二的表情。

姐姐一邊解說一邊演示：「從明天開始，你就這樣『嗖』一下把車停在股市大廳門口，接著打開車門，像港片大亨一樣從車裡慢慢鑽出來，叼一根雪茄，胳肢窩下夾一個筆記型電腦，沒事兒四下裡望望天氣，然後就這樣，拉起背帶，『嘣嘣』彈兩下。」

我和母親都已經笑得快掌不住了，父親還死撐著，湊上去問：「彈兩下幹嘛？」

「不幹嘛。時髦老頭嘛，帳戶裡沒錢不要緊的，派頭大就行了！」

炒股之外，父親還發現上網的好處多多，不僅能自個偷著樂，還能與民同樂。

那天正好是國慶前夕，母親的一位戲友聽說我回來了，就趕過來向我請教怎麼化舞台妝。剛走進房間，就對著牆上那張花花綠綠的拼音圖表大發讚嘆：

「嘖嘖，你家小外甥真是神童啊，不到三歲就學拼音了！」

「哦，那是我老爸的。學打字，聊ＱＱ。」

現在，父親ＱＱ聊天已經聊得十分流暢了。假如有一天，你在網上遇見一個梳著特務頭，簽名為「阿亨寶貝」的，那麼無論他的網路身分顯示的是七〇年代出生，還是八〇年代出生，都別去招惹他。

二〇一一年九月二十二日

母親的戲劇生活

母親喊我下樓，說余杭塘河邊有個小販在賣紫砂壺，還有一些好看的花瓶。於是我不緊不慢地把一個臉譜形狀的書簽夾進一本書裡，又蹭到鏡前胡亂抓了一把頭髮，靸雙拖鞋，踱下樓去。大概是過於慢了，母親又折回社區花園來迎我，遠遠地站在那兒揮手。有這樣的母親是種難得的幸福吧，會為一些好看的瓶子特特地來邀我，又像個閨蜜似的，特特地趕著來迎我。

我母親最大的優點，在於她經歷了物質極其匱乏的年代後能夠極快地融入當下的生活節奏和消費習慣，一副被平反後的地主家小姐的派頭。大概這跟她祖上是山東某地刺史有點關聯吧。假如遇上別人起了頭，她也會和其他長輩一樣念及當年的艱難，但那敘述的口吻完全是應酬式的，大有一種奔向新時代之後一往無前的達觀。

對她這樣一個參與營造了這座城市一派歌舞昇平的盛世景象的市井楷模、社區明星，我常常肅然起敬，雖然其影響力僅限於某街道或片區，但那熱情是很燃燒的。一個人的生命力究竟有多旺盛？油田可以勘探，而我母親體內的蘊藏卻實難探底。

那是幾年前了，我還在電視台工作的時候。有一天我正窩在機房裡剪一條片子，來來回回地擺布著一個球星的人生，剪不斷，理還亂。姐姐打來了電話，口氣絕望：「你那個老媽呀，我真搪不牢（普通話的意思是『受不了』，杭州話的意思是『隔不牢』），飯也不燒了，外甥也不接了，跟幾個老姐妹在江濱公園敲腰鼓，紅紅的嘴唇哦紅紅的胭脂……」

我試圖回到那個球星錯亂不堪的人生並幫他梳理出一個像樣的頭緒來，於是巴望著能儘快結束這個電話：「以前又不是沒敲過，大驚小怪的！」

「問題是她敲完了，還捨不得回來，戴個假睫毛，招搖過市！」顯然姐姐的情緒有點激動，一半為了假睫毛，一半為了我的不以為然。

「大家都戴了吧？隨她去嘛，有什麼辦法？」

「妖怪，妖怪，你們都是妖怪！」電話掛了。

這種公案一年總要受理個七八回，反正那會兒我那位母親跟那位姐姐一起住在離杭州一個小時車程外的老家桐廬。讓太監去急好了，天高皇后遠，對此類投訴，我形同信訪局的接線員，最多也就報以幾聲無關痛癢的批註：

「腰扭了啊，你不是在醫院工作嗎？」

「她說叫演出就叫演出嘛，有什麼好理論的？」

「社區怎麼了？藝術面前人人平等啊，人生處處是舞台！」

「好啊下鄉，倒貼點飯錢、路費有什麼不可以嘛，這叫精神饋贈，光榮啊！」

……

「妖怪，妖怪，你們都是妖怪！」在這種情況下，姐姐的詞彙總是顯得有些單薄。

隨著女兒朵朵的到來，我那隔岸觀火的清愜日子也就結束了。母親著實出讓了幾年大好的光陰，在她鞠躬盡瘁地看護下朵朵長勢喜人，很快就進了幼稚園。於是乎，母親的「蘊藏」又充盈了起來。

有天晚飯後，我扔下碗筷正欲避進書房，母親一把拉住了我，滿臉誠懇：「你知道杭州有個地方叫黃龍洞嗎？」明知故問，她很清楚我在黃龍洞旁念過幾年藝校。我選擇單刀直入：「是的，很多人在那裡唱戲，你也可以去唱。」

母親的眼神頓時變得柔和甚至祥和起來。是的，相比大女兒，這小女兒要善解人意得多。「我想買個音響……」母親道出了她的想法。

「買！」我不假思索地回答後發現，不對啊，音響已經有了啊，話筒也是齊全的。然而，已經受到鼓舞的母親緊接著說：「我認識的那幾個老姐妹可是一人一個音響啊，那東西拎到哪兒就唱到哪兒，真叫一個方便。現在的人，真有辦法！」

拎到哪兒，唱到哪兒？整天拎個移動喇叭，一放下就開唱，形同賣唱。呀，這如何是好？風水輪流轉，現在做皇后的是姐姐，我成了那個上訪的人。她心平氣和地說：「你才知道麼，我早就跟你說過了，稍安勿躁，事情還多著呢！」老姐一副過來人什麼沒見過的架式，而且聽不出絲毫同情。

我是息事寧人的人，可這件事我尋思著忍一忍也未必就能過得去，只得到母親跟前，巴巴地規勸了一番：「姆媽，你說你整天拎著一個喇叭多不方便？杭州的公車又擠，再說，再說我總覺得這跟賣唱沒什麼兩樣，何況你這樣年紀，也不大合適……」

母親聽後用憐憫的眼神看著我，一臉孤標，大約是嗔怪我境界太低：「賣唱？那叫演出！」

客觀的說，母親的越劇「演出」水準在業餘選手中絕對是了得的，天生了一把沒心沒肺的好嗓子，以至於每次接電話，人們總是會把她六十歲以上的聲音誤認為是家中的小閨女。尤其是那支〈焚稿〉，哦，就是《紅樓夢》中黛玉吐血而亡的那一段，淒淒慘慘戚戚的，果然動人，假如不看扮相的話。跟《紅樓夢》沾邊的事體我都沒得說，家裡人都知道我從小到大翻爛了好幾套，說句公道話，但憑母親的嗓音實力，社區一枝花的稱號確是當得起的。然而，有些事情可以鼓勵，有些事情絕對鼓勵不得，我錯就錯在把實話實說了出去。母親一聽我的評價，聲音立刻哽咽起來，彷彿他鄉遇知音，因激動而更顯遲緩和清晰，並時常伴有短暫的停頓：

「其實，平時，我也不大高興跟你們講的。其實，大家都說，菊蘭啊，你唱得好啊，怎麼就唱得那麼好呢？我說，哎，你看我們家，小女兒吧，第一年寫詩就寫了一本，還出了書，我呢，一開口，大家就說好啊，怎麼就那麼好呢！」

哎呦呦，還扯上我。這都哪兒跟哪兒啊？情何以堪！

於是我終於學會了謹言慎語，不該接茬的再不接茬。比如母親一邊洗碗，一邊有一搭沒一搭的說起杭州電視台即將舉行「明珠盃越劇大擂台」的賽事活動，一邊又探出身來跟我閒話：「杭州台，你總認識的吧？」

「不熟。」

「哦，你是浙江台。對了，浙江衛視有個《戲迷擂台》……」

這一刻，我必須保持冷靜加冷漠的態勢，必須心不在焉，必須心有旁騖，必須將眼神巧妙地平移，而且腳步的節奏必須跟上去，必須閃出她的視線，然後，必須扣準時機閃出門去，從此假裝沒有聽說過，而且絕無再聽一遍的興趣。我可以為母親的演出事業提供一切必要的物資配備，服裝、道具，好吧，甚至假睫毛，總之母親大人想怎麼演出就怎麼演出，但我本人從形式到內容就不必參與了。有受人委託，向電視台的老同學求情，幫著說過好話的；有替某特產打過包裝盒，再加兩拎手帶的；但實在不好意思跟人家開口：「喏，你看，那細瘦個兒的是俺母親，能不能幫伊折騰個名次？」

其實並沒有什麼特別好看的花瓶，以及能引起我興趣的器物，普普通通一個中年男子，擺了一個地攤而已。路燈下圍了一些人，問的多買的少。但這小販很會捕捉人心，說自己是開了一家門店的，只是坐在店裡頭一會兒天黑了，一會兒天又黑了，守著反倒沒生意，不如出來和大家聊聊天。以此說明他的貨品來路清明，只是商道難行，買賣不易，再說，這樣送貨上門，也給街坊們行個方便。假如是在前幾年，興許我又會叮叮噹噹搬一堆回去，而今家裡可優游的空間實在已不多。象徵性地，俯下身，我捏起了一個深褐色的小紫砂壺。它伏在我的掌心裡，圓潤，敦厚，通體無字，卻也惹人憐惜。問了價錢，一百三，比想像中要貴點，於是放下。可馬上另有一名男子接手過去殺價，已經降到一百了。雖不相干，但心裡到底有些莫名的凌亂起來。正在那人猶豫的間隙，母親重新拿起它：「八十！成交？」說著，她就管自己往盒子裡裝。那男子朝母親稀奇古怪地看了一眼，一點脾氣都沒有的樣子。

二〇一一年七月二十六日

女人幫

耳朵裡的小矮人

早晨起來，發現右耳突然聽不見了。整個身體好像只剩下頭部是有知覺的，又脹又痛，其餘的部分都很輕，輕得像幽靈。而今天的頭部主要由耳朵構成，心臟似乎也移到了這裡，在我耳朵裡突突跳。聽覺影響一個人的空間感，頓時覺得所有的人都變遠了，自己也變遠了。我相信別人覺得我一定更遠，因為我尚且聽不見自己說話，別人又怎麼可能聽得見我的呢？

耳朵為什麼會聽不見了呢？不清楚。大約是因為昨晚做了一個夢，夢裡天空下雨了，雨水流進了地面的大溝小壑，最後都囤積在耳朵洞裡了吧？右耳積水少一些，而左耳的災情相當嚴重，時間就這樣胡思亂想著過去了，等想到是不是該對耳朵施救時天色已晚了，只得提心弔膽繼續捱著。

也許一個身體有障礙的人，內心會比平時虛弱一點，因此我不敢告訴別人，只悄悄透露給六歲的女兒：「朵朵，我的左耳聽不見了！」

朵朵聽了之後，從沙發上蹦下來，附在我耳邊，朝裡面吹了一口氣，然後拿自己的耳朵抵在我的耳廓上，凝神靜氣地聽，隨後看著我的眼睛，問我：

「有沒有聽到沙沙沙的聲音？」

「有。」不管三七二十一，我先答了再說。

「倒下了嗎？」

「什麼？」

「耳朵裡的小矮人！」

我用極度崇拜的眼神看著她。真主保佑——阿彌陀佛——阿門，幸虧我的眼睛沒問題，能看到這張如此明亮、鮮活的臉蛋。正在我出神的時候，朵朵伸出兩隻小手指，嚴肅地說：「有兩個。而且，他們在單腳跳。」

她一邊用兩條肉嘟嘟的手臂抱起一條胖乎乎的左腿，把它搭在胖乎乎的右腿上，一邊單腳跳起來……跳一會，又很不放心地側過身來，湊到我的耳朵前面，重新刺探一番：

「他們你推我，我推你，一直在說話，沒停過，而且說得很快。」

過了昨天生日，朵朵就正式六歲了，這年頭她很喜歡用「而且」這個詞。好像一個參謀長忽然想到了一個在此之前被疏忽了的隱患，她睜著一雙渾圓的杏眼，放出手電筒裡邊的電珠子那種力道十足的光芒——而且剛換過新電池，站在我的正前方，神情中有一種既抱歉又遺憾，但又不得不說出來的凝重：

「媽媽，你的耳朵是不是有點痛？」我點點頭。

「因為耳朵裡面有肉肉，肉肉是軟的，小矮人的腳腳是硬的，它這樣『蹦蹦蹦』的跳著，所以會痛。而且，他們的手指頭是尖的，碰到肉肉，肉肉就會痛！」

我長長地嘆了一口氣，又重重地點點頭，堅強地說：「嗯，我知道了。」

門鈴響了，我老姐來了，給朵朵帶來了六一兒童節的新裙子。都六歲了，朵朵對試衣服這種被動的肢體動作已頗感厭倦，聳聳肩，彷彿在說，這種身外之物多一件少一件又有什麼要緊？但只得被吆喝著去了。

可是沒了朵朵，我耳朵裡的小矮人怎麼辦？我對後面的故事很好奇，只得直著脖子叫喚：「朵朵，那後來呢？」

她跑過來沉痛地告訴我，「死了！」

「啊？可我覺得他們明明還在單腳跳。」

「那你明天去醫院修一下吧，」走兩步，又回來，「哦，那裡我就不陪你去了。」

理解，這種地方的確還是少去為妙，萬一被抓去打針……

二〇一二年六月一日

禮物

母親節到了，要不要送件小禮物給母親？正巧在網上閒逛，瞥見一件不錯的連衣裙，想它或許會適合我的母親。但付錢之前，還是猶豫了片刻，因為展示它的女郎過於年輕了：豐胸，翹臀，褐髮鬈軼。更要命的是衣服的牌子：夜淑。

但是，我堅信它能博得母親的歡心。

衣服的款式十分現代，橢圓領子，無袖，兩側略有一點翩翩的開合，玲瓏又動感。裙子的長度在膝上，再上一點，只是一點。面料的顏色有些斑斕，像彩虹打架，揉作一團，最後是綠色占了上風。這件連衣裙整體上看非常醒目，但談不上誇耀，對於母親這樣一個對舞台抱有持久的熱情，又對觀眾深深負責的社區戲劇界明星來說，它在審美上具有一種出乎意料的效果。如果僅看衣服的款式和顏色，一般像母親這把年紀的姐妹們都會覺得眼前一亮，喜歡，但欠缺一點為己所有的信心，而且很多人甚至連想都不敢想。然而，什麼叫時尚？有時就在於那麼一點點恰到妙處的偏頗與臆想。我果敢的為母親選擇了它。

快遞先生來敲門那會兒正值午餐，因此餐桌裡唯獨消失了母親一個人，她躲在房間裡試衣服。房門打開，我由衷驚豔，但曉得母親比我更激動，於是仍然克制了一下情緒：「基本上像春晚王菲唱〈傳奇〉時的裝扮。不過她搭配穿的是一雙粉紅色的襪子，哦媽媽，那你總吃不消的。」

「吃得消的。」母親笑，開玩笑。見父親沒有掉轉頭來欣賞的意思，她就索性佯步走到餐桌旁，細聲細氣地問：「老頭子，你覺得怎麼樣？」

父親什麼沒見過，特別是這些年來。他認認真真的回頭看了一眼，繼續轉回來扒飯，沉著冷靜地評點了一句：「總之，你只要記住，別把人嚇去就行。」

「嚇去了，我就給他抓嚇！」

母親伶牙俐齒的搶白，讓我想到了另外一個問題。據說人的智商百分之七十五遺傳自母親，雖然我永遠都不會承認我拷貝了母親百分之七十五的智商，但常聽人抱怨我反應的靈敏桿順滑得有點脫軌。不過襪子的事情比較重大，還得跟她說說清楚，我並非全然玩笑地叮囑道：「要穿黑色的襪子，而且要厚一點的，我房間裡有一雙炭灰黑、暗格子的就好。」

現在我來說說，什麼叫「嚇去」，什麼又叫「抓嚇」。

這是我老家桐廬的土話。一個人，只要發現其神情異樣，比如鎮日表現出不明就裡的憂傷，茶飯不思，心神不寧，或者是醫生也解釋不了的渾身乏力，母親就會煞有介事的斷語：可能是被「嚇去」了。至於被什麼「嚇去」了，那是另話。

診療的方式很簡單。找一個當地的神婆，她會把米裝在一個碗裡，像魔術師一樣用一塊手帕把碗包起來，在被「嚇去」的人頭頂上轉幾個圈，嘴裡念念有詞。然後，打開手帕，她會告訴你從米的紋路中她看見的答案，什麼時候，什麼地方，被什麼「嚇去」了。很明顯，「抓嚇」治的是心病。

也有比較務實的方法，叫「收土」。煮一顆雞蛋，去黃留白，再找一個銀手鐲或一塊銀元，剪一縷頭髮，《長物志》裡說「桃為仙木，能治百病」，有桃樹葉子最好，沒有也不十分影響法力，然後把這些個神叨叨的物什一起包裹在一塊乾淨的手帕裡，讓「嚇去」的人平躺在床上，用這個包裹擦身：螺旋狀按摩，從頭部開始，腳丫子出去。擦過一遍，解開手帕，看看銀器是否已蒙不潔。哎，的確，每次銀器都十分值得信賴的變黃或變黑，其程度往往都能與身體的不適程度相匹配。用去污粉把銀器重新擦亮，然後繼續，直到銀器的顏色慢慢變淺，說明身體的病正在離去。

我和姐姐從小就被母親這麼折騰慣了，以至於一聽母親說要「抓嚇」或「收土」了，就覺得身子軟乏了，回憶自己一定在某時某地被什麼「嚇去」了，要收一收土氣了。有一次我看到銀器的顏色黑到發亮，便直挺挺地倒下去，心字已然成灰。

「我去唱戲了啊！」母親穿著綠色占上風的彩虹裝，戴著我送她的紫金石手鐲、裴翠項鍊，挎著一個閃閃的皮包，神采熠熠的出得門去，奔向她永恆的舞台。走到陽台上，我遠遠地目送她騎電瓶車的背影：大約是因為無袖怕風，母親身前反抱著一件長袖襯衫，電瓶車好像載著一尊嶄新的藝術雕像，等著屬於她的觀眾們在幕布墜下後發出的那一聲驚嘆。

二〇一二年六月七日

只生一個好

我生於七〇年代末，是最後一茬非獨生子女。那個年代，到處都貼著「只生一個好」的標語。眼看著一個個光榮的獨生子女趾高氣昂地從我面前走過，而我身邊卻永遠站著一個要與我瓜分寵愛的姐姐，她樣樣色色都要跟我爭，與我搶，連一個小小的蘋果都要分成倒楣的兩半，我還不得不穿她穿小了的舊衣裳。「哦，我的人生中居然多出了一個姐姐！」這幾乎是我童年最大的悲哀。

為這事我耿耿於懷，過了好多年才弄明白：按次序，她在前，我在後，要多也不能多她呀！於是只得恨恨地嚥下了這口氣。也因此，我很小就懂得了什麼叫哀愁。漸漸的，我喜歡獨處，喜歡形單影隻的閒逛。看那些獨身子女們唧唧喳喳地扎堆在一起，總覺得缺乏點深度。

至於姐姐嘛，我也沒給她多少好日子過。

幼小的時候，我們住在父親單位的宿舍樓裡，就是那種一長溜走廊，對開門的公寓。大人都去上班了，閒得實在無聊而又沒處開銷，只好找姐姐尋開心。有一次，我滿臉幽悶地跑到母親工作的地方，拉上襯衣袖子，指著一處紅紅的米粒小的傷疤給母親看。廠區裡小孩多，但都沒我小，母親生怕我被人欺負了，著急問我是誰弄的。我只得勉強招供：「阿姐。」晚上姐姐放學回來挨了一頓臭罵，於是，她反過來指著我罵：「這不是上個禮拜她自己弄去的嗎？明明已經好了，結痂了，她故意挖出來的。」

又有一次，我家搬到了江對面，一棟兩層的小洋房裡，我也差不多快上小學了。晚上停電，點蠟燭。我強忍著痛苦，臉色蒼白地蹭到樓上，母親正在練鋼筆字，就著燭光，我向她攤開滿是水泡的手掌。「這是怎麼說的？開水燙去了嗎？」母親喊著，不知如何是好。

「是……是……阿姐！」

「作孽啊！」母親氣極，蹬蹬蹬下樓去抓人。

要製造這樣慘烈的假象其實很簡單：當白色的蠟燭流下滾燙的淚水，你就勇敢地伸出手掌，接住它。等它們一滴一滴在掌心凝結以後，像極了一個個新鮮的水泡，尤其在昏暗的燭光下。不過，剛滴下去的時候稍微有點燙，但也不至於不能忍受。

光陰似箭，轉眼我念小學了，識字了，也就學會了一些更精緻的淘氣。而姐姐已經長得很高，喜歡穿長長的喬其紗連衣裙了。她是初中生，可以留在學校裡吃中飯。我呢，每天中午都會搬一張小板凳，端端正正地坐在四合院中間，懷抱著一本黑皮的筆記本，那是姐姐的日記。等院子裡的小孩都到齊了，我就打開日記本，大聲朗讀起來。記得那次湖南衛視的主持人汪涵扶一扶眼鏡，瞪大了一雙眼睛問我：「你，都念出來了？」我點點頭，如實回答：「都念出來了！」

知己知彼，百戰百勝。等我開始寫日記的時候，我很老到地在扉頁上貼一條警告：「誰看誰小狗！」所謂防賊不防君子。多年來，姐姐似乎的確沒有光顧過我的日記。直到去年，看了那期電視節目後，才不小心露出口風：「哼，居然敢念我的日記！唉，有些人啊，寫日記就寫日記唄，還夾一張紙條在裡頭，『誰看誰小狗』，好像真的有誰想看似的。」

再往後，我們舉家搬遷，跟奶奶一起住在縣城裡。姐姐喜歡看港台言情小說，我喜歡下五子棋。管它大人小孩、獨生子女不獨生子女的，全都不是我的對手。下棋嘛，出奇制勝、巧取豪奪、欲擒故縱。一部《孫子兵法》那會兒雖沒讀過，可我對哪一招哪一式不心領神會？但是，跟誰下都可以，就是不能跟姐姐下。

跟我姐姐下棋，那是全世界最無聊透頂的事情。有時候我兜兜轉轉，苦心經營下一處活子，然後佯裝不在意，哼著小調，故意偏過頭看著左邊棋盤，企圖引開她的注意，她就不偏不倚，只盯著右邊的棋盤看，一直看，一直看，直看得我心裡發怵。不一會兒，她就眉開眼笑起來，順口接過我才哼著的小調哼起來，不緊不慢，把我埋下的那點心思挖出來，掰開，揉碎，碾成粉，化成灰。

尤其不能忍受的是，她明明知道你想幹什麼，在幹什麼，就是不鳥你，只管自己在小小的棋盤上揮霍撒野，吹口哨，睡大覺。等你終於緊張得連呼吸都不能條達，只差一步就成功的時候，卻看見她手指在棋盒裡撥過來撥過去，精挑細選出其中的一顆，然後用食指和中指輕輕夾起，右手一抬，舉過肩膀，然後把一張媚臉湊到你鼻子前面，粉面含春威不露地笑著，然後裝神弄鬼地嘆一口哀怨的長氣，「啪」的一聲，棋子落盤！然後，你萬念皆空，想死的心都有了。

做人要厚道啊！生活的經驗一次又一次警醒我，勝利的時候千萬不要像某些人那樣高調！

但是輪到我占上風的時候，我似乎也沒少施展過那一整套才藝組合式的奚落法。

姐姐有一個連我自己也同意的說法，她說，只要我喊她一聲「阿姐」，那一準沒有好事。也的確，在普通意義上，無人情往來的情況下，我都直呼其名，或叫她「瑤克頭」。不過，我和姐姐也不是沒有同甘共苦的時候。

記得那次我們得知街上來了一個做爆米花的師傅，我倆就一左一右抬著一包大米飛快地跑過去。那會兒的爆米花機器是用一個拖拉機頭改造的，突突突的噴著蒸氣，特有工業感。米往上面一個大漏斗裡倒進去，下面就不間斷地擠出一條長而又長的白色中空管子，師傅會一節一節像甘蔗那樣掐斷。管子是甜的，因為加過糖精。一會功夫，就裝了滿滿一麻袋。兩個人抬回家，守著一只麻袋，聚精會神地啃起來，沙沙沙，我忘了寫作業，沙沙沙，姐姐忘了做晚飯。直到天黑了，父母下班回家來了，打開米缸的蓋子才知道，今天我們家是揭不開鍋了。

終於，姐姐參加工作了，談戀愛了。姐姐特婉約，特瓊瑤范兒，特招人喜歡，包括我，因為我也開始讀港台言情小說了。所以，我責無旁貸，義無反顧，為戀愛中的姐姐做了許多積極有效的掩護工作。

「哎呦，姆媽，我肚子痛！」說著，就把衛生間的門關得乒鈴乓啷的響。反正演戲這種事從小便已輕車熟路，就義演一回好了。

「這幾天腸胃感染的人特別多，我看還是陪你走一趟比較放心。」姐姐關切地說。母親聽了當然樂意，大女兒在醫院工作，諸事便利的。一出了家門，姐姐就一溜煙地追自己的魂兒去了，我則在距離他們五十米開外的地方望風，在瑟瑟寒風中轉圈子，吊影子。那情景就不必贅言了，明清小說裡多得是。

還有一些辰光，姐姐一個人出去，讓我晚上不要貪睡，給她留門。咚咚咚，門響的時候，我就螳螂似的翹手翹腳地給她開門。但也有幾次還是吵醒了父母，我耳尖，一聽到臥室裡有翻身或咳嗽的聲音，就索性揚聲叫喚起來：「周瑤，你今天怎麼回來得這麼晚？都九點半了！」雖然我這麼大聲嚷嚷著，姐姐還是感激涕零地握著我的手，像地下黨同志。因為時下客廳牆上的時鐘，正赫然指向午夜十二點。那是水晶鞋遺落的時候，是灰姑娘回家的時候。

哦，補充一點，那位王子就是我現在的姐夫。沒別人，真沒別人！

二〇一二年六月二十六日

石明弄26號

此刻，夏季正喧囂在屋外，辦公室的空調發出均勻而倔強的悶響。不知為何，在俗事紛至，並欲將我五花大綁的這一個連鐘錶都在熱力中狂奔的午後，我忽然開始懷念起我祖母的舊居，桐廬縣城一條小巷裡的那一間木結構的幽暗屋子，我童年時居住過的，鄰里間無縫連結的，石明弄26號。

我更小些時候的童年是在分水江的渡船中度過的。拉著大人的手，每天我都要從一個兩旁長著蘆葦的堤岸碼頭坐船，渡到江對面去，在一個叫橫村的小鎮裡開始我每天的幼兒生活和部分的小學生活。我在那條江裡游過泳。比姐姐小五歲的我和比我大五歲的姐姐，兩姐妹加起來還不到十五歲，但歡暢的笑聲比江水更清澈。十歲那年，也就是我三年級的時候，隨父母一起遷居到桐廬縣城，轉讀一小，在石明弄26號的巷子裡，過完了我高年級的小學生活。

石明弄26號是向公家租來的房子，兩塊錢一個月。鬱悶，陰涼。那裡所有人家的灶房和起居間全都在一樓，而臥室全都在二樓。連接白天和黑夜的是一條木頭梯子。很黑，沒有燈。但上上下下，那麼多年過去了，似乎從來沒有人覺得需要過。那些年，祖母一直在電力局的炊事房裡做小工。她每天總是很早很早就輕輕地起來，掀開我那一頭的被子，穿衣，然後把木頭樓梯踩出咚咚咚的悶響。我每天的第二次睡眠都是從這個聲音開始的。我很習慣，甚至依賴。那些年還落下了認床的毛病。一次住在小姑家，我整整哭了一夜。

祖母的故事比她的屋子更陳舊，我可以倒背如流：童養媳——凶婆婆——不知愛惜的丈夫——棍棒之下的青春——祖父去世後長年寡居的日子。每一個細節我都十分熟稔，熟稔到甚至我的講述比她自己的講述更有條理，可她還是不停地講啊，講啊，彷彿所有流逝的歲月全賴這講述而得以存活。

從初中開始，我們全家便搬離了石明弄，住進了分水江畔的洋塘社區，父親單位分的一套兩室一廳的公寓樓，那時叫「大套」了。五十多平米，五個人住。我和姐姐住一間，父母和祖母住一間，中間隔一排櫃子。但我還是會經常湊到祖母床上去，陪睡在她的床榻，腳邊，聞著紅花油的味道入睡，直到中學畢業。後來姐姐大了，常有人追上門來，終歸不便，我們又在同一個社區內添置了一套略大一點的房子，父母和姐姐都搬去了新房子住，我又陪祖母在老房子住了幾年。再後來我就去杭州念書了，兩位姑姑開始與我們一起輪流著瞻養祖母。

有時我覺得祖母還活著，但很多時候我覺得她已經死了。我想像過很多次，當某一天一個電話響起，我會是怎樣的心情。也許並沒有那麼難過吧，因為我的難過在很久以前就過了。而我對她的情感，也早已留在了她病骨支離、苦澀淒清的過往歲月中。

現在，家裡人已經沒有誰會再願意去回憶石明弄裡的日子了。對於我們家，那只是非常短暫的居留，像一群遷徙的候鳥曾經停靠過一個凌亂的飛地。時光荏苒，舊城煥新，而今更是無可留戀了。可我在那裡認識了郵票，學會了下五子棋，也是在那裡懂得了女孩應當穿漂亮的裙子。最重要的是，我用打遍整條巷子無敵手的五子棋的輝煌戰績，斬獲了隔壁金氏兄弟家所有我看得上的郵票，並在此結束了我飛揚跋扈又懵懂無知的短髮生涯，學會了無故尋愁覓恨，有時搔首弄姿。

祖母安寧幸福的生活也正是從這裡開始。在石明弄26號，她不再僅僅只是一戶人家的小媳婦，而是一個獨立、完整的女人。四十多歲時她送走了眉目低垂的丈夫，剩下一個牙關緊閉的婆婆遺老鄉間。雖然從祖母十歲進門起，這位冷肅的婆婆就沒放過一天晴臉子，但她臨終前的滌衣、換褥，以及其他晚輩避之唯恐不及的悉心看護，都由祖母默默地承擔了下來。日子雖積困而憔悴，但她就這樣帶著三個孩子從頭建立了一個她心目中真正的家。辛苦可想而知，但再也沒有委屈。

祖母勤儉慣了，她至今無法理解大城市裡的房子為何動輒上百萬。上百萬的錢，是什麼錢？她一直問我，你辦的廠叫什麼廠？我說我沒有開工廠，只是辦了一家公司，於是她問：哦，公司啊，那麼你辦的公司叫什麼廠？後來，又問我廠裡有多少人，是不是每一個人都在我廠裡吃飯？談到這些，她即便不再說什麼，眼睛裡也難掩顫抖的激動。

每每這個時候，我什麼也不說，跑進她的房間，從枕頭底下摸出《聖經》，像中學時那樣，一行一行，為她朗讀讚美詩。

二〇一〇年八月十三日

記恩師高醒華先生

我有一段羞愧的回憶。幾次想說，也說過幾次，但究竟不能自已。撰此小文，以自警省。

二十年前，父親託人請了一個家庭教師，為我補習要命的數學。不，對我只能叫算術。

老師家住在桐廬中學的宿舍樓裡。那是一個冬天，每次我幾乎都是從寒風外一步步移挪著進門的。老師長著一張清瘦而謙恭的臉，每次看到我都先自欠身，問候，那一種含笑禮答，好像是我即將要為他補習。翻開課本前，他修長的愛人總會為我調一杯蜂蜜，還往裡面加濃濃的蜂皇漿。甘甜的蜜水，泛起飽含營養的黃色芬芳，我捧著它，由衷感到慰藉，彷彿所有的勇氣都在這只杯子裡。但不知是蜂蜜的甜膩使人睡意昏昏，還是數學課本上的古怪文字原本就不屬於漢字的範疇，總之，書本一打開，我便渾渾噩噩不知去了哪裡，靈魂出竅，或者簡直就是瞌睡。但心懷歉疚啊，父親還等在侵肌裂骨的寒夜風中，靠在摩托車旁，從一數到六十。我沒法再回憶下去了，一次次到了這個關節總是忘記，我實在記不得蜂蜜之後的事了。

我相信，這位數學老師一定也做過一番長考：為什麼他經年累積的教學經驗，在這位女學生身上竟收不到一星半點的回報？今後假如再遇上這樣頑固的材料是直接放棄，還是展開新的探索？如果是我，就選擇前者。不過，關於我所說的「羞愧」，這件事只是無關主旨的聯想罷了。我主要想說的，是關於我的古箏啟蒙老師——高醒華先生。

二十多年前，高老師在我眼中就已經是一位老人了，再不會更老了。大約是父親對我的功課絕望了吧？眼看著小女兒年歲虛長，卻沒有一技之長，想想有點不甘心吧。經他的同事引薦後，素性疏懶的我終於懶洋洋的被父親帶到了高老師的面前，也從此結識了古箏。

回憶二十多年前的自己，對人對事實在是一無所知。往事如煙似雲，而我當時就已經覺得一切都是雲煙了。總之什麼都不在意，而今能留下的便是記憶的潮汐中，篩落下來的堅硬的貝殼。

高老師的父親是金陵大學的高覺敷教授，我國著名的心理學家，也是最早翻譯佛洛伊德著作的學者。余光中先生曾在〈金陵子弟江湖客〉的文章中寫到：「還有一位高覺敷教授，教我們心理學，口才既佳，又能深入淺出，就近取喻，難怪班大人多。」高老師和余光中同是金大的校友，又都出生於一九二八年，月份也只相差一個月。這樣算起來，余光中先生竟是我的師叔了。

高老師解放前在部隊擔任過文化教員、政治指導員、藝術幹事等，機緣巧合又師從古琴大師徐元白，轉業後做了桐廬中學的副校長。他身形高大，挺如松柏，總是穿一件淺色中山裝，無論行走、坐臥、言談、撫琴皆遒勁有力。父親說，他是當地出了名的硬骨頭。

我想像著，文化大革命期間，當高老師站在那一個因仇恨而瘋狂的舞台上被批鬥時，他那一頭柔軟的頭髮是如何擺布著他憤懣而寬闊的額頭？據說，那個拿碗粗的棍子狠狠擊撻老師的膝蓋，逼他下跪的正是他最喜歡的學生。此後多年，老師再沒有摸過琴彈過箏了。直到一天，一隻老鼠在隔板上踮步走弦時，弄出的聲響再次喚醒了他對音樂的記憶。轉眼已是滄海桑田。我不懂那些，也不敢放開膽子去想，因為想起來會害怕。我只是跟他學彈古箏。

每次走到老師的宿舍樓下，我總能聽見弦聲不斷。輕手輕腳地，我走到門前，等一曲終了才敢敲門進去，但一曲總要等很久才終了。也有幾次，我剛走到門口，屋內的琴聲便戛然而止，再聽見凳子移動的聲響，門就開了。我笑著，喊老師。

我不是一個勤勉的好學生，但對臨時抱佛腳卻攢下了很深的心得。古箏課一週一次，若練早了，回課那天少不得拋到腦後，欲速不達。每天練吧，做做哪有說說那麼容易？由此，我總結出一套行之有效的方法：回課的前一天，最好是當天，埋頭狂練，時間一到，不等摘下玳瑁指甲就直奔老師家。這趁熱打鐵、新鮮出爐的效果往往堪稱如意。指法雖不能十分嫻熟，但也不好就說我沒練過，雖然結結巴巴，但畢竟彈下來了。至於樂性麼？這種天賦中帶來的東西本來就跟練習無關。有就有，一開始就有。沒有就沒有，再練也不會有。關於這項上不得檯面，卻屢屢幫助我蒙混過關的陋習，高老師從未正面指出過。至於旁敲側擊的話嘛，我大部分都聽不懂的。為師之道秉承的是儒家思想，講究的是一個「仁」字，他大約只在心裡遺憾，「看來這女學生天分不高？」

高老師雖為一介寒士，但他有一項明文規定，那就是光收學生，不收錢。除我之外，高老師門下還有不少徒弟，但我覺得他最喜歡我。每每遇上什麼琴會雅集，他總讓我抱著箏跟在他後頭，自己則背一架古琴。他最喜歡的琴曲是〈關山月〉，有唱詞，那歌者就是我了。「明月出天山，蒼茫雲海間。長風幾萬里，吹度玉門關。」一青蔥一樣的丫頭，吟起大漠荒煙一般的曲子，總顯得有些不識愁滋味吧？在一側俯首弄琴的老師不知對我的演唱有怎樣的評價？對此，我一直不敢問，我全部的努力只在於：千萬不要忘記歌詞啊！至於其間的意義，那是二十年後的事了。

後來，我離開了家鄉，到杭州的浙江藝校學習音樂。新老師第一堂課就要求我們從最基本的指法開始學起，從頭學起。

從頭學起，就意味著將從前覆蓋嗎？那時我淺薄的這樣以為。慢慢的，會的曲子多了，技法也掌握得更全了。一年暑假回到老家，電台的主持人戴小姐邀我做訪談節目，節目裡播放了我的演奏錄音，也請我談了學藝的過程。當問及我的古箏老師是哪一位時，我全無心肝的只報出了藝校毛麗華老師的名字。聒噪了一個多小時，不可謂不洋洋灑灑，對我的啟蒙恩師高醒華先生卻隻字未提。而那個時候，高老師就守在收音機前，因為是我自己打電話請他收聽的。

羞愧啊！小小一個女孩，出門學了幾年藝，就樂顛顛的忘了出處，負了師名。是存心，還是無意？實在已經辨不清了。對一個女孩，人們總是給出最大的寬容，但這一次我必須毫不掩飾的批判自己，不再找任何理由。因為無情的光陰不會再一次原諒我的虛榮！我沒有辦法去回想收音機旁老師的心情，我只是不斷地想起多年前曾經使他飽受創傷的得意門生。所以，當主持人又一次邀請我去做訪談時，一開頭雖應了，但臨陣又逃遁了。

一泓泠然，淒清入耳。我的老師像一杯茶，濃鬱在前，淡泊在後，二十年後我才慢慢品出了這水之源頭，取自清泉。我看見清冽的泉中，倒影出一個個泛著漣漪的回憶：「同學，快到校門口去，你舅舅來看你了！」高老師依舊穿著一身淡色的中山裝，背一個灰色的塑面大挎包，站在那裡，想必是他剛參加工作或結婚時添置的，見我來了就笑：「我跟門衛說我是你舅舅，」然後指一指自己的打扮，「哈哈，一般舅舅的形象，大約就是我這樣的吧。」又想起那些年與老師一起抱琴背箏，在富春江畔參加一個個雅集的舊事，才恍然，原來對音樂的認知就是對人事的認知，對人間冷暖的認知。

歲月教會了我什麼？每當憶起這些往事，我總會這樣問自己。也常常默想：老師啊，學生多想親手為您奉上一杯茶，一次一次的為您注滿它，直到茶水從深變淺，由濃轉淡，直到您品出我一身的空無。

二〇一〇年九月五日

最美的誤會

今夜，我正客居在溫州甌北鎮的一家旅舍中，一叢幽幽的琴音不知從何處漏出，竟將我引到了一個冷綠淙淙的水邊，一洗長途的勞頓。

古琴，淡得那麼濃烈，又濃得那麼悠遠。那一袖一袖的捨去，能把人的心掏空，直到體內又重新填滿虛無。是的，它總能以輕撫的方式揉疼你本以為足夠堅硬的內心。我曾幾度將自己視為現代的古人，想像我在古代可能的身分與境遇，但終於還是沒有一個如意的結局。於是放棄，回到當下。

此時的一片琴音，卻鉤沉出我記憶中一個與古琴有關的美麗的誤會。

十多年前的一個秋天，經人推薦，一位來自日本的女留學生找到了我。她的名字我已忘記，印象最深的是她腳上那雙飽滿、挺括的皮鞋，內斂、精緻，一塵不染。她隱約長著一張微豐的臉，常表示出一些謙卑的頷首，無言的問候。由於語言的關係，使她與生俱來的謙恭氣質愈加顯見了。不過，對學音樂的人來說，語言的隔閡向來是不很要緊的。在她之前，我曾教過六名來自不同國家的留學生彈箏，一開始語焉不詳，難免抓狂，漸漸的卻總能心領意會。

像我的老師曾經為我做的一樣，我們去琴行挑古箏，去書店買樂譜，然後由我一週一次去杭州大學（現在的浙江大學西溪校區）的留學生樓給她上課。在我看來，她不夠靈敏，但仍算得上是一個好學生，好就好在她對中國文化的尊敬與癡迷。除了教給她一些必要的技巧外，我更多的給她講一些演奏之外的東西。比如，古人撫琴時最好面向一窗幽竹，燃上一炷沉香，那麼即便音樂停止，冉冉青煙中，依然音韻嫋嫋……這樣的音樂課，她很喜歡，我也是。大約我小的時候比較愚鈍，老師只忙顧著授我於技法，但我認為成年人之間的音樂課應該是這樣的。

君子之交淡如水，課外我們還算不上好朋友，也許是因為無處不在的東方禮節吧？但是每節課前，她總會為我沏一杯綠茶，準備一碟誘人的點心。淨几暖爐，素瓷靜遞，每每我也就笑納了。伸出沒帶指甲片的左手，捏起一片餅乾，放進嘴裡，然後用專注的表情和柔和的聲音分享她溫婉的盛情：「嗯！好吃，真好吃。」就這樣，我品嘗到了許多種日本的傳統點心，她也學會了〈漁舟唱晚〉、〈出水蓮〉、〈漢宮秋月〉等幾支中國的經典古曲。

可是，人生的轉折總是伴隨著人生的錯愕，不期而至。

有一回課後，我正欲起身告辭，她喚住我，然後從毛衣口袋裡掏出一封信來，恭恭敬敬地用雙手遞給我，眼神中有明顯的不安與躲閃：「老師，請您一定回去以後再看！」

打那以後，我就再也沒有去過她的宿舍了。依稀記得，碎花信箋中大致的意思是：

萬分感謝這段日子以來您教我演奏古箏，讓我結識了這一優美的中國古典樂器。但深感抱歉的是，我一開始想學的是古琴，而不是古箏。

信的結尾大約還有一些深度致歉之類的繁文縟節。我讀信後的第一感覺有一些複雜，但很快就平息了心情。我從心底裡理解她。我也何嘗不希望自己能學會撫琴？

這個小小的誤會，像極了一個意味深長的音樂小品。日本女孩其實從看見古箏的第一眼，就知道她要找的並非這種樂器，而是七弦琴。可她不說，將錯就錯，照舊買下來，學起來。細細想來，不外乎兩種可能：一是她礙於引薦者的情意，不好意思就此駁了這位新老師的面子；再者就是趁此多學一門中國樂器。但這些已不重要，重要的是，如果把這則故事看作一個音樂小品，那麼它已在我心中引發出同一主題的二重變奏。

多年前，我與古箏一見鍾情。掀開綢緞的第一眼，便驚豔不已。只見二十一條青絲白玉的琴弦，緊緻地布在一片木紋琴面上，宛若一位端莊與嫵媚並重的女子，意蘊天成。而隨著年齡的增長，我對音樂的審美慢慢從古箏的溫婉伶俐，過渡到了古琴的蒼勁幽遠。總覺得古箏是給別人聽的，明亮、美好又嬌媚，惹人憐，招人愛；而古琴是給自己聽的，自言自語，自己聽見了，別人才聽得見。如果說古箏是一位繾綣於花期密約的女子，那麼古琴則是一位沉思者，蘊藉著靜謐、理性的光輝，飄忽中兼具入骨的遒勁，如中秋的朗月，烘月的雲暈，拂雲的清風。

這一轉折來得如此自然。從古箏到古琴，從二十一根弦到七根線，從一個女孩到一個女人。琴弦少了，歲月長了。

自那封信後，我相信那個執著的日本女孩，必又輾轉找到了一位中意的琴師，從此琴聲將如何伴隨她今後的每一段旅程。而我，雖心繫古琴，卻至今未能親近。這一封悵然的信哦，要往哪裡投遞？而遺憾，又為何總是停留於自身？

但我深信，這一天不會太遠。

二〇〇九年十一月二日

鮑貝寶貝，五線靠譜

有些人，有些時候，是不太理智的。哦，這話不對，重說：有很多人，在很多時候，都是很不理智的。比如我，手邊分明還欠著幾篇文章，算一算承諾過的時間，著實有些緊迫了。但我這人就是有一種特殊的緊慢失調的天賦。這跟那些個一聽到主持人報到自己的名字，就果斷地想起必須要去一趟洗手間的演奏家還不太一樣，我的「中心游離」是一種癡頑而又闊綽的習慣性骨質疏鬆。就像剛才，我突然給鮑貝發了一條簡訊：

「我突然有點想寫一篇小文章，〈鮑貝寶貝〉，好不好？」

很快，我收到了她輕快的答覆：「好的，你寫，我欣賞。」

想想不太放心，我又跟了一段庸醫式的叮囑，以便於在遇到不測時好推卸責任：

「我若寫了就寫了，肯定會給你看的。但假如沒寫，你以後可別問我，就當沒發生過。不問，還有寫的可能，問了肯定寫不了的。因為重要的事情，我永遠在意不起來。」

為什麼會在這種「中心游離」的時刻想到鮑貝？因為她才是一個集空洞事物之大成者。每次，當我自慚又做了幾件不靠譜的事情後，我就想一想鮑貝，想她站在青海的高原上，澎湃地對著一片廣袤的綠草做出了一個野草一樣潦草的決定：我要買下你，買五十畝草原！

起初聽到這則新聞，我還試著幫她做過一番精神分析。比如說，是不是有草原情結？聽說有不少去過草原的人，會相信她的前世就是那裡的一頭奶牛。更有甚者，有人在西班牙的巴倫西亞山區度假時，會因為太陽下山的動作過於壯烈和優美而瞬間頭疼，甚至輕微抽搐。這一症狀據說叫「快感缺乏症」，醫學解釋是幸福的威脅帶來的突發恐懼。人們總是懷疑幸福在遙不可及的地方，它只存在於將來，過去和現在所經歷的一切，不過是那一個至高的幸福到來前的序曲，就像佛教徒的此生，只是下輩子完美人生的前傳。——但我不清楚，當下輩子真正到來時他們又該怎麼想，下下輩子？

美是想像中的東西，怎麼可能就這樣出現？的確是很可怕的，當夢想中的烏托邦遽然成為了眼下逼真的現實，美的法西斯！這樣看起來，鮑貝比那位西班牙鄉村旅行者要堅強得多啊。她不過是想買一片空曠的草原，來安放一個大而無當的美夢而已。但總有一些稍嫌理智的人，會像早晨五六點鐘的鬧鐘一樣，點醒夢中人：

「如果你可以去草原買一片草，那麼你為什麼不可以去東海買一片海，去雲南買一片雲呢？」

由於提問者的邏輯過於緊緻，以至於鮑貝覺得這人的問題問得太荒謬絕倫了，簡直不可理喻。人在面對太多選擇的時候，最後往往只能選擇放棄。一片草、一片海、一片雲，換了誰，都會拿不定主意的。

今天下午，鮑貝跟我通了一個很長的電話，只是為了告訴我，她聽從了我對她靈魂塑造計畫的勸告，已經正式開始學古琴了。這個消息，令我大感欣慰。

前一陣子，我邀請她來我的咖啡館。順便說一句，鮑貝總是喜歡到她不喜歡去的咖啡館去喝咖啡。我請她來不是喝咖啡，是來聽古琴講座。講座結束後，我鄭重其事地告訴她：作為一名中國女性，如果不積極地投身於今天的文藝復興運動，是可恥的。來吧，我們一起學古琴！

她聽後，停頓了一下，接著用一種對自己很不負責的態度，對我的提議報以輕蔑：「你放心好咪，我學不會的咪，我連簡譜都不認識的咪。」說完就想換頻道。

好在我有毀人不倦的意志，歡天喜地的回應道：「哦鮑貝寶貝，我太意外了，你居然還知道這個世界上有一種圖畫叫簡譜？這就靠譜了嘛！」

我很快想到了一個例子，正好可以說給她聽——

記得那會兒我準備考藝校，考前一天，在校門口的小飯館裡遇見一位長髮披肩的青年才俊，他很好奇地看看我，然後問：「同學，你考什麼專業？」我說考古箏，他大為惋惜，說：「像你這樣的，不考美術太可惜了！」

我細細看了看他肩上的長髮和下巴上的鬍子，依稀彷彿從那堆雜草叢中，辨認出一張其實還滿年輕的臉。很明顯，這人通身的氣派無處不寫著三個字：藝術家。於是，我在腦子裡很興奮地過了一遍：調色板、大小不一的畫筆、幾何形奇異的著裝、可以背著的畫板、鄉村風景、憂傷的詩意，還有幽暗的畫室裡滿是揉成一團的廢紙……我甚至想到一個畫家在獲得了最終的成功之前，所經歷過的種種心酸的磨難。但轉眼又妄自菲薄起來，坦言道：「可我，連一條線都畫不直的！」

青年才俊指著桌上的一個菸灰缸，問：「這是什麼色調？」

我說：「灰色。」

他應聲而起：「錄取了！」

然後他透露給我，他就是這所學校的美術老師，而且擔任考官。

鮑貝心動了。「舒羽你可別騙我，你想清楚啊，古琴以前我連見都沒見過的。」之後又生理性的妄自菲薄起來，跟我當初一樣：「就我，一婦女，能學得會嗎？」

「就我，一婦女，能學得會嗎？」就為這一句話，足以讓我愛上她！

鮑貝是一個閒人。在這個世界上，她像日本學者松浦友久講的李白：「不以主體者即責任承擔者參與其中為最終目的」。依我猜度，她之所以寫作也是因為閒得沒事幹，只好讀萬卷書，行萬里路，不是窩在家裡寫小說，就是滿世界野跑，這才有了那些草啊、海啊、雲啊的故事。今年剛出版了一本《穿著拖鞋去旅行》的書，又滿不在乎地拿了一些大小不等的獎。

一個人開得起玩笑，尤其是敢於自嘲，經得起大傢伙的零敲碎打，必然心智結實，有安全感。鮑貝就是。這樣的人肯定備受歡迎，但也有一個缺點，那就是容易遇人不淑。

有一次，鮑貝又出了一本新書，送給一個朋友，過一陣打電話去問他看了沒有。那位仁兄很自重地說：「你的書都是黃色的書，我不看！」

「誰寫黃色書了？沒有的事！哪本黃了？說說看。」

「喏！《撕夜》、《愛是獨自纏綿》、《輕輕一想就碰到了天堂》，這樣一些書名還不黃啊？還不如我替你改了。」

「改成什麼？」

「《夜撕》、《愛是不獨自纏綿》、《輕輕一碰就想到了天堂》……」

鮑貝「呸」了一聲，全不拿他當一回事。再出新書的時候，照樣好好地簽上名字送給人家，愛讀不讀。可惜她就是沒捨得把小說送給我，我也就不好擅自幫她分辯了。不過，我看過她的幾篇遊記，寫得挺仙的，有一種大徹大悟後的細碎平常。儘管如此，但最好還是不要跟她探討人生問題。一個人倘若因為遇到點糾結事而想到要找鮑貝，請這個見多識廣的寶貝神人給調理調理，結果會被她天南海北、四大皆空的一陣排揎，本來還只是心理有點問題，結果回去後不出兩天，誰見了都會繞道而行，而且指一指腦殼：這裡出了點問題。

「就我，一婦女，能學得會嗎？」問一問全中國的女子，對「婦女」和「三八婦女節」有何感想？

不瞞你說，我總覺得「婦女」這個詞，是一個兼具積極性與萎頓感的奇怪的詞。一方面，「婦女能頂半邊天」，「戰士的責任重，婦女的冤仇深」；另一方面，哦，定是老大不小了，「年輕婦女」壓根兒不存在。不信你去叫一個十八歲的「婦女」試試，人家小妮子不白你一眼才怪呢。問題是妙齡女子的性別身分也是包含在「婦女」一詞中的。因此，有很多「婦女」，在很多地方，都是很不情願過這個「婦女節」的。

實在是頭一回聽一個女性這樣坦然自稱為一「婦女」了。鮑貝芳齡幾何我不曾打探，但從她光潔的額頭，清脆的笑聲，以及婀娜的腰身判斷，她很年輕，年輕到足以讓一片草、一片雲、一片海，在某一個清透的時刻，俯就她，愛上她。

那個關於考美術專業的故事還沒講完。我只是忘了告訴鮑貝，雖然我巧遇了那位好心的藝術家，後來我還是沒有填報美術，因為我總覺得說得太容易的事情，實際上肯定不容易。而且，看上去越是靠譜的人，其實未必靠譜。

儘管說起來怎麼都有一點被人誘騙的意味，但不管怎樣，自認為五音不全，對音樂頑固不化的鮑貝，真的開始學古琴了，而且還領先於那個攛掇她去學古琴的人。這就是剛才鮑貝打那個電話的來歷。

鮑貝在電話裡接著說，那天我把古琴抱回去，橫豎都沒地方放。我那當家的神志很不清楚的看著我，問那個東西是幹什麼的。其實我也有點不好意思，老是幹這種不靠譜的事情。

——下個月，鮑貝要去非洲了。

——上個月，鮑貝去拉薩看中了一處房子，說要在那裡弄一個可以喝喝茶的地方。

——上上個月，鮑貝在杭州轉塘那邊的森林裡租了一棟七十平米的小木屋，問她準備幹嘛，她說還能幹嘛，裝修好了可以在那裡喝喝茶。

電話裡鮑貝又補充：哦，有人殷切地建議我，等小木屋裝修好了，就把古琴搬過去。我問，是不是我弄出來的聲音很不入耳？他想了很長時間，禮貌地回答，不會啊，好聽的。那就好，我一邊放一架。

我幾乎笑岔了氣。

她先生大概終於覺得了無希望了，忍不住問她，你怎麼會想到要學這麼奇怪的東西？她實言相告：舒羽威脅我，如果我學不會，她就代表全中國女性鄙視我沒文化。

一個著作等身的人被按上一頂沒文化的帽子，是無論如何都嚥不下這口氣的。但是一個身心健康的男性要有怎樣怪誕浩渺的胸襟，才能容忍這樣一位太太，而且年復一年無限不靠譜下去？當然，這個容量超大的男人屬於後果自負，因為前因自找。據說，鮑貝原來也開著很成功的公司，是這個男人的商業勁敵。他痛感於商戰中屢落下風，於是就採取了和親的策略，把對手變成了鴛侶。聯合公司由他一人打理，鮑貝從此被下崗，樂得不務正業，成了這個世界的走讀生。

捧著電話，我咯咯咯地笑，像隻神經質的母雞。

「你還笑呢！人家說了，自從我嫁給他後，就沒做過幾件靠譜的事情。」
「鮑貝寶貝，這回靠譜啊！絕對靠譜！而且必須靠譜！『五線』靠譜！」

二〇一二年七月十一日

螺螄青

一個女子愛惜自己的形象，謝絕在大庭廣眾之下啃肉骨頭以大快朵頤，我認為是十分必要的。但是，對於一盤小小的螺螄，因羞於發出窸窸窣窣的聲響而投箸不食，那就顯得有點拘禮或矯情了。

吃螺螄是一項技術活兒，掌握者不僅能一飽口福，而且完全可以做到指顧之間莊矜有致。人們一想到螺螄，不是醬爆的，就是水煮的，加點蔥蒜，加點辣椒。的確，烹飪之道不在於如何變著法子折騰，而在於因材制宜。有那一等大廚為拔高螺螄的品位，把它們與本雞、甲魚同燉，或把它們掏空，再將一撮撮肉末塞進殼內，頗具盛德之飾。然而，雖上得檯面了，湯的口味也不錯，我卻唏噓不已，只認是生生糟蹋了這水中仙子。

要知道螺螄的最佳產地，並非肥沃的池塘湖泊，而是水質清淳的江河。它早已習慣了在清水中開闔吐納。更何況，螺螄之美，不僅在其緊、韌、鮮的肉質，更在筷子起落間優游閒適的那一種意趣。

吃螺螄，就像嗑瓜子，殼多肉少，所得不償勞，因此，吃的實在是一份心情，一種境界。最好，吃螺螄是靸一雙懸而不落的拖鞋，翹著二郎腿，支在一條長板凳上，在酣醉搖曳的路燈下，叮噹碰撞的酒瓶間。這不僅適合那些搖搖而不墜的愜意閒漢，也適合一干窈窕淑女。

作為淑女之一，與那些更為熱愛生活、擁抱生活的人相比，我在夜色下出沒於酒肆的機會不多，但我畢竟在富春江的深水淺灘邊長大，隔三岔五就能在餐桌上遭遇到螺螄，熟能生巧，因此，毋庸諱言，——唉，這話太文氣了，我就直說了吧：本人吃螺螄的段位相當高，以至於一頓下來，別人食肉而飽，我能將螺螄當飯吃，以至於落下一個雅號，喚作「螺螄青」，即一種專吃螺螄的、生長於清水中的魚。

毫不誇張地說，一盤螺螄上桌，我只要看一眼便知道，它是神品，還是逸品。

如果螺螄殼上附有絨毛，就說明產自富營養化的湖泊或池塘中，即為次品，已不足道。如果螺螄殼色澤深綠，外形大過拇指甲，且表面光滑，就一定來自水草豐沛的江灣河曲裡，若能遇上一盤這樣的螺螄，算你走運了。它們可以醬爆，更適合湯煮。按照我家鄉的做法，除卻放入薑蒜，湯汁中還要加幾片鹹肉，擱湯擱肉的燒在一起，然後用朝天椒增辣，用青椒調香。只要廚師料理得當，大有可能成為一盤螺螄的神品。但是，假如其個頭超過拇指甲那麼大，情況就不妙了，好比今人學八大山人的寫意，過猶不及。換言之，大的螺螄口感嫌硬，而且不易入味，吮吸起來難免搖唇鼓舌的，傷及元氣，只好跟田螺一樣拿去灌肉了。

那麼什麼是螺螄中的逸品呢？當是個小而色淺的。個頭應控制在無名指甲大小以內，螺殼略顯透明，呈淺綠色，細細的一盤上來，甚至有一種小戶人家的寡淡和清寒。這些個小肉嫩的螺螄，最適合醬爆，而掌握湯汁的濃稠稀薄尤為重要，太稀則味不逮，過稠則口感粘膩，而且吮吸起來力屈勢沮。火力應該是越旺越好，只須在鐵紅的熱鍋中輕輕翻幾個身便可裝盤。很多人對它望而生畏，原因很簡單，總覺得個小就加大了食客的勞作，增添了麻煩。其實不然。

真正的吃螺螄高手，已經到了人螺合一的境地：伸出筷子，夾起螺螄，放在唇尖，再一撮口，然後是珠落玉盤，以一道道優美的弧線，完成一個個流暢的循環，端的是氣定神閒。整套動作迅捷而精準，如蜂啜蜜，吮其精而棄其蕪。又好比高速公路上的駕車能手，不爭一時之快，讓馬達轉速保持在一個固定值內，除此之外，快慢由人，榮辱不驚，最終他會發現，無論如何趕超，你總是絕望地在他前頭。

有時候，在餐桌上冷眼旁觀一些主兒的吃螺螄，嘖嘖，罪過！罪過！

就有這麼一位頑主，與女朋友和她的姐姐姐夫一道消夜。都是些吃螺螄的高手，談笑間吃得風發韻流。他擔心在人前露出破綻來，於是效仿大家，很優雅地用筷子夾起到嘴中，然後輕輕一吸，螺螄殼也便從嘴角順溜著落到桌上，這樣機械操作一番，桌上居然也壘起了一堆螺螄殼來。殊不知，從頭到尾，原封不動，這位仁兄壓根兒就沒有嘗過一口螺螄肉的真味！

一日，他見我把一盤螺螄吃得歡暢之至，而不怕消化不良，便驚呼：果然是螺螄青啊！欣羨之餘，便認認真真地練習起來，竹筷頭抵，牙籤兒挑，有時又用三四個含糊不清的手指鉗住一枚螺螄，聳起雙肩，縮緊兩腮，對著螺孔，汲汲以求，唯恐有失。整個情形，疑似抽風。

有時因為用力過猛，或把位不準，還會吸出一記淒絕的聲響。當他意識到這聲音有點異乎尋常時，不免抬起頭來，賊眉賊眼地四下裡望望，看別人有沒有取笑於他。

我好不容易忍住笑，說道：「就我倆目前的水準，都可以去參加吃螺螄表演了。」

二〇一一年十月九日

做一隻充滿細節的蝸牛

小時候，我家門前有一棵葡萄樹。葡萄藤是死褐色的，但葉子卻是極活潑的鮮綠。從葡萄果兒長出來的那會兒起，我就一天天的監視著它們。拿一個小板凳，坐在那片綠茵茵的天空下，等它們由青到紫，變換顏色。遺憾的是，我幾乎從沒有收穫過一整串的熟葡萄，因為紫一顆，就摘一顆。葡萄是甜的，但我的舌根總是酸酸的，就算在讀一本《三毛流浪記》的連環畫，也是心懷忐忑，不時抬頭，怕錯過了它變紫的那一刻。是的，我迫不及待地想要嘗一嘗，葡萄成熟後的那一種甜——

阿門阿前一棵葡萄樹，阿嫩阿嫩綠地剛發芽，
蝸牛背著那重重的殼呀，一步一步地往上爬。
阿樹阿上兩隻黃鸝鳥，阿嘻阿嘻哈哈在笑它，
葡萄成熟還早地很哪，現在上來幹什麼？

阿黃阿黃鸝兒不要笑，等我爬上它就成熟了……

葡萄成熟得可真慢，一顆，一顆，像蝸牛。我以為我很快，因為我搶在蝸牛爬上葡萄藤之前摘到了那一顆甜葡萄。可每次回想起來，舌根依然，還是酸。

快，能讓我們獲得什麼？很多。比如更早的接近終點，把悵惘留給身後的競爭者。

那麼，在快中，我們失去了什麼？不知道。因為這個問題，快的人沒有想過。就像有一天，你推開門，突然發現你的孩子已經大學畢業，正在為下落不明的工作和捉摸不透的愛情唏噓苦惱。而你出門的時候，他還在呼啦啦的玩著溜溜球。不是嗎？

據說，當人類還在叢林裡跟劍齒虎赤身肉搏的時候，發展出了一套快速應對的系統，在第一時間做出決斷與行動，但是常出錯。錯不要緊，因為在弱肉強食的叢林裡，快而錯要比慢而對更安全。後來呢，我們進化成了猿猴，蹲在樹上，不用老想著被吃掉，於是就有空閒胡思亂想了。漸漸地，另一套審慎決策的系統發展起來。事實很明顯：在人類的進化史上，「慢」比「快」更高級。

如今，工業革命以降奔跑了好幾個世紀的人類，像一架一經發動便再也無法停歇的永動機，以速度為終點，奔跑，奔跑！超越時間，超越空間，甚至超越了預設的終點。可為什麼我們的內心還是感到恐慌？更多的時候，一旦趕到盡頭，卻發現所謂的終點，不過是構成人生虛

INK PUBLISHING

讀者服務卡

您買的書是：______________________________

生日：　　　年　　月　　日

學歷：□國中　□高中　□大專　□研究所（含以上）

職業：□學生　□軍警公教　□服務業

□工　□商　□大衆傳播

□SOHO族　□學生　□其他 ______________

購書方式：□門市_____書店 □網路書店 □親友贈送 □其他 _____

購書原因：□題材吸引　□價格實在　□力挺作者　□設計新穎

□就愛印刻　□其他 ______________（可複選）

購買日期：_______年_______月_______日

你從哪裡得知本書：□書店　□報紙　□雜誌　□網路　□親友介紹

□DM傳單　□廣播　□電視　□其他

你對本書的評價：（請填代號　1.非常滿意　2.滿意　3.普通　4.不滿意）

書名_____ 內容_____封面設計_____版面設計_____

讀完本書後您覺得：

1.□非常喜歡　2.□喜歡　3.□普通　4.□不喜歡　5.□非常不喜歡

您對於本書建議：

感謝您的惠顧，為了提供更好的服務，請填妥各欄資料，將讀者服務卡直接寄回或傳真本社，我們將隨時提供最新的出版、活動等相關訊息。

讀者服務專線：（02）2228-1626　讀者傳真專線：（02）2228-1598

廣	告	回	信
板橋郵局登記證			
板橋廣字第83號			
免	貼	郵	票

舒讀網「碼」上看

235-53
新北市中和區建一路249號8樓
印刻文學生活雜誌出版有限公司　收
讀者服務部

姓名：________________ 性別：□男　□女

郵遞區號：________________

地址：________________

電話：（日）________________（夜）________________

傳真：________________

e-mail：________________

INK

線上的一個小小的圓點。總是發現，我們失去了過程中的細節。

我們是被歷史虛筆帶過的、缺乏細節的人。我們有追求，沒理想；有目標，沒信條；有欲望，沒要求。我們站在一個孤島上，記不清來時的路徑。我們努力，疲倦，卻不覺得充實。因為，我們刪減壓縮了生命的經驗。我們雙手盈握著的，莫不是一個看似圓滿的空虛？

慢，不一定落後，而落後在今天不一定就挨打。是的，有些事情說起來也許有點諷刺。很多古蹟之所以保存得完整，其原因竟是得益於落後，得益於慢。於是，人們從中發現了宇宙的祕密，起點即終點。於是由圓見缺，自多見少，於是人們發現快就是慢，而慢是另一種快。

一戰結束後，當英國外交官尼克爾森向《追憶逝水年華》的作者普魯斯特匆匆說起巴黎和會的事兒，普魯斯特說：「請別，請別，這樣說太快了。從頭說吧。您乘的是代表團的車。您在外交部下車，而後沿樓梯而上。接著您來到大廳。好吧，接著說。精確一點，我親愛的朋友，請別太快。」哪怕是裝模作樣的外交禮節，握手寒暄，地圖，翻動文件發出的聲音，甚至隔壁房間裡的茶水、杏仁餅乾，每一個細節他都聽得津津有味，不願放過。

普魯斯特從對細節的玩味中看見了什麼，又留住了什麼？

慢，是放大後的細節。慢，是精確的把握當下的最直捷的方式。慢，是風流雲散後對前塵往事的端詳。慢，是對未來的回憶。

精確一點吧，請別太快！請告訴我杏仁餅乾的芳香，甜點師臉上的微笑。請向我呈現一顆葡萄的變化，流轉的光澤，酸與甜的佳釀。請向我描述蝸牛的慢，它走過的彎路，犯過的錯誤，它的自信與謙卑，沉重與豁達，它帶著房子去旅行的樂觀，與那背負著十字架的罪惡感。儘管在中國，蝸牛象徵著緩慢和落後，但在西方，卻視之為恆定執著的堅持者，造物的上帝。它指向未來，因為人們會藉蝸牛的行動來預測天氣。如果蝸牛的觸角伸得很長，就意味著明天有一個好天氣。

詩人說得好：一隻追趕火車的蝸牛上了前程。

二〇一一年十二月二十五日

花園裡的幾棵樹

大約我的上輩子是一棵樹。我是由樹轉生的，所以今生特別留意它們。身邊，頭頂，遠處，近旁，有時經過，即便不認真看，也覺著是熟悉的，親暱的。

現在，坐在五樓的陽台上，靜靜地望著花園裡的樹，經意或不經意間，我總會聯想到一些什麼。

今年最惹眼的是兩株石榴樹，怎麼突然就開出了那麼火紅的榴花，襯著葉子也越發綠了，簇簇新的，像假的。在我眼裡，石榴花兒是一個莊戶人家紅紅火火的小妮子，未必就能被城裡的女孩比下去，許是打扮得過於豔了，總覺得那一分熱烈是尋常、短暫、忠厚老實的，一轉眼就成了人家灶頭的新婦，香豔的故事便講不下去了。那詩裡寫的「榴花照宮闈」大約是指花的形狀吧？圓圓紅紅的燈籠，滿身滿臉的喜氣。可不是嘛，要不了多久，一低頭，那臉瓜子下的肚子就一天天鼓起來了。夏天一到，那石榴子兒就上了市。

廣玉蘭與白玉蘭相比，最要命的缺點是太齊整了，有花也有葉子。高高大大的花樹，因為葉子太硬朗寬闊的緣故，顯得那原本粉團團的白花倒並不那麼起眼了。一個個拳頭不輕不重的伴握著，花拳繡腿，像大家門庭調理出來的長女，有著最端方的儀態，和動搖不得的美好品格。雖也秀美，也挺拔，但總覺得缺一點什麼。「我有哪一點不好？」廣玉蘭不服氣的問。再看一眼旁邊那株腰肢纖柔的白玉蘭，沒有葉子只有花，一個勁的開張著，嚷著，唱著，不管不顧的，一副被春光寵壞的樣子。一陣風過，便簌簌擺動著身子，像裹著一襲溢彩的流言。雖是同胞妹子，身世卻來得撲朔迷離，有點冒險性，讓人明著為她擔憂，暗自又嫉妒她。原本覺得廣玉蘭「缺」了一點什麼，卻不想，原來是「多」了一點什麼。可見，這多與少是很難講的。

無花果是最爽快又最癡心的樹了。天氣稍稍暖起來一點，她就迫不及待地撐開了自己，而且一長就長成那麼大，大臉盤，大嘴唇，大嗓門，毫無身段可言，雖也會結果，但怎麼看都是中性的。待到果子由青轉紫，秋風一起，葉子就該落了，一片一片的向著泥地投下瞬即消失的影。可她來自伊甸園，那一個草木格外茁壯的世界森林公園。亞當與夏娃當年正是用她的葉子，去遮那遮也遮不住的羞。不禁感嘆，無花果樹笨拙的外形與所肩負的神職真是大相徑庭！不過誰也沒見過聖母的真容，不是嗎？無花結果，拙有拙的好處。聖母也許就是這樣的，也未可知。

桂花樹僅僅活在一個嗅覺的世界裡。除了當令會提醒世人她的存在與好處之外，其餘的季節都是稀里糊塗蒙混著過的。就是站在樹下，差不多的人一時半刻也分辨不出她的身分來。然一到花開時節，她便萬千矜貴起來，看得，折不得。滿枝細密燦爛的金色，一到手上，就如同日子一樣，散開了。

頂驕傲、頂敏感的是高高的棕櫚樹。一掌一掌細長的葉，像極了一種樂器，弦樂，大約是橫過來的豎琴。只是禁不得風，一吹一拂，細碎的身體就瑟瑟顫慄著，叮鈴鈴地奏弄起來，那樣的不可自持，那樣的感情用事，是藝術家特有的神經質。杭州的棕櫚大都是從別處遷居來的，看著她，總覺得像看著一個傷心失意的女子，背井離鄉，到這裡流浪。

樹中最經典的時尚大師恐怕要數銀杏了。青一陣，黃一陣。就是不青不黃，兩種色彩過渡、漸變時也獨具一種蕭瑟、頹廢之美。我有〈銀杏〉詩為證：「像十萬隻蝴蝶一下子醒來，瑟瑟震顫起金色的翅膀。」只等秋天一聲令下，銀杏葉子便轉綠為黃，那是瘋狂的ＤＪ推出的最高音，於是整個季節都為之振奮，尖叫，狂舞。

而兩株紫藤花迷住了西邊窗下那個褐色、弧形的涼亭，像海妖塞壬，一邊一個盤踞在船舷上，哼著一支淡紫色的歌，分頭向船的中心挺進。她們在紫色的歌聲裡下了毒，因此纏綿悱惻，分外妖嬈。不出三週，涼亭便心甘情願地被她們革了命。

至於柳樹，那完全是一株審美的樹，此外一無用處。倘若一不小心發達了，扶搖直上，生成了一副五大三粗的體格，就算穿一雙平底鞋，走路的時候怕也不敢挺直腰身，反而哈著背，矮人一等似的。「可不能再長高了，」張愛玲的姑姑與她在陽台上合影時這麼說。

還有一株櫻花，哦櫻花……可惜重瓣了。櫻花須是癡心絕對的單瓣才好看，只有那麼一點心事，落了，就沒有了。

花園裡的樹是群居的動物。看得出園藝師種下它們時並沒有花費多少心思，就那麼東一株，西一棵，心神不寧地散布著，而且品種不一，高矮不齊。特別是她們剛來的時候，一個個縮手縮腳的，稻草綁褲腿，彷彿一個臨時湊起來的女子民兵團，看著有些寒磣。雖不像低處的花兒們那樣爭奇鬥豔，然而在一起時間長了，漸漸地挺括了，默契了，作風也踏實了，於是我慢慢地喜歡起來。瓦雷里給紀德寫信，說：「在這個世界上，只有樹是一件還沒有讓我厭煩的東西。」「不管怎麼說，在我看來，美麗的樹能夠帶給我愉快。除了和樹待在一起外，我看不出自己是幸福的。」我看不出自己是不幸的，如果我的前生是一棵樹。

二〇一二年五月十一日

雨季

「舒羽姐，咖啡館的戶外平台被水淹了！」一大早，就接到了咖啡館工作人員的來電，雖然我只輕輕答了一聲「嗯」，但心裡卻咯噔一沉。

這一沉，倒不是因為河水淹了露台，而是因為應驗了那位烏克蘭女留學生的話。冷靜中帶一點巫意，又像紮在頭髮深處的一根簪子，緊了，生疼。接連幾天我都為此感到不自在，果然一語成讖啊。

生活在杭州，這樣一座人稱天堂的城市，早已習慣了接受外地來客的讚美，阿麗娜和瓦列莉婭幾乎是唯一不同凡響的聲音。

從我坐下來開始，整一頓晚餐的時間，阿麗娜和瓦列莉婭都在為即將結束在中國的留學生活而雀躍不已，心情之迫切好似在此服了一場勞役，同時也絲毫不為席間還有三位中國人在場而稍有一點收斂的意思。

「中國暴發戶太多了。車太多了。汽車、電瓶車，還有晚上的三輪車，而且開得太快了，橫衝直撞的，我們生活在這裡每天都有冒險的感覺。唉，這個沒辦法的！夏天熱得要命，冬天冷得要死（兩烏克蘭人說杭州冷得要死）。飲食嗎？哦，那是很不習慣的，吃什麼都像什麼都沒有吃，好在就要回去了。唉，這個沒辦法的。還有碩士畢業答辯會上，導師幹嘛非得介紹學生？而且一上來就把名字搞錯，張冠李戴，讓人還沒開始答辯就洩氣了。這個沒辦法的。」

「這個沒辦法的」是阿麗娜的口頭禪，也足見她對這個國度、這座城市所抱有的情緒。阿麗娜有一頭柔軟的金髮，皮膚白皙，身形玲瓏，面目姣好。但更玲瓏的是她的語言，阿麗娜太喜歡說話了，準確的說，是太喜歡抱怨了。相比之下，瓦列莉婭顯得敦厚一點。她話不多，但並不影響其言辭的機鋒，像個哲人，你會感到她的沉默是另一種發言。就這樣，彷彿剛剛與之經歷了一場失意又失望的戀愛，她們數落著這座城市的種種不是。

「可是西湖呢？難道你們不喜歡西湖嗎？」見我這樣問，阿麗娜和瓦列莉婭相視一笑，嘴角微微一動，然後仍由阿麗娜發言：「西湖很美，但人不行。」

西湖很美，但人不行。因為人不行，所以很美的西湖也就不行了。

中國人的禮儀裡有一種類似茶文化的東西。一捧葉子，先用沸水洗一遍，接著在水裡浸啊，泡啊，直到葉子中的苦味、澀味被水稀釋、沖淡，成為一壺湯色均勻的茶汁，然後這些茶汁再經由濾網一篩，就徹底明澈可鑑了。我們捧出去的一杯茶也好，說出去的一句話也好，都力求保持在一種特定的溫度和一種相對的成色上。這一點，尤其體現在對待外賓的時候。當有人不經過濾，直言以對時，那種原葉的苦澀滋味才又重新被翻將起來，也才想起原來這些苦澀的東西還在。但我相信，當年阿麗娜和瓦列莉婭來到中國，肯定不是因為她們對這個國家或這座城市所持有的成見。

從聊天中得知，原來她們不喜歡去西湖邊散步，是因為不止一次受到遊客的搭訕，這兩位年輕漂亮的留學生深感侮辱。「這個沒辦法的！」阿麗娜又說。

沒辦法，在座的幾位中國人，一位教授，一位商人，再加上我，像做了虧心事一樣，只得逆來順受地舉起酒杯，頻頻跟這兩個烏克蘭女孩喝酒。

「中國的酒不對烏克蘭人的胃口，太糟糕了，就連星巴克到了中國都變得寡淡無味了。唉，這個是真沒辦法的。」當時我們在喝著的正是商人老楊專門從家裡帶來的酒，他還以為是「好酒」呢。

眼看想扭轉她們對杭州的看法是不可能了，但還是想嘗試著做點努力。於是，我斗膽提議，請她們去我的咖啡館坐坐，並在心裡祈願今晚大運河的夜景能助我如願。

挨著一六三一年建的拱宸橋，我們圍坐在一把米色的傘下，傘外是滴滴答答的初夏的細雨，以及秀髮一般從傘的邊沿披散下來的新柳。運河水汩汩流淌，大貨輪南來北往，從我們身邊隆隆駛過，一艘一艘，絡繹不絕。而傳說中的龍子趴蝮，正趴在距離我們不遠的橋邊石墩上休憩養神。我請吧台長做了幾杯剛從越南引進的咖啡，又泡了一壺福建的紅茶金駿眉。阿麗娜和瓦列莉婭對我提供的飲品感到滿意，而且我有理由相信她們絕對是講真話的人。咖啡館開業至今，這是我最在意客人意見的一次。

終於，這個夜晚在咖啡與紅茶的調劑下變得舒展、流暢起來。漫談中的內容很大一部分都來自於對運河夜景的讚美，但即便是逶迤了近四百年風光的拱宸古橋，也難以取代兩年來橫亙在這兩個烏克蘭女孩心中的中國印象。當然不可能，我也知道，「這個沒辦法的。」但畢竟是客，又是學生，於是一有可能的話，我們更願意把話題引向她們的故鄉烏克蘭。幸而，老楊不僅健談，而且充滿了機智與趣味。尤其是關於「蚊子的一次空運必將誕生一宗巨大的國際貿易」的商業構想，讓大家驚異到匪夷所思。當聽到兩位女孩說起烏克蘭山區蚊子又多又大又毒又猛的時候，老家浙江諸暨的老楊別出心裁又順理成章地接應道：

「既然烏克蘭盛產毒蚊子，我建議你們回國後想辦法抓兩隻來，要一公一母，記住一定得是本地土著的。然後寄回中國，高價賣給諸暨李字蚊香廠。哦，就是寄給我也行，廠長我認識。」這一番宏大讖諳的議論初聽之下好像不怎麼靠譜，往細裡一想，卻因為它同時具有某種合理的科學性和無厘頭的戲劇性，而有了一種絕對的吸引力。

「這家蚊香製造企業目前已經以絕對的優勢占據了國際蚊香的主要市場，如果有敏銳的市場嗅覺，再施以一系列有效的研發，必將對活躍在烏克蘭鄉村一帶的蚊子進行毀滅性的打擊！」說到這裡時，老楊大手一揮。說的人過癮，聽的人也帶勁。老楊接著補充：「哦，那麼你們二位當然就是首選的國際代理人了。」

不得不承認，這是一個內容新穎、觀點迷人的好主意，很快引起了一連串熱議。

就在話題無邊無際，夜雨無際無邊的時候，瓦列莉婭失聲叫道：「那是什麼？」順著她的手指，見河水中央有一個像島嶼一樣的東西飄過去，穿過橋洞，一路向北而去。我們這才注意到逐漸升高的水位和越來越急的水流。

「是一片草坪。」誰不知道這是一片草坪？但是作為這裡的主人，倒楣的老闆，即便簡單到接近愚蠢，我還是有義務說出來。問題是這片面積並不算太小的草坪為什麼不是平鋪在大地上，而是漂移在運河中？

「那又是什麼？」這次尖叫的是阿麗娜。天哪，這回更離譜，竟然是一座沙發，而且還是雙人的。它晃晃悠悠地浮在水面上，以一種比空降的烏克蘭蚊子帝國更夢幻的姿態，引來眾人的一片譁然，和我的目瞪口呆。我多希望這是一項後現代行為藝術，而不是如此這般莫名其妙到令人難以置信又難以解釋的不明漂浮物。要不是因為有兩位不算太好伺候的外國人在場，運河裡出現一座自說自話的雙人沙發，畢竟還是一件新鮮事。然而，我明顯感到了包括我在內的三位中國人此時此刻的尷尬。而這種尷尬本身是不明就裡的，或者說冤屈的。這一基調，也正是我當時預感到的接下去的話題與氣氛。

果不其然。好像是一個已知答案的拷問，瓦列莉婭輕巧地拋出問題：「如果再下大雨，我們現在坐的地方會被淹沒嗎？」雖然我對這個問題完全沒有把握，運河邊的咖啡館此時也才開了一個月，也就是說，這是我來這裡所遇到的第一個雨季。但總得說點什麼吧，以緩解別人的憂慮，其實主要是緩解我自己的憂慮。這個沒辦法的。

「應該不至於吧。運河是杭州最近幾年才花了鉅資翻新的，尤其兩岸的高度，想必建設時是參考過歷史水位紀錄的。」有人頻頻點頭贊同。瓦列莉婭背水而坐，聽到我的回答後，她的語氣與提問時的語氣沒什麼兩樣，「應該？想必？呵呵，那可不一定。中國人做事，常常難以置信。」

我又一次思忖起國際文化差異導致待人接物等方面的不同。假如我是她，就算想到了，也未必會說出來。就算說了，也不會為了一個可能不妙的結果而反駁對方。畢竟這個「對方」一個晚上都在向你表示著友好。過於直接，總是會導致尷尬的結果，這個沒辦法的。想著，我又不尷不尬地看看其他兩位，正巧發現他倆也在不尷不尬地看著我，彷彿在說：這個沒辦法的。

雨還在下，下得纏綿悱惻。隨後的幾天裡，我時常會想到這兩位烏克蘭女生，也暗暗比較我從前接觸過的其他國家的留學生，總體上覺得她們的思維方式過於主觀，甚至過於偏執了。直到今天早晨，我接到這個露台終於被河水淹沒了的消息。

二〇一一年六月二十六日

一朵雨雲後的瞬息思考

一陣雨，急急的趕到我窗前，塗花了玻璃，然後，不見了。彷彿這雨只是下在了我的耳朵裡，甚至還沒來得及走到窗前，與它打個照面，就去得像不曾來過一樣。這海邊的雨啊，是我見過的最不負責任的雨了。但我羡慕她這沒來由的性情，說下就下，下得如此不著邊際，管人家帶傘沒帶傘，管天下豐收不豐收。

自從被一雙未知的手賦予了一個不知所以然的「角色」後，我失去這種雨的「本色」有多久了呢？我有多久沒有在人前下過這樣的雨了？有多久沒有鬆綁我的任性了？有多久沒有對遠方的人說，沒別的，只是想你了？我總是保持著一種尺度的微笑，一種從古代借來，經過現代改良的微笑。一再，一再的微笑著。也許吧，出生於一個太過古老的民族，是要為此付出代價的。

如果文明是一種秩序，那麼它已然建立。如果文明是一具枷鎖，那麼它終將被打破。但假如它是一具帶有秩序性的枷鎖呢？從古至今，又有哪一種深重的悲哀不是如此這般的呢？

因為工作的關係，我旅居浙江的沿海城市三門已一月有餘。我所帶領的工作團隊，是協助當地政府舉辦一系列大型的文化節慶活動，集中在幾天內運作一個近兩萬人的演唱會和近十個不同規模的政府論壇、商業發布以及民俗活動。我的時間被徹底格式化。一部電腦，兩部手機，若干部對講機，百多名工作人員。卻不想今日竟這樣不小心，會因為一場驟雨而觸到了一個思辨的話題。

說下去？不過一朵雨雲，滿世界飄著的都是，只是形狀各異、水土不同而已。這些無用的煙雲啊，與我每一分鐘都具體到一人一物的現實相比，算個什麼名字。就此打住？又微感稍稍豁開的心口，眼看著又要關閉。又一次，被自己關閉。

每一個今天，都是昨天選擇的結果。每一個昨天，都以為選擇了今天的快樂。可是今天，我快樂嗎？

天下很多不快樂的人，不是因為自己不快樂，而是因為別人不快樂。一個始終保持微笑的人，並非時時看見人生的美好，而是希望讓別人感到美好，或者感不到有什麼不美好。想帶給別人快樂和美好的人，首先自己是快樂的美好的。嗯，理論上是這樣的。可是，打從電視台辭職獨自創業後，我早已不再關心自己的快樂了。

工作越來越忙，案子越來越多，朋友越來越少。但很多人還是說，「你的微笑給人一種安定感，好像別人想說的，你早已知道。」於熱鬧中看見孤寂，於繁華中喟嘆凋敝。這些年，那些舞台，那些演員，那些燈光，那些鑼鼓，那些表情，那些台詞，那些真假、美醜、起落，那些人群的一次次聚攏與散去，那些爭分奪秒躍躍欲試的魅力，與一刻也等不得了巴望著前一場快一點結束的新的道具車……因為這些，我更瞭解了人與人之間的陌生和疏遠是為了什麼。所以，我微笑。

可是，這種被文明的絲帶小心捆紮起來的優雅儀態，就真的沒有距離嗎？就全是親切，而沒有遙遠嗎？在向人表露認可的同時，難道就沒有在表示著拒絕嗎？我相信真誠是不等同於這種文明的。

融入這座城市吧，融入這裡的雲和雨，融入這海邊漁民浪花上搖曳的生活。有歌你就唱吧，有酒你就喝吧！

正當我這麼樣的靠在酒店的椅子上出神漫遊時，手機顯示出一條北京朋友的簡訊，說，喜歡我的隨筆，快趕上喜歡我的詩了。對於這兩種喜歡的選擇，我是很難表態的。回覆道：「本人的隨筆完全是隨喜之筆，到哪兒是哪兒。我寫詩也是如此，文體不同而已。因為起筆的動機和過程都很隨意，所以恐怕到了都難束縛了。估計要寫小說的話，也是這個路子。」

很快，這位經濟學家補了一句：「別飄飄然，很多哲學深處的問題我還沒拷問你呢。」我趕緊的，收腹挺胸，端正坐姿，回道：「沒飄。飄走的是剛才那朵雨雲。」

二〇一〇年九月十九日

親子活動有感

星期天帶女兒去參加親子活動。本來挺好的，藉幼稚園組織的集體活動，讓長期困在水泥森林裡的孩子有機會親近自然。自然，是一切學科中最基礎也是最高級的導師。但回來後，我思忖了半天，覺得很不踏實，只因為自然一詞的意義已被改寫，而這將直接對孩子們發生潛移默化的影響。

大草坪上，成群的白鴿很美，再添上五顏六色的孩子，儼然一幅現代裝飾畫。我正在想，用什麼樣的方法可以吸引鴿子，讓牠輕巧地走近我五歲的女兒朵朵。我們是不是可以裝扮成靜物呢？腳跟還沒站穩，就看見一個大伯忙不迭地在往一個個極小的塑膠袋裡一把一把裝玉米。一包大約幾十粒，三塊錢一包，賣給遊客。這倒也是個辦法，鴿子見誰撒玉米，就親誰。朵朵很開心，一粒一粒，認認真真地向白鴿們分發著她純潔的歡樂。我站在一旁看著，樂於分享這一切。

情形大致如此。在養馬場，也有一個賣草的男子早早等著了，一塊錢一把。

接著來到佤族歌舞表演區。佤族青年男女的外貌、裝扮、口音、舞蹈等畢竟都與漢族不同，肌膚黝黑，身體強健，讓人聯想到奔放的非洲。但即便是再輕快的心情，也還是忍不住要嘆一句：實在是太過性急了！

主持人從表演開始前就鼓動大家離開座位，去看一看小賣部中的奇珍異寶，而這個舞台上的寨主寶座只要十塊錢就可以易主。整場節目安排了兩三個有代表性的歌舞與踩玻璃的絕活，演員十分賣力。最後的竹竿舞是一個互動節目，邀請大家一起參與。舞者的腳步與變化的竹竿相互嬉戲，很有趣，也體現出了一個民族的智慧與情趣。民俗表演就在這大人與小孩們的一陣彈跳後結束了。觀眾一邊整理衣裳，一邊微笑著點頭，準備離去。主持人突然在麥克風中高聲提醒：「我們優秀的攝影師已經為剛才參與竹竿舞的遊客們一一拍下了珍貴的照片……」然後又追著離去的人群，十分好客地請大家去坐一坐那個寨主的寶座。

為什麼一份迫切而良苦的用心有時候會這樣令人感到淒涼？

現代人的快樂是被預訂的。商業重要誰也不否認，但就不能含蓄一點嗎？就非得把內心對一樁買賣的焦躁這樣不加遮掩地攙和到一言一行中？以至於讓人不得不懷疑，哪怕是親眼見到的真實的文明，也未必是真的真實。就不能略微慢那麼一點，為民族間美妙的文化差異，為人與人之間真摯的友情留一份念想？這個國家的人民為什麼在度過了經濟最為困難的時期後，反而比任何時候都顯得更為饑餓？

從進門起，一處一處貼心貼肺的安排，無一不在提示並加深我的這種感覺。比如為每一個進門的大人和孩子發放一張免費拍照卡。

熱情洋溢的攝影師，拿著擴音器在草坪上召喚：來吧，來和這個秋天合一張影吧！大家將在出門的時候免費獲得一枚裝有個人小照的鑰匙扣。結果，出大門的時候，你遠遠的就能看見一根熱熱鬧鬧的繩子，上面蚱蜢似的掛著一張又一張照片。你和你孩子的影像被放大成了十寸，照片上你的孩子笑得比秋天的漿果更甜。

「沒關係，可以不買這張照片，下班後我們會處理掉的，鑰匙扣依然免費。」工作人員言語柔和，篤定的臉上浮著善解人意的笑容。靠得住大家都會配合著，以一種奇怪的默契。因為你不可能眼看著孩子的照片被扔進垃圾桶，或塞進粉碎機。雖然，這不是一款剛性需求的旅遊產品，但它的商業設計卻極為成功。無論是消費對象的針對性，還是單次消費的承受力，以及消費情感的引導方式都拿捏得妙到毫巔，使人一言不發，掏錢埋單，儘管你身上背著數位相機。

徹底讓我灰心的是在動物競技場。耍猴的遊戲已經out，現代社會共同的訴求是短、平、快，穩、狠、準，被玩兒的絕對都是最生猛的主兒，所以一上來就是兩隻大黑熊。果然新鮮，連大人都沒見過傳說中食人的黑瞎子能這樣直立行走，而且像五星級酒店的服務生一樣挺括。不僅動作訓練有素，甚至連神情都表現出知性與順從。

現在也不像我們小時候看過的馬戲團那樣，好戲開演前先繞著場子遛幾圈馬，或騎著腳踏車跑幾圈，耍幾個高難度的動作，那叫暖場。如今時間寶貴，凡事講究直接。黑熊開場後，直接上演的就是壓軸大戲：老虎與獅子。

孩子們太興奮了。要知道，動物園裡的老虎和獅子都是關在籠子裡的，不是閉著眼睛睡覺，就是睜著眼睛發呆。而這裡的老虎與獅子，地位等同於演員。黃斑或白紋的是老虎，金毛的自然就是獅子了。表演開始前我向朵朵一一介紹著這些動物，告訴她，這些老虎和獅子都是受國家保護的，就像母親保護你一樣。她用力點點頭，聽懂了。

人們等待老虎與獅子出場，就像等待拳擊場上繫金腰帶的拳擊手。森林之王們，一排六七隻，在眾目睽睽下，被兩個臉色鐵青的男人趕牛一樣的趕將上來，一個個垂頭喪氣，百無聊賴。其中一隻火氣特大，齜牙咧嘴的，雖不情不願，但也只得和其他大王們一樣，順著鞭子的指向，貼牆站成了一列。

一隻東北虎被要求騎單車。牠硬著脖子，向天嘶鳴，然後無奈的直立起來，在單車上草草地扒拉了幾下，就丟下車跑了。這一桀驁不馴的行為立馬激怒了馴獸師。他居然揮起鞭子，又是打又是罵。東北虎不得不搖晃著身子，再次走向那台該死的單車，放下一切威儀，以博得遊客的一陣歡笑。

生存面前，英雄只是一個傳說。曾經在繪畫作品中多次瞻仰過的吊睛白額大蟲，竟搶了獅子的飯碗，滾起了繡球。獅子呢，給大家表演鑽圈圈的把戲。鑽圈圈的本來應該是狗，但在這個英雄輩出的舞台上，狗徹底沒戲，誰讓牠連人都不會吃呢？

我不能阻止人類要把動物介紹給同類的願望，但我唯一的希望是，馴獸師能否改善一下他們對待動物的態度，完善一下他們的職業操守。面對這些對人類的言行已經熟稔到疲憊的動物們，就不能慢那麼一點點，溫和那麼一點點嗎？假如像我們在電視上看見的那樣，遇上牠們表現好就馬上報以獎勵的撫摸，我想也不至於讓人感到這般壓抑，滋生起罪惡感來。既然是表演，就不要以為你站在野獸旁邊就不是演員了，就可以不懂舞台規矩給人黑臉看了。

唉，我該怎麼向我的朵朵解釋，為什麼這些黑熊、獅子、老虎，這些像母親保護孩子一樣被人類保護著的朋友，會這樣被人類鞭打？為什麼這些森林的王者，要像蒼蠅一樣在水泥地上一圈一圈的轉呀轉？

二〇一一年十一月六日

第二輯
行書

廣場中央，他在吻她。
　我看不清她的面目，
　　是奧黛麗・赫本？是茱麗葉？是灰姑娘？
　　　只見上百隻鴿子環繞著他們，
　　　　搧動著灰白的翅膀，
　　　　　圍著廣場一圈又一圈飛翔。
　　　　　　教堂的鐘聲響了，
　　　　　　　一圈又一圈，向海域擴散，
　　　　　　　　他還在吻她，一直吻，一直吻，
　　　　　　　　　彷彿要吻到永恆。

半枚歐羅上的旅行

威尼斯的維納斯

如果你死心塌地愛一個男人，就別讓他去威尼斯！

從汽笛聲聲的遊船上下來，踏上連接碼頭的石橋甬道，再穿過一條喧鬧的貨郎集市，直到著名的聖馬可廣場，一路上彷彿全世界的頎長美女都特地招搖到了你面前，不為別的，就為了欺負你，就為了讓你自卑。可我又如此愛她們，愛她們的美，因為這是比貴金屬更昂貴、比玻璃更易碎的天賜珍寶。我想起舊作〈NO I DO〉，好像是為眼前而作——

她一出場　風便開始惆悵
立即以她為中心
世界展開了圓周的律動

男人的欲望 席捲其中
伴著莫名的懊喪
……
捲曲的髮叢潛藏妖嬈的密碼
哦 這優柔的力量 罪惡的花
躡腳的猛獸在她噴香的意志下
充溢溫柔 而暴力湧動
有時只為傾訴衷腸

還記得那個穿著粉色魚尾裙、蹬著細跟鞋、踱著S型走過一條長長街道的致命背影嗎？在威尼斯，遇見一個像電影《色遇》（致命伴侶）中的女主角安潔莉娜．裘莉一樣的女人，那是太小菜了。

你看那，她提著一襲水藍色及地長裙離開甲板，屈尊微笑著，接過船員手中的玲瓏皮箱。不是金，也不是黑，而是一頭似乎無須打理的褐色長髮，任由亞德里亞海的風吹拂著，在她的頸畔與腰間恣意嬉戲。她一定是沃爾科特筆下的那個安娜。「讓我們對著她的乳房發誓，她的眼睛清澈無比！」但她不可能正眼看你。即使她看了你，那一眼也純屬無意，因為她美得像真理，天性冷漠而高傲。誰對她有要求，誰就犯罪。威尼斯某一棟拜占庭式的水上別墅裡，有可能正躲著那個靜候著她的情人。

這位呢？咖啡色的棉布長衣一直延續到膝蓋以下，一條同色且面料輕薄的長褲默默搭配著它，金色的齊耳短髮之上是一頂咖啡色的貝雷帽，右肩搭著一個大大方方的咖啡色布袋，混在高矮不一的人群中，與女伴一邊走一邊閒談。沒有詩句可以形容她，因為她很可能就是詩人。當她出現在聖馬可大教堂回廊那幾根白色大理石羅馬柱之間時，我驚呆了！很難判斷我當時的心思，並沒有理由怨恨啊，因為她遍體散發出的藝術氣派並沒有一絲張揚。當一個女人被上天賦予了美，又兼具這樣一種自然到令人渾然不覺的品位時，作為同類，除望其項背的悵然，還能有其他更體面的表示？哦，她一定來自佛羅倫斯，不久前才剛剛離開西尼奧列市政廣場，也許是美第奇家族高貴的後裔吧？

還不夠嗎？難道我還要向你描述那個咖啡館門口的黑衣女子嗎？誰敢驚擾她那雙神祕莫測的眼睛，彷彿掌握著一宗離奇寶藏的全部祕密。一種越軌的美，透過她指尖燃起的一團迷離煙霧，逼迫著你。

上面是石頭，下面是森林。威尼斯，一座充滿著魔法的積木之城。西元四五二年，當一群農民和漁民為逃避酷嗜刀兵的遊牧民族轉而避往亞德里亞海，並在水上建造了這座小島時，誰也不曾料到它會迎來多少個世紀的輝煌，特別是十世紀建立了城市共和國後，逐漸成為地中海最繁榮的貿易中心。巴爾贊說，威尼斯豈止是美學的聖殿，歌劇的搖籃，它還是政治學的發源地，經濟上的成功更不待言。就是今天的威尼斯，也仍以盛產珠寶工藝品、玻璃皮革製品、花邊刺繡等女性奢侈品而著稱全球。它的客運港，每年吞吐著三百萬名來自世界各地的遊客，這還不包括那些看上去比富豪更歡樂的街頭歌手、流浪藝人。從這個港口出發的遊輪，兩天後便可在愛琴海的諸島之間醒來。還有哪一座城市比威尼斯更吸引年輕美麗的女子，以及躡蹤而至的追隨者？

聖馬可廣場群鴿翔集。我問導遊：世界上最美的女人應該就在威尼斯吧？這位見多識廣的台灣中年男子冷靜地回答道：不，在俄羅斯。我信不過他，眼見為實。如果你死心塌地愛一個男人，就別讓他去威尼斯！否則，就判他死罪！又假如，他藉此執意要去俄羅斯，那麼，就判他終身監禁！

帶著自卑自慚的心情，我與另一位畫家女伴王曉黎，行路時盡可能靠著屋簷，簡直就差摸牆扶壁了。一邊走一邊感慨：文藝復興中義大利為什麼能誕生那麼多美侖美奐的雕塑，使得人類發現了自身的驚人之美，可算找到答案了。藝術來自生活，力求高於生活，但事實證明它們從未真正地超越過生活。從古至今，她們佇立於華美的宮殿中，接受著世人的朝聖膜拜，以永恆之美的名義。而她們，這美之源頭，一代一代，生生不息。她們有體溫，有掙扎，有欲望。她們會愛，會流淚，會死。她們攝人心魄的肉身之美，讓技藝高超的藝術家們唏噓著跪倒，流著淚描摹，而她們甚至不關心永恆。你說，誰比誰美，誰又比誰更稀有，更珍貴？

導遊告訴我們，與每年都以一公分傾斜的比薩斜塔一樣，威尼斯水城每年也在一寸一寸地往淤泥與海水中淪陷，看一眼，少一眼，而很多本地居民已開始遷往島外居住。又聽說，斷臂維納斯之所以美，是因為雕塑家掌握了女性人體的黃金比律，即頭部占身長的七分之一。

還好，這種概率想必我等還是可能企及的。用一杯咖啡的鎮靜，再加一趟貢朵拉的逍遙，我們開始變得釋然。在貢朵拉碼頭我以並不昂貴的代價獲得了兩幅珍貴的藝術品，黑色的平面襯底上，以浮雕的形式凝固了一個芭蕾演員起舞的瞬間，一束幽藍的光穿過她的身體，將她的美推向了絢爛和殘酷。捧著它們，再次經過這一個被譽為全世界最美的聖馬可廣場時，我驚呆了——

廣場中央，他在吻她。我看不清她的面目，是奧黛麗・赫本？是茱麗葉？是灰姑娘？只見上百隻鴿子環繞著他們，搧動著灰白的翅膀，圍著廣場一圈又一圈飛翔。教堂的鐘聲響了，一圈又一圈向海域擴散，他還在吻她，一直吻，一直吻，彷彿要吻到永恆。

二〇一一年八月十四日

羅馬，當然是羅馬

「我愛祖國，愛人民，就是不愛勞動嘛。」一位頭髮稍顯凌亂的羅馬男子，半倚在咖啡館的門口，啜著一杯半價的咖啡，這樣對我說。

羅馬，是被歷史寵壞了的一座城市。祖先留下來太昂貴的廢墟，修道院、教堂、凱旋門、歌劇院、競技場、大浴場，這些曾經出入過錦衣麗服者的斷垣殘壁，對於今天的羅馬人而言，是一座取之不竭的文化銀行。人們優游其間，哪怕再揮霍上一個千年，這份豐厚而不可複製的遺產也仍然受用不盡。所以，羅馬是這個世界的落魄王子，只需要用憂鬱而略帶頹廢的眼神朝你看上一眼，便足以將你的心虜獲。至於什麼持續的科學發展觀，他完全沒概念。相反，這位王子，時間越是推移他就越是富有。

說到義大利式的富有，又何止羅馬。記得那次我在佛羅倫斯剛看過百花大教堂，當地導遊帶領我們穿一條小巷去餐廳。走到某個拐彎處，她好像突然想起什麼來了似的，一回頭，指著一面牆壁跟我們說：「哦，對了，這裡曾經生活過一位有名的作家，他叫但丁，寫過《神曲》，如有興趣可以稍微看一下。」我當場就要昏厥過去，為導遊提及但丁的那口吻。急匆匆地，我和這位捎帶著被介紹給我們的「有名的作家」嵌在牆壁中的半身雕像合了一張影。照片中，但丁的神情與我一樣顯得有些陰鬱。我大約在為他忿忿不平。可是，我轉念一想，拉斐爾、達芬奇、米開朗基羅，哦，義大利的文藝巨匠實在是太多了。也怪不得導遊對但丁都沒有太上心。

同樣，在羅馬城，就連一塊地磚都是活的，都刻著時間生命。因此，就算交通再癱瘓，羅馬人也寧願在等待中損失一些貨幣，而不願為了拓寬馬路拆除一棟古建築。有一個誇張的說法是，如果說中國的堵車高峰期分別是早八點和晚八點，那麼羅馬的堵車，是從早八點一直到晚八點。可即便如此，生性自由的羅馬人還是喜歡駕車上班。堵的是馬路，車內的空間總還是自由的。

但我沒搞明白的是，隨性到骨子裡的義大利人為什麼單單苛求於樹的形狀？在羅馬的路邊，經常可以看見一些叫不出名字的樹，它們高邁的樹冠被清一色修剪成了片片雲狀，一副循規蹈矩、品質馴良的樣子。那麼多樹，那麼高，需要付諸多少人力，用怎樣的工具和刀法才能深入雲端，為天空塗上這些綠色的雲朵啊？

話說回來，不修剪修剪樹木，王子又能幹些什麼呢？羅馬人實在太熱中於塗鴉了！屋頂、停車場、垃圾桶，大的小的，立體的平面的，能塗的地方都不會放過，而天空無疑是最寬闊的畫板。藝術家，在羅馬是一種泛稱。

如果流浪，我會選擇去羅馬。赫本銀鈴般的笑語、呼嘯而過的馬車、旋轉的音樂木馬、含著熱淚的冰淇淋、陽光下的閱讀者，以及白色的柱子、十字街頭驕傲的騎士……「羅馬，當然是羅馬！」

在羅馬，我第一次見到橄欖樹，一眼就喜歡上了它那披披掛掛的樣子。細密的葉片，長長的鬚髮，這一身裝扮啊，果然像極了一個流浪漢。它不事張揚，所以即便無處不在，你也不會覺得有多突兀。但它是美食裡的藝術家。哪一位歐洲的大廚手邊能少得了一瓶綠玉濃漿的橄欖油？

有人為了夢中的橄欖樹而流浪遠方，我流浪到了遠方才看見了現實的橄欖樹。除了橄欖樹，在羅馬街頭，經常能看見的還有懷裡抱著條狗的流浪漢。他們安靜的坐在那裡，行人經過時，有那敬業的乞討者會將一隻手淡淡地舉在胸前。不敬業的呢？索性拿一本書看著，頭也不抬，身前鋪著一張平闊的紙，塗鴉著一些什麼，連個像樣的擱錢幣的碗都沒有。一副有錢沒錢都要把日子好好過下去的樣子。海涅不是說麼，在義大利，只要能讓自己活著就是愜意的。

讓我印象最深的還是那位咖啡乞丐。

走過去的時候，我見他兩眼漾著一團柔和的光，像布置體面的甜點櫥窗中射出來的那一種，而臉上的微笑是取自沙龍客廳中某一位嘉賓的。穿著一身半舊的便西服，袖子隨意地半挽著。懷裡的狗啊，沒有哪隻動物能夠那樣的滿足與幸福。牠有太多的時間領受主人溫暖的手掌的摩挲愛撫。我俯下身子，輕輕放下了一枚歐元，他同樣輕輕地向我點了一點頭，並特地為此加深了一道嘴角的紋線。

等我走回去的時候，那個位置空了。他和他的狗，挪到了馬路對面的露天咖啡座。他在看報紙，他的狗正在品嘗甜甜圈。不問可知，那甜甜圈是用我的一歐元埋的單。

真是又好氣又好笑。都成了勢所必至，理所當然了。米蘭、熱那亞在為羅馬、威尼斯埋單，德國、法國在為希臘、義大利埋單，中國、印度在為歐洲埋單。伊索寓言有個故事大家都聽說過了：冬天，一隻饑餓的蟬向螞蟻借糧。螞蟻對蟬說：你為什麼不在夏天多種點，多存點呢？蟬回答說：那時沒有工夫，我在唱歌。螞蟻笑著說：如果你夏天唱歌，冬天就去跳舞吧！據說這個故事已經被改寫：螞蟻最後不得不借糧給蟬，而蟬在繼續唱歌，螞蟻也在繼續忙碌，因為他們同在歐元區。唉，沒搞頭！

義大利人真的很愛祖國。編《義大利之魅》的麗莎女士說：義大利人對自己的國家比任何外國人都愛得厲害。這是個工人哼威爾第、引用但丁、對自己的午餐心滿意足的國家。他們傾倒在祖國的魅力之下，很少到國外旅遊。

義大利人也真的很愛同胞。超級義大利粉絲司湯達說：在義大利，一個工人跟一個千萬富翁說起話來，就像跟另一個自己一樣。這在英國讓人難以置信。

但是他們也真的不愛勞動。至少南義大利人是如此。金黃的陽光，湛藍的海水，把他們寵壞了。而羅馬，一直是南義大利的起點。羅馬是被歷史寵壞了。

但是往深處想，他們的生活方式真的就不正確嗎？很有可能，他們才是懂得生活真諦的人。假如你去問街角那個拉得忘情的小提琴手為什麼流浪，難道就不想成為一名真正的樂手，站到音樂廳的鎂光燈下去演奏嗎？他興許會這樣回答：如果我感覺夠了，為什麼還要那麼多？

是啊！假如能長久的與自己和平相處，那麼什麼命運的公平不公平、世界的扁平不扁平，又奈我何？

讓我們從羅馬出發吧，沿著文藝復興的道路往回走，回到古典主義，回到海頓之前，回到格里高利聖詠，回到高山，流水，回到故鄉。

二〇一一年十一月七日

瑞士那個慢

瑞士嘛，是掛在一個裝飾得體的房間牆壁上的一幅風景畫。像一個已經完成了的理想，面對它，你會感到一種欲望消歇後的滿足，只剩下嘆息。又好像走進一座花園，所有的花朵都在你面前盛開著，每一片花瓣都完美無瑕，可惜的是，它們不會凋謝。

瑞士美則美矣，新鮮卻不見得多新鮮，這就是為什麼，我回來快兩個月了，現在才想到要說說瑞士，因為瑞士沒有什麼好說的。

進入瑞士邊界的那會兒，天空正下著雨。雨線斜斜地敲打著車窗玻璃，輕快地將我從睡眠中喚醒。睜開眼，我彷彿看見一匹馬，以夢幻的姿態出現在前方的坡地上。細雨中，低著頭，尾部的鬃毛指出了風雨的方向。馬的旁邊是一幢棕色的小木屋。車開過後，我轉過頭，搶了一眼，還在那兒。哦，原來是真的！這樣的圖景一遍又一遍重複出現，漸次加深了這個現實空間帶給我的不真實感。哦，怎麼像假的？

空中雲朵的位置決定了草地的色澤是深綠還是墨綠，它們連成一片，起伏成青青的山脈，山脈的名字像神的兒子：阿爾卑斯。這四萬多平方公里的國家完全被綠色統治。僅眼前這片海浪一般富有韻律的草地，就讓人嘖嘖連聲。更何況還有那連袂而來的湖泊，像神女臉上泛起的酒窩，深深淺淺，令人沉醉。人在車裡，車在路上，可遠觀而不可褻玩，而路過也就是錯過，平添人多少懊惱與感傷。

綠地、木屋、灌木、雲朵、湖泊，當一些並不新奇的事物，以這樣一種無限廣闊的態勢呈現在你面前時，你很可能會驟然間成為一個有神論者，相信這定是一片被神寵愛著的土地，是他攜信仰散步的地方。

漸漸行去，像一串琉璃項鍊，一些彩色的屋舍一顆珠子一顆珠子接連不斷地來到視線中，於是城市漸漸地露出了一些端倪來。

盧塞恩城，有花團錦簇的廊橋，有湖中美麗的天鵝，但我怎麼也忘不了那隻獅子的眼神。

獅子紀念碑是位於城中的一座負傷獅子的雕像，由丹麥雕塑家巴特爾・托瓦爾森設計。雄獅橫臥在一塊山體的石壁中，背上深深的插著一支箭，鮮血從傷口中流出來，表情痛苦，但前爪仍然按住了繪有瑞士國徽的盾牌，和一支象徵戰鬥的長矛。

它的眼睛，我好像在其他地方見過，也許是某一個悲傷的人？其中凝聚著忠誠與絕望，帶給人的不是憐憫，而是內心的自我譴責。馬克吐溫曾經說它是「世界上最哀傷、最感人的石雕」。

雕像是死的，但它的痛苦卻活著。從它身旁走過的人，都能聽見一個生命在垂危之際的哀鳴與怒吼，雖然這聲音已趨於嗚咽。從線條處理的節奏中可以看出雕塑家對生命細緻入微的體察，以及在創作時內心的湧動。他極為成功地賦予石像以聲音，營造出了一種痛徹肺腑的悲劇氣氛。

這個獅子紀念碑是為了紀念法國大革命時為保護法王路易十六及瑪麗王后而死的七百八十六名瑞士軍人而建的。石像的上方刻有拉丁文的一句：「獻給忠誠和勇敢的瑞士。」兩百年來和平而中立的瑞士，曾經的大宗產品是僱傭軍。好幾個世紀裡，他們可真的能打。

哦，你看，蘋果樹！

還沒有進入瑞士，在那個像郵票一般大的國中之國列支敦士登，我們發出一陣驚呼。這個袖珍國家小到只有一個五十人的警察局，精緻的王宮就坐落於一座小山上，在哪一本童話書的插圖中見過。你喜歡的話簡直可以偷偷撕下來，塞進口袋帶回家。

但最令人崩潰的，還是一路上的蘋果樹。我沒有見過哪個地方的蘋果樹，是這樣慷慨的遍植於大地之上的。真好看呀！蘋果樹的樹冠是圓圓的一叢，沉甸甸結滿了一個個閃亮而誘人的果實，像聖經〈創世紀〉裡寫的那樣。彷彿心智突然被一個寓言點亮，光芒像碎片一樣紛遝而來，為了某種啟示。我剛伸出手，想摘，又不禁縮了回去。

我想到了大觀園裡的晴雯，死後做了專管芙蓉花的神。既然凡人也能升級為花神，那麼我的機會不見得一定沒有。於是我對身邊的旅伴說：「我走不動了，就留在這裡了吧！」旅伴指著街邊的一列小火車說：「好啊，我們乘著小火車去瑞士了，你就留下來當蘋果女王吧！」

憂傷啊，七十二變的齊天大聖也不過做了一回弼馬溫，我又怎麼能行使起夏娃的權利呢？於是，只得繞著蘋果樹唏噓感慨了一回，就直奔瑞士去了。

但想不到，在瑞士，蘋果樹更變本加厲的多起來。

在瑞士湖邊度過的這個夜晚，我憶中的一個良夜，下榻的酒店位於一片綠茵覆蓋的坡地下方，在幾步之外等待我們的，是一個巨大而平闊的湖泊。對岸，隱約可見一片山林，亮光點點。霧靄將眼前的一切都塗成了同一種藍，天空、湖水和山林，就連燈火也被染成了星光的顏色。湖的那邊，也就是湖的這邊。週圍種了很多蘋果樹，一副就等你去摘的樣子。我已經不可能不先去摘一些蘋果了——

這蘋果樹，這歌唱，這黃金……

我永遠忘不了高爾斯華綏的小說《蘋果樹》的開頭。現在，蘋果樹就在我眼前，結滿了取之不竭的貪婪。好像樹上的蘋果越摘反而越多，不一會兒，紅豔豔的，撲滿了我的衣襟。起初我們還東張西望左顧右盼，等到終於發現這裡的人對待蘋果的態度，簡直就像山中人向遠行者開放一汪山泉一樣滿不在乎時，才真正感到了自己的卑微。可畢竟是第一次摘蘋果，到底還是新鮮。

蘋果不算大，裹著露珠，帶著一股酸甜，咬在嘴裡，唇齒留香。第一口咬下去時我有點緊張。抬頭望了望天，想看看雲端有沒有上帝窺探的目光。看不清，於是大嚼起來，連吃了四五個，覺得開了些心智，才心滿意足的回房間，好好睡上一覺，祈禱明早醒來能在床頭看見智慧女神。

這麼多的蘋果。我特地留了最先摘下的兩個，一青一紅，帶回杭州分享。想不到有一條蟲子，竟偷偷的藏匿在紅蘋果中，偷渡到了我的國度裡，我的生活中。

這裡的人實在是太安靜了。一條街上，一天下來也看不見幾個人，似乎只有神出，鬼沒，連家中的寵物都被調教成了慵懶的個性，極少出門。

那個晚上，我們一行人因光顧著摘蘋果，錯過了正常的用餐時間。那就消夜唄。要是在中國，轉眼間大家就會歡天喜地的圍坐在大排檔的日光燈下，胡吃海喝起來了。可這是在瑞士，這個好多好多年連首都也懶得弄一個的國家（直到一八四八年才定伯恩為瑞士聯邦的首都），要敲開已經打烊的大門，讓他們為你重新點燃熄火的爐子，恐怕不比叫他們做回歐洲的僱傭軍更容易吧。

早知道當地飯店少，但沒想到這麼少。我們很快就悲慘地得知，方圓數里，只有無比珍稀的兩家餐館，一家已經熄燈，另一家找不著。

有人心存僥倖，提議找一戶當地人家試試，看看能不能感受些許國際人道主義精神，哪怕賞幾片烤麵包，一鍋熱湯，都好。然而，儘管我們大鬧天宮似的在一戶別墅前，按門鈴的按門鈴，邊鍬邊的邊鍬邊，好一番折騰，也未見主人身影。大約過了二十多分鐘，見我們還沒有走的意思，主人才懶懶地擰亮了樓梯間的燈。一位頎長的男士，隔著窗玻璃，一邊打著地老天荒的哈欠，一邊用一口能淡出鳥來的法語，向我們詢問事由。閉門羹算不算吃了呢我說不準，但好歹他為我們指出了另一家餐館的具體地點。當然，找是找到了，廚師也已經下班了。

真是慢啊。瑞士就連時間也比中國慢上七個小時，慢到連死都要活活等上一輩子，因為聯邦憲法禁止死刑。也大概是因為死不痛快，所以公民都很嚴格守法。報紙上國際新聞是不相干的國家們相互之間非理性的角力，國內新聞是雞毛蒜皮的破事兒的嘮嗑。犯人向獄警投訴最多的問題是當天播放的電視劇不好看。這叫人怎麼提得起精神？太和諧，唉，沒搞頭。

這是一個心態多麼篤定的國家呀！夏天摘摘蘋果，冬天剪剪羊毛，滑滑雪。理想實現了，歷史終結了，這世界沒有瑞士人什麼事了。他們只管造一些名貴的鐘錶，給地球上別的人類精確地計時。他們自己反而是用不著了。一萬年太久，不爭朝夕。

令我洩氣的是，我們再快再快，怕是趕不上他們那個慢了。

二〇一一年十一月四日

女神

這會兒，一個柳絲兒紋風不動的夏日的午後，我坐回拱宸橋邊自己的咖啡館，打開勝利女神雕像的照片和錄影，正視、旁觀、遠看、近察，試圖重現一週前在羅浮宮親身領受的那旋繞在女神周身的風暴，然而，我的追述將何其蒼白？

試想一下，如果你剛剛才見過蒙娜麗莎經典的微笑，又剛剛才度量過斷臂維納斯合乎黃金律的美，那麼還有什麼可以震撼你，衝擊你，讓你尚在五十米外，還沒有步近中庭，就被一股撲面而來的風所裹挾？

因為突然，所以窒息。我相信人世間有一見鍾情，卻沒有遭逢過一眼勾魂攝魄、當場氣絕身亡的奇遇。畢竟女性與男性相比，看待異性的角度存在本質上的差異，我做不到第一眼即從外表斷定自己能否全然接納一個男性的一切。那就讓我想像真愛吧，帶有一定的侵略性的，類似風入窮巷與陋室，吹死灰，駭溷濁，揚腐餘，席捲起枯枝敗葉，於是通體敞亮，心頭一陣陣寒噤。里爾克在〈哀歌〉第一首中寫道：美，是一種你恰好能接受的恐怖！

就是這樣，我被勝利女神嚇到了——

她正面迎你，立於微翹的船頭。右腿在前，臀部隨殿後的左腿而略倚向左，從腿部肌肉飽滿的線條，以及胸部凹凸有致的輪廓，你能清晰地感到她身體的重量如何均勻的囤蓄於此，囤蓄於這一副強有力但又不失女性柔美的下肢中，也正是這一完美的站姿，令女神巍然傲立了千年。

最令我心折的是女神的衣裳被海浪浸濕又被海風吹動的細節。雙乳撐起了觀者堅挺的性別意識，而衣裳S型的褶皺，以及順致而下的沉墜線條，在不斷地呼應有形物質與無形要素之間的絕對統一。那水與風與肌膚之間薄薄的透明感，甚至能讓你感到女神潮濕的腹部透過冰涼的大理石，尚在呼吸。

從側面看，女神張開的雙翅羽翼分明，甚至能清晰地看出羽毛被海風劇烈吹拂後那略顯凌亂的痕跡，聽說運動品牌耐吉的商標靈感就取自勝利女神翅膀的弧線，優美又不失雄健，意味著永恆的勝利與凱旋。據說她是為一次海戰打敗統治著埃及的托勒密而建，十八世紀被後人發現前一直聳立在薩莫德拉克勒邊的懸崖上。

風從哪裡來？我環顧四周。羅浮宮建築樣式古典，是典型的文藝復興時期的建築風格，規模宏大，內部裝飾華麗。光線從穹頂圓形天窗中投射下來，柔和地打在這尊高三・二八米的雕像上。勝利女神所在的這間中庭正好處於另外幾間展廳之間，一條宏偉寬敞的階梯高處，我不斷地抬頭昂視，彷彿她隨時都可能凌風而去。

沒有其他可能，這尊女神雕像的頭部如果存在，她一定是正視前方，毫無畏懼。也許是出於大理石材質的原因，以及雕塑這一藝術手法本身對於平面物質處理的難度，我們發現所有的希臘雕像眼神所呈現的都是無物的圓形。空洞，所以包含一切。一種圓，一種自在的逼視，滿足著觀者內心的一切視覺要求。在遊賞之際，羅浮宮的工作人員一直在向我們講解繪畫創作中透視法的要妙，以及這一技法對整個西方繪畫藝術的重要性，這一點在〈蒙娜麗莎〉中得到佐證。眼神對位，即無論你從哪一個角度看畫中人的眼睛，它都如同星辰一般跟著你，轉。也可作唯心理解：你在看，所以她在看。

很多人拍照時喜歡將眼神迴避於鏡頭之外，試圖構建一種別處的風景重心。也有很多攝影師會說：「來，眼睛看著我手指的方向，側一點，再側一點，哎，好！咔嚓！」殊不知，這25度或45度的美妙肖像中只有畫中人的個體存在，而那一種風景是觀者所渾然不覺的，因此，你，並不存在。

當然，我現在關於雕像眼睛的談論都是空談，因為這尊勝利女神，除了與維納斯一樣沒有手臂，連頭也沒有。但是假如它存在，是不是又會生出更多遺憾？據說有很多後來者從藝術的殘缺法則中深得了遺憾之妙。羅丹發現他的巴爾扎克雕像那隻手過於出眾以至於影響了整體的凸顯，便揮刀割愛。我反躬自問，為了一首詩的整體效果，我捨得將那些最得意的句子輕輕刪去嗎？這一抱負何其悲壯。可又為什麼不反過來，只留下一隻手，讓它格言般存在？

勝利女神的手果然都遺落烏有鄉了嗎？並非如此。就在女神雕像的右側，展示著一隻向上微攏的手掌，據介紹，經過鑑定，可以確認這隻手掌的石質與雕塑本尊出自同一個島嶼（一八六三年從薩姆特拉斯島的神廟廢墟中發掘出來）。館中更有一張平面圖，推斷還原出了女神雕像完整時的樣子：右手拿著一隻長長的號角，與雕像的嘴部連接在一起，左手則握著一根無頭的長矛，耷拉著垂下。就像男人最怕的就是女人對他沒有要求吧，女神無手，因而把握了一切。老子說，執者失之；反過來，失者執之？我不贊成刻意破壞，也不認同拼湊歷史。高鶚被人指摘了多年，而狗尾續貂的野心卻一再上演，隨著時間的推移，越發不成樣子。

此時的運河已夜色旖旎，月亮似一枚自身的倒影，籠著水衣。七月十三夜的月亮，有一點不圓滿，有一點缺憾，但是，很美。

二〇一一年八月十二日

下江南

生性憊懶的人只擅長浮想，鎮日幽囚面壁，行動力卻不強。江蘇離浙江很近，開車時油門只要稍加一腳，也就過去了，我長這麼大卻硬是沒有去過江蘇。前些年光顧著求真務實，專幹些有用的事，對這種務虛的遊蕩不歸，無用的流連忘返，很有點看不起。如今雖不至否定從前，但也逐漸開始懂得，光陰易逝，須得珍惜，須得一寸一寸的把玩，以虛度的方式。

今年的「三月三詩會」，從江南曲水流觴到了東海。此番江蘇行，正是藉了參加這個詩人節的美契。恰逢煙花三月，何不從流飄蕩，沿大運河巡遊一番？東海在徐州和連雲港之間，所以我就乘高鐵先到徐州。這江蘇要麼不來，要來就索性一竿子扎到最北端，然後再由北朝南，一停一停的往回走，徐州、東海、連雲港、淮安、高郵、揚州、南京。這一路線，跟康熙和乾隆保持了高度的一致，歷史上都把這種玩法叫做下江南。只是我跟他們有點不一樣，從南京就直接回杭州了，還是乘高鐵。想去蘇州沒時間。不去也對，這叫留有餘地，因為好事也不能做絕呀。

徐州的樹

江南的現實太夢幻了，夢反而失去了夢味。坐在高鐵上看粉嫩的春天，就是再現實的人也會變得綿軟、腐朽起來。曠野互為贋品，不斷複製，蓄意製造幻境，彷彿新娘的摸手遊戲，令人目酣神迷。只是，是與不是，你都帶不走她。從南至北，長江流域的風物差異中最惹人注意的是那水氣裡的房舍。杭州近郊寶塔糖式的房子，不中不西，非驢非馬，是最彆扭的美學。北方的房子，卻基本上吻合我對古代耕讀人家的想像，一面白牆，幾處籬笆，隱約湮跡在叢叢寒樹中，宛若撲朔的隱士。只恨人在車上，看不十分真切。

到徐州的那天，天是灰的，牆是灰的，樹也是灰的。我喜歡灰，中國灰。灰是介於水與墨之間的顏色，是化開了去的那些子什麼，裡面有中國人的大悲哀，也有小情懷。

整個冬天，我都沉溺在以大量的灰色為背景的樹之魅惑下。前世的身段與細節，此時它們已統統忘卻了，在這凋敝的季節裡，所有的落葉樹木都歸屬於同一科目：黑樹。光禿禿的黑枝椏，條條直直地戳向溟濛的灰色的天空，有一種特殊的神力。我一看就能癡上幾個小時。縱然一到春天，我也喜歡那滿樹翻起的綠浪，但頂喜歡的還是樹的現在這個樣子。為什麼我會對這樣一個冷峻蕭疏，甚至有些怪異的形象如此癡心著迷呢？莫非透過這臉色鐵青的硬漢，看出了他身世中隱藏著的某些東西？

樹永遠是季節的主角，遠遠把花比下去。我在徐州街上看到的梧桐樹就是一幀幀運筆急促的素描，沙沙沙的，隨意圖畫，最投合我這樣粗心大意的人。又只在樹的骨節處多圈上幾筆，好像中年人的布灰色的心事。不過最難受的還是那幾片落不乾淨的葉子，早已枯寂了，何必勾連枝頭，徒惹心悸呢？

東海的水晶城

年年的詩會，一樣的人到了不一樣的地方，就有了不一樣的詩。東海的詩是水晶。我在〈如是水晶〉一詩裡寫道：

> 你無法抵禦這陡峭如刀鋒的吸引。
> 為自身的形式所洗練，
> 又從未停止對光芒的塑造。

每到一地，逛市場總是最有人味的事兒，而逛水晶市場更有了女人味。東海的市場裡據說沒有假水晶，只有成色不等之分，最壞也就是晶粉製品，那也算真的吧。比那施華洛世奇強多了，那全是玻璃。

到市場外的地攤趕集，我淘了幾個淚墜子，一個紅楓，一個紅珊，一個給自己，一個給閨蜜。我是一個冷色主義者，這兩個暖紅的項鍊墜子是有緣偶遇的。不過，走不幾步，又挑了兩個幽冥的紫色，抵衝一下，一個給自己，一個給老姐。在地攤上轉悠久了，想想不好意思，又拐進市場裡，選了兩個紫金石的手鐲，一個給母親，一個給奶奶。

有一種綠紋理的水晶，名字特別好聽，叫綠幽靈。但我與它沒有緣分哪，一整個下午也沒撞上一件。倒是宿命般的又看中一枚藍色的托帕石。那種藍，藍得一見鍾情，藍得有一種憂傷的明澈在裡頭。取自天空，湖泊，或一個憂傷的人的眼睛。

從藏族詩人賀中的戲劇化成分極高的鬍子，我判斷出他的見多識廣。他誇我眼光好，我很高興。宋琳的眼光也肯定是好的，因為他也誇我眼光好。所以當舒婷問起我的收穫，我便得意地拿出藍寶石來給她瞧，她只瞧了一眼，就說不好。我問為什麼不好，她說這是印度的，不是東海的，所以不好。我一聽即刻心悅誠服。這回只得誇讚她識貨，眼力好。不像李笠和潘維，買來的水晶被大家一致針砭為比較沒有章法。

在回去的車上，在一群業餘珠寶鑑定家的七嘴八舌中，我睡過去了，做著紅、黃、藍、紫水晶的夢。模模糊糊地想：水晶真的像人一樣有記憶嗎？那麼人會忘記的那些部分呢，它也會忘記嗎？

浩渺連雲

雲在網路語言的意思是N，是無數，是浩渺。詩人歐陽江河為畫家何多苓寫評論，題目叫「當代性能獲得浩渺嗎」。這句話本身，足以讓人雲議一番而最終不知所云了。但連雲港絕對有當代性，而且真正獲得了浩渺：它東瀕黃海，與朝鮮半島和日本隔海相望，是隴海鐵路的終點，也是亞歐大陸橋的東方橋頭堡，那一端對接的點，據說，是阿姆斯特丹。

然而，連雲港我沒有時間停留，它留給我的記憶就是在蘇欣汽車站轉車時，花四塊錢在小推車上買了一根濰坊大蘿蔔。學薛蟠來比劃，是這麼粗、這麼長脆生生的鮮蘿蔔，虧他怎麼種出來的！而且，頭一回見，那肉是綠的！只知道有件寶貝叫翠玉白菜，這件竟是翠玉蘿蔔了。咬一口，好脆，好甜，水分飽滿，涼絲絲的直沁到心裡去。哎呀呀，這哪裡是蔬菜，這就是水果嘛。我要是每天能吃上一根濰坊的翠玉大蘿蔔，那該是何等福分，連薛蟠都怕折了的！

淮安與文人菜

「湯溝是什麼意思？」

「湯是熱水，溝是河，湯溝大概就是溫泉河。」

「那麼，雙溝呢？」

「雙溝，就是兩條溫泉河。」

「哦，聰明！」

旅人有一搭沒一搭地扯著，不覺間就到了淮安。

淮安是大運河的南北分界，是漕運樞紐。杭州有運河廣場，淮安也有運河廣場。杭州有拱宸橋，淮安也有常盈橋。只是這兩座橋實在沒什麼可比性：拱宸橋四百歲，常盈橋三歲。這常盈橋原來也是一座石拱橋，只是中間聳起了一個玲瓏的廊樓，像一名著復古裝的女郎，透著股時髦勁兒。來到橋邊已是華燈初上。作為拱宸橋的小半個主人，我頗有一點自負的踏著石磴子走到橋頂，笑盈盈的拍了幾張照片。

淮安現在的淮陰區清河區原來是淮陰，楚州區原來是淮安，楚州叫不響，最近又改回叫淮安去了。待我弄明白這些，也就順便明白了什麼叫折騰。從清河區打車十幾公里路去淮安區，我要看的是運河總督部院。到了才知，綠漆漆的大門裡演的是一齣空城計，因為院內連一片斷垣都沒有，只剩下薄薄的兩層地基，標注著歷史的痕跡。對面的鎮淮樓倒是更古，據說宋朝就有了，果然身世滄桑，連陽光到了這兒都有一種平白無故的索然感。樓下牆外，擠滿了扎堆下棋的老人，個個都有點犬儒主義的味道。

我頂喜歡吳承恩故居那個小小的院落。滿以為怪力亂神、花妖木魅的《西遊記》作者定住在怎樣光怪陸離的山窟裡，卻不料是這樣一個平常清寂的所在。一口井，幾株樹，一些閒置的器物。寧靜，平和，屬於貧賤夫妻的那種，卻不料裡面的靜者，已經駕著筋斗雲大鬧天宮去了。

一通走街串巷，好容易等著了一個滿滿當當的饑餓感，那個珍惜啊，是斷不肯含糊其吃的。捧著一副轆轆饑腸，歡歡喜喜地走進清江閘旁邊一家人氣很旺的館子，叫震豐園。果然是百年老店，光看看服務員那沉穩持重的作派，就夠你好一頓消受了：緩緩搖頭，慢慢擺手，懶懶張嘴，這個嘛沒有，那個嘛也沒有。但也因此可以咬定：這家館子，好吃無疑。

一碗軟兜，一百二十八元！就這黏黏糊糊的名字，也值？可當我把一掛子軟兜放進嘴裡，只會說兩個字：好吃！還有那比我伶牙俐齒的人，也就只會說三個字：真好吃！反正再多也多不過四個字了吧：太好吃了！所謂軟兜，就是一條條嬉皮拉塌的小鱔魚。除了一點子薑蒜外，整碗都是明晃晃的油，再不下其他輔料了。香濃不膩，肉嫩且滑。相比杭州奎元館蓋在麵條上的那幾片裝飾性的鱔片，淮安的軟兜雖軟，卻瓷實得緊哪！撲撲滿的一碗兒，精黃黃的條桿兒。數一數，該有三四十條小鱔魚吧。

淮揚菜果然是文人菜。蒲菜是第一回吃，別的地方也吃不到。這是蒲草的根中抽出來的莖，像蔥白又像韭黃，適合清炒，吃起來很清秀。最有文人范兒的是菜汁豆腐。玉白的豆腐，澆一層青滴滴的菜汁兒，那一份簡樸與精緻，在賓館裡的畫報上看到我就已垂涎了。端上來一瞧，咦，怎麼只有豆腐白，沒有菜汁綠呢？一問，改了，偷工減料了，有點煞風景。擱在古代，好比文人不穿長衫。放在現代，就是教授不帶眼鏡，竟穿一條運動短褲哪！

沿著古運河

近些年，關於大運河曾鬧過一陣意見，尤其是杭州人。杭州人對於把叫了一千年的「京杭大運河」改名為「中國大運河」很有一點脾氣。然而，到了運河的這一段，我從心底裡認同了這一變更。京杭固然是一個明晰的地理標籤，而中國才是所有啊。

樹的大陣仗是在淮安至高郵傍著運河走的公路上。那排場，壓得我沒有辦法呼吸，稍活過一點生氣來，也只是問身邊的人：「請問這叫什麼樹？為什麼這麼好看？」身邊的人大都也都癡了，呆了。那些熟視無睹，呼呼大睡者，我只當他們個個都是本地人。目前，從我能掌握的不可靠的訊息來看，它們大約是楊樹和水杉。但是水杉的樹枝太密了，不及楊樹乾淨俐落。

坐在公車上，我在左邊，樹們則炫耀在我的右邊。近景一排，綿延不絕。遠景一排，綿延不絕。中間流淌著那條亮閃閃的中國大運河。太陽就要掉下去了，只差一點。在遠處的枝椏間。一會兒俯在這棵樹上，一會兒又隱在那棵樹間，徘徊著，張望著，彷彿一位年邁的將軍，捨不下奮鬥了一生的舊沙場。詩詞曲賦太矯情，水墨畫卷不夠長。想來想去，還得感激古往今來的種樹人。

水域中偶見幾處圍合的漁網，矮矮地支在那裡，也不知做什麼用場？養魚、植藕，似乎都不十分像，倒是有三兩隻疲倦的水鳥縮著脖子，在上頭歇腳。清咣咣的漁網，漾在粼粼的水光裡，遠遠看著煙霧一般，像古時候大戶人家用來糊窗的軟煙羅。軟煙羅有秋香、松綠、銀紅幾種顏色，這一種該叫雨過天青吧？只是不知為何，看了讓人感到一種難言的哀愁。

貨船一艘一艘，繼往開來。波浪一綢一綢，伴著船家拉響的笛聲。岸上的人也許永遠都無法知曉水上人家的日子。無論是男人還是女人，運河裡的弄船人一擺手，一呼喝，沒有一個小氣的。我倒是在想，他們上岸後會是什麼樣子？也會賣上一筐魚，換上一罈新酒，再醃上一腿子鹹肉吧？

水鴨那個High啊！大船一過，只見鴨兒黨一個個愜意地騎在那一排排綠盈盈的波浪上，讓我想起驅車疾馳過西湖楊公堤的一座又一座拱橋時瞬間失重的輕狂與自在。不幸的是，再往前游，就是高郵了。高郵最著名的特產是麻鴨和雙黃鴨蛋。

汪曾祺的高郵

汽車駛進高郵正是黃昏，一偏頭就看見了一輪橙紅的夕陽，猶猶豫豫地半墜著，虛障在一片雲裡，好像一隻散了黃的鴨蛋。

其實，最不事張揚又好吃到令人絕望的，是高郵菜。打聽到琵琶路上多酒肆，於是摸黑尋訪，結果誤打誤撞，拐到了煙雨路上。這幾條路的名字就夠風雅了，吃不吃都是稱心的。頭上第一家，「尚品居酒樓」，就它了。

想起淮安到高郵途中那一夥無憂無慮的鴨兒黨，實在不忍心再點鴨湯，便取鵝湯而代之。喝下第一口，我只想曲項向天歌了，可惜沒詞，只好淒厲的老調重彈：「太好吃了！」

還有酸菜豆腐，也是美妙至極。按說江南不缺豆腐的好做法，可這碗平易近人的酸菜豆腐，好吃得讓人肅然起敬。就城市來看，高郵並不算講究，但因為有了這碗酸菜豆腐，遠遠近近的燈紅酒綠也頓時黯淡了。

就這麼小心翼翼地吃撐了，步行回去的路上，我突然想到，自己這會兒豈不像個灌湯包？人還沒到高郵，就知道了高郵的很多事兒，當然是仰仗汪曾祺了。所以，既然到了高郵，汪曾祺的故居是一定要拜訪的。街叫新河邊，巷叫竺家巷。三輪車夫一陣猛踩，就停在了一塊寫著「汪曾祺故居」的門牌前。想是來這裡的人多了，鄰居也都成了導覽了。一位婦人走過來，好意的說：「敲敲門，在裡頭呢！」

在裡頭？誰在裡頭？看門的人嗎？及至有人開門，才知道原來這位體態微豐的中年女士竟是汪曾祺嫡嫡親親的妹妹。像，真像！就像汪曾祺的小說〈受戒〉裡寫到的小英子，和她娘「是一個模子裡托出來的」！

不一會兒，妹夫金家渝也從內屋出來了。夫妻倆讓坐，看茶，情到，禮周。翻開茶几上的留言冊，滿是到訪者虔敬的題詞。再看牆上，貼著幾幅汪曾祺先生的畫作。有小貓、小鴨、粉荷。還有紫藤。哦，「紫藤裡有風！」

「紫藤裡有風。唔！你怎麼知道？花是亂的。」這是汪曾祺小說〈鑑賞家〉裡的幾句話。

汪曾祺的小說像散文，散文像說話，語言純淨，文體簡單，一種「口角兒很剪斷」的簡單。他筆下的一切都是淡淡的，就連恨也是淡淡的。然而，他留在書裡的葡萄、蛐蛐、天牛、佛手、菖蒲、梔子花，還有柳兒風、茶館、和尚、果販、畫師，以及形形色色的街坊，都讓人過目不忘。對我們活在其中的這個世界，汪曾祺真是喜歡呀。

攀談了一陣，幾個人便站在小書房裡留了影，背景是一幀汪曾祺的黑白照片。

從汪宅出來已是下午兩點多光景了，早飯吃得晚，中飯忘了吃，於是探頭探腦地想尋一家館子，填一填肚子。果然是大作家的街坊呢！一家家館子大門敞開著，夥計們有時間摸脖子、剔耳朵，就是沒時間燒東西給人吃。賠笑臉，說好話，接連拜求了好幾家，都不得待見。有一個男人，無事可幹，竟拿著拖把逗狗玩兒。一把子扔過去，嚇狗一跳，抽風似的撕竄開去，這男人就咯咯咯的笑。等那狗灰頭土臉的回來，他又去拿拖把……怪不得汪曾祺的小說裡有那麼多人物，不緊不慢，有滋有味，就那麼活過一輩子呢。

不過最終還是吃著了。紅燒汪刺魚、蝦仁扒乾絲、韭菜炒螺螄米，還有一盤青菜。家常的至味。

去江南叫下江南，都這麼說。去揚州呢？有叫上揚州的，有叫下揚州的，令人無所適從，只好不上不下地就這麼去了。

揚州八怪的紀念館真跡全無。牆上的印刷品還遠不如畫冊裡的清晰。但來時經過的小巷裡，那株蒼勁到只剩半空老幹的槐樹，卻很古，古得很。那是從唐人傳奇〈南柯太守傳〉裡就有了的。淳于棼，少遊俠，「家住廣陵郡東十里，所居宅南有大古槐一株，枝幹修密，清陰數畝。」有一天喝醉酒，他就做了一個夢，夢見自己成了大槐安國的駙馬。「夢中倏忽，若度一世矣。」撫摸著疙疙瘩瘩的樹身，我想，揚州看來最適合做夢了，淳于棼有南柯一夢，杜牧也有「十年一覺揚州夢」。再回頭，望一眼半空的樹身，好像心裡有些什麼，細想，又沒有了。

但最夢幻還是煙花三月的瘦西湖。從揚州八怪紀念館出來時，天空正飄著茸茸細雨。走過幾座石橋，經過幾扇紅漆大門，就到了瘦西湖的正門。畢竟是正版西子湖畔來的人，對瘦西湖這樣的縮水版原本是不大提得起興致的。但是進得門來，走過一程，漸漸我就不言不語了。面對這滿園春色，眼睛都不夠用，還有餘力品頭論足麼？但見眼前玉樹迷煙，繁花照水，婀娜溫潤的瘦西湖啊，像是只有一掐兒小蠻腰的骨感美人，彷彿染上了桃容與柳眼，讓人消魂。

這瘦削美人的瓜子臉上，定有一顆朱砂痣吧？在哪兒呢？我靈光一閃地想。

走，找個地方吃茶去！有朋友邊走邊打趣道：今兒在這樣的地方，如果能聽舒羽撫一回箏就好了。我心想，哪有這樣想到就能做到的便宜事？又記起小時候我擁有的第一架古箏便產自揚州，就順口答應道：若是有箏，就彈給你們聽。不料，剛走過一座鮮豔的赤闌橋，踏入一家茶肆，就宿命般的看見一架古箏，大模廝樣的橫臥在一扇花格窗下……

遊了大明寺和平山堂，在一個額上題著「文章奧區」的圓洞門前斗膽照了張相，就去了箇園。箇園也極是合我意。修竹萬竿，整個一瀟湘館，可以「獨坐幽篁裡，彈琴複長嘯」。再說，昔日的園主和姑蘇城的林老爺一樣也是個鹽官。這踞石而坐、倚竹而息的日子，於我就是一個夢啊。更別提與箇園相鄰的一片仿古街區，有一個綺麗的名字：花局里。我在心裡默默地記下了這三個字，將來必與我有一番文字因緣的。

南京，南京

畢竟是六朝古都啊。揚州有唐槐，南京的東南大學校園裡更有六朝松，讓杭州吳山上的幾十棵宋樟輩分低了下去。又聽說南京的雞鳴寺好，沒想到夾道歡迎我們的竟是櫻花，白茫茫一片花海，開得那麼澎湃，像青春合唱團，又像沸騰的浪兒沫，席捲雲空。

不過印象最深的，還是雞鳴寺院後邊的那一段古城牆。半面古剎，半壁江山。你的手掌可以直接觸碰到歷史的滄桑與雄偉。時間在這裡定格。上面的每一塊磚上都刻著工匠的名字，深深淺淺，斑駁依稀，刻著古人對時間、對名譽的珍惜。

從古城牆上走，頓時起一種衰草荒煙之感。南京的大氣，在鍾山，在長江大橋，更在這朱洪武留下來的明代城牆上。沿著城牆上走過去，可以一直走到中山陵景區。中山陵地圖上看著不遠，其實不近。於是從城牆盡頭下來，上了一輛計程車，嗅覺靈敏的司機只讓我們搭了十分鐘，便中途放下，說是車太多，不如步行快。心裡雖覺得這很不地道，但也因此與真正的風景撞了一個滿懷。

在琵琶湖一帶的步行道邊，從天骨開張的法國梧桐的行列之外，一株極高的白玉蘭吸引了我。就那樣隨隨便便的站在一片雜樹林裡，不可思議的開著滿樹白花，像拿了白孔雀毛拈了銀線織的大裘，從樹端嘩啦一下鋪散開去。白玉蘭並不鮮見，但每次現身，總給人一種突如其來的驚豔感。你走向她時，卻彷彿是她在走向你。《癸辛雜識》中稱它為玉圃，也說「奇奇怪怪，不可名狀」。每次看到玉蘭，我總會聯想到無花果。一個不開花光結果。一個光開花不結果。一個來自天堂，來自伊甸園。一個從來在人間，永遠在人間。

走過明孝陵梅花山，春光那個鋪張啊！西湖的孤山、靈峰，余杭的超山，都是賞梅的好去處，但記憶中還是比不上這梅花山的熱鬧，紅的像桃花，白的像梨花，紅紅白白的卻只像是梅花。

一直走到中山陵，卻再也沒有氣力上去那百十級台階了。要知道，我們是從雞鳴寺一直走到這裡來的。富有萬里，貧於一寸。為山九仞，功虧一簣。晉謁國父的主觀願望是強烈的，可是腿軟。

「你對孫中山有什麼成見嗎？」

「沒有啊！」

「那你想不想吃鹽水鴨？」

一個無厘頭的饕餮之徒，用口腹之欲消解了百年中國的宏大敘事，令人啼笑皆非。

秦淮河想去而沒有去。那條胭脂河據說已經布滿了銅鏽。商業世界，不去也罷。留一個空空的念想，也許好過一個滿滿的失望。我只是偶然從四牌樓旁經過，那兒有一座雲錦博物館，金碧輝煌的牌樓上，鐫刻著「江寧織造府」幾個大字。哦，這就是曹雪芹祖居之地，康熙六下江南，大約有四次是在這兒下榻的呢！

像襲人開門被寶玉踹了一腳，我在牌樓下面照了一張相，以一種被歷史貫穿了心窩子的感覺。

二〇一二年五月一日

冬季到台北來看人

起初是認真的，也以為自己就認了真，於是就認認真真地準備起來，去台灣為自己的詩集的發布和推介活動做系列演講。結果呢，想要認真的事情反而是平常對付了，玩得倒是很認真。由於要在近十所高校演講，受工作任務的牽制，去不了許多風景區。唉，沒地方玩，只好找人玩。

台灣好玩的人真多。社會學家趙剛、水彩畫家楊恩生、文學教授呂正惠，那都是一等一好玩的主。當然，設計家林磐聳、國畫家于彭，還有社會老閒達蕭佑安等人的好玩程度也絕不遜色。我沒有辦法把自己留在台灣，所以就只好把他們一一留在我的劄記裡。邊走邊記，一天一篇，一時寫不了，兜回來接著寫。十二天行程，看得不多，寫得不少。多與少，有時跟字數無關，就像快與慢，有時跟速度無關。

二〇一一年十二月二十一日

初來乍到

十一月十九日，雨

昨晚，在唐雲藝術館主持完好友王曉黎的《陌上》畫展已近十點，之後又與朋友一道去北山路看了一晚的落葉。曾有人誇讚林青霞「靚到沒人陪」。看這湖邊的深秋落葉，真是「也難綰系也難羈，一任東西南北」，一派「無風仍脈脈，不語亦瀟瀟」的樣子，只能學人說一句：唉，靚到沒人陪！

胡亂睡了三個多鐘頭，五點一刻接到一個共進早餐的邀請。這種邀請實在盛情得奇絕，迷迷糊糊從深淵中艱難地爬出來，囈語道：「饒了我吧，改日再領……」對方怒斥：「你有點性情好不好？」悲催！只得拖著一個裝著十二天的行李，去趕赴一個強行溫馨的早宴。出門後發現，天色如我，也沒有醒。

從杭州到深圳，從深圳到香港，從香港終於落地台北。

冬季到台北來看雨。流行歌曲中的台北和我初識的台北一致。但是台北有冬季嗎？從淒冷的杭州來到暖和的台北，很難相信這是同一個月。但我暫時還沒時間，也沒精氣神跟台北在這個問題上較真。舟車勞頓，今天在飛機上填了一肚子平時不喜歡碰的乾麵包，落地後只巴望著能美美地吃上一頓中餐，然後伴著窗外的雨聲，結結實實睡一個還魂覺。反正明天是禮拜天，沒工作。為了能迎來一個上午完整的睡眠，我把這一樸素的願望告訴了出版社的人員。薛總和張大哥等人請我在欣葉餐廳吃了一頓地道的台灣小吃，說明天十一點半會來接我去吃飯。

送去住處的車上，我模模糊糊聽到，這第一講安排在台北的一所女校。我想像那全校的女生，都穿著青春劇中的校服，一個個古靈精怪的樣子。一開始聽說演講地點設在大操場中，全校學生都來聽，嚇到我不敢出聲。後來，又聽說因為下雨改為兩百多人的會議室了。這樣才好，因為第一講怕沒把握。當然，本來也都沒什麼把握的。

我下榻的地點是在博愛特區。想起不久前有一個晚上，台灣藝術設計大師林磐聳在我的咖啡館中，給我看了一張他設計的「博愛」海報。黑色的繁體「愛」字上，單單一個「心」是紅色的。成功的創意往往只需要贏得一個細節，沒想到我竟住在了這張海報中。聽出版社的張大哥說，之所以把我安頓在這一帶，也是因為博愛特區的治安最好。

我的住所在三樓，我很喜歡。我很喜歡這個三樓的住所，是因為我喜歡二樓。二樓有個提琴工作室，製作提琴，也修理提琴。我喜歡一樣東西是可以被修的，印象中小時候的洋瓷碗、雨傘、手電筒等生活中的每一個小物件都是可以修的。敲敲打打，黏黏補補，生活就結實起來了。更何況提琴呢？我一見那琥珀的面板，斑駁的花紋，精緻的頸部，心就被抽得緊緊的。我又想起我的另一個女友小提琴家錢舟，我想這幾天會抽時間去拜訪這戶鄰居的，也許還能聊到音樂界共同的熟人，多溫馨。

負責我的編輯是一個事無巨細都要反覆叮嚀的人，堪稱保母級。赴台前，一個電話接一個電話，跟我叨叨一些雞毛和蒜皮，但百密中還是有一疏：我突然發現，筆記型電腦沒電了，而我沒帶插頭轉換器。也好，如此更沒想頭了，倒頭就睡去吧。

台北，明天見！

這些溫厚而又超逸的人們

十一月二十日，晴

一夜無夢。

十一點半準時來接我的是一位新朋友，叫三哥。有三哥當然就有三嫂。三哥開一輛火紅的小車，一副茶色鏡，一身牛仔裝。我前不著村後不著店，劈頭就問：「三哥，你的吉他呢？」

三哥笑了，說自己都六十多了，看著還像個吉他手？雖說逢人減歲、遇貨添錢是一種美德，但這次我真不是恭維他，三哥的確很文藝小青年的樣子。

三嫂也笑了，語音纖美，是台灣人特有的溫柔：「舒羽，可被你說中了。他年輕時候真的會彈吉他耶！」想到昨晚張大哥的車上播放的也是台灣最早的校園民謠，由此，可以想像台灣人的懷舊與溫情。昨晚張大哥告訴我，三十年前台灣人喜歡買日本電器，今天三哥告訴我，三十年後台灣人講得最多的是感恩。這個話題其實很大，我點點頭。

這次我們去的是一個叫「大三元」的老牌餐廳。陳列高檔又經典，一到我就心生忐忑，怕人家破費。據說這家店的老闆頗有些實力，還是一位藏家。果然，三樓正在展出一位元女畫家的山水作品，趨工筆。還有一件老闆從英國拍回來的古裝，寶藍色的箭袖對襟衫，式樣很是簡雅，說是妃子穿過的。記得《紅樓夢》第三回，鳳姐出場，黛玉見她「打扮與姑娘們不同，彩繡輝煌，恍若神妃仙子」。的確，按《大清會典》規定，從皇帝到王公大臣穿的袞服、龍褂、朝裙、補服等禮服一律用藍色或石青色。所謂箭袖，就是在狹窄的袖口上接出一個半圓的袖頭來，形似馬蹄，也叫馬蹄袖，是滿族服飾的顯著特點，代表了騎射民族的風格，故而賈寶玉出場時就穿著「一件二色金百蝶穿花大紅箭袖」。至於一般人，那是穿不得的，不過要是張愛玲在，怕是要請店家取下來給她試穿一回。

台灣人尊重文化，這一點感受不僅在餐廳，在重慶南路的圖書街更加強烈。走進世界書局，看到滿櫃子的古籍，精打不等於細算，它們未必暢銷一時，但必定暢銷一世。翻到一本一九八三年印製的《西湖佳話》，清古吳墨浪子撰。定價一元三角，簇新。乍一看還以為又是賈母說的那類「才子佳人的混帳話」，隨喜了一頁，只嗅到一股騰騰的殺氣，「岳公又隨後自領雄兵亂殺，直殺到：煙塵滾滾，平遮了半天風月；殺氣茫茫，貫滿了遍地山河。」嚇一跳，一句話接連三個「殺」。剛想撂開手去，又讀到：「原來這龍井寺前，有一條小橋，橋下便是龍井的水。……嶺上有石一塊，高可丈餘，青潤玲瓏，巧若鏤刻，名曰『一片雲』……。興來臨水敲殘月，談罷吟風倚片雲」。毫不猶豫，買了下來。巧得很，前不久我剛去過「一片雲」和「龍井」，都屬於乾隆欽題過的西湖名勝。

一說到西湖，竟忘了午餐時結識的另一位長輩，大家喊他蕭老。蕭老是湖北人，一九四八年到的台灣，那一年他十八歲，退休前是省公務員。蕭老的腦子轉得快，怕是兩個年輕人合起夥來也趕不上。每每都是扔一個煙霧彈上來先，讓你自個兒玩著，你不曉得他後頭還挖了好幾個連環坑，就等你跳下去。蕭老稱自己斗字不識，只是沒一會兒工夫就忘記自己斗字不識的事兒了，頭頭是道談起書法來。一會兒又拿出一本覃子豪的《詩的解剖》，說：「聽說今天能見到一位寫新詩的，所以帶了一本我最喜歡的有關新詩的書來。」書拿到一半又藏到桌子底下，湊過臉來問我：「你認床嗎？到台灣睡得好嗎？」我回答：「到了陌生環境偶爾會影響睡眠，但昨天累了，所以竟睡穩了。」三嫂很警覺，「這書跟認不認床有什麼關係？」蕭老頑皮地笑道：「認床就睡不著，睡不著我才給她書看嘛！」

我接過書，彷彿捧著一段剪下來的時光，泛著歲月的黃。翻到書的背後才知道，原來是藍星出版社一九五八年出的，新台幣十元。上面印著同時期的推薦書籍還有余光中的《藍色的羽毛》，夏菁的《靜靜的林間》等六部。焦黃的何止是書本，還有主人包裹在書本外面的牛皮紙，早已鬆脆得像新烤的麵包，稍一用勁就會剝落幾片下來。我很感激蕭老的用心，答應回杭州前一定原物奉還。

說到余光中，過些日子我就要去高雄拜訪他，帶著我未完成的隨筆集文稿。聽台灣的朋友說，十一月三十日我要去訪問的台灣師範大學，正是余光中曾經工作過的地方。好像一切在突然之間被串了起來，生活的偶然與必然。驟然間，我感到有些慚愧。不管是詩還是散文，我的著筆都太過隨興了。假如我能再用心一點，認真一點，或許才更對得起我所遇見的，這些溫厚而又超逸的人們。

長夜短說　十一月二十一日，晴

想不到在台灣的日子會忙成這樣！

從今天開始，我的生活就完全依賴日程表了。待在房間裡的時間少得可憐，不誇張地說，連被褥也沒工夫收拾一下。

今天的女校演講，是我赴台後的第一場，昨晚上心裡忐忑得很，但又犯睏，想著就第二天早點起來備課吧！可是，再想不到第二天竟是被編輯嘉珍的電話鈴聲驚醒的。演講八點開始，一看時間，已經七點半了。我幾乎是跳起來的。飛快的刷牙、洗臉，一溜煙的飛下樓去。到的時候，同學們早已在靜靜地等待了。這意味著我馬上就得進入情況，連喝一口水的時間都沒有，只得穿過人群向嘉珍打一個喝水的手勢。人生中的第一次校園演講，竟這樣潦草開場，幸虧做過幾年電視主持人，臨場尚能鎮靜。

通往講台的那條走廊很長，我慢慢地走，竟多餘的想到幾年前主持一檔體育節目的趣事。

我自認並不嬌氣，但絕對排斥體育運動。別說鍛鍊，平時就是走路都很少。讓我主持體育節目，絕對屬於哪壺不開提哪壺。可偏偏有一回，讓我臨時去救場。無奈之下，只得揠苗助長，死記硬背。直播紅燈亮起來之前，我對自己說，扯滿半小時應該沒問題。電視是以秒來計算的。我挺腰桿直脖子，好不容易講完既定材料，算算時間也差不多了，正暗自慶幸沒出什麼紕漏，耳機中突然傳來導播的叫聲：「墊片出了點問題，放不出來了，主持人再撐十五分鐘！」十五分鐘？對一個女人來說它不過是商場中試一雙高跟鞋的時間，而對於一次電視直播，卻漫長得像一位怨婦等待蕩子的一次回歸。然而，就算心裡有怨氣蒸騰，也只能強顏歡笑。把五花肉炒成回鍋肉，再把回鍋肉燉成東坡肉。

於是，又想起前不久幫畫家趙躍鵬主持他的畫展開幕式，他因怕在人前講話，便央請我：「舒羽啊，你一定要多講，要多講。實在沒東西講，就講故事也行。」真是一行不知一行苦啊！

從來沒像現在這樣，認識到良好的校風對一所學校是多麼重要！結果，兩百多名女生很給面子，一個多小時下來現場安靜得連一聲咳嗽都沒有，演講在女校長典雅的致辭和整齊的掌聲中結束。

演講結束不過九點多，出版社的張大哥開車載我去一個叫烏來的地方。

烏來，草木繁茂，水流豐沛。幾乎見不到比較新的房子，但也絲毫不覺得陳舊，質樸、自然，一如生活本身。在這裡，日子像男人手中的魚竿，蘆花深處的每一次收線都是一道閃亮的弧線，一碗鮮美的魚湯。

十來歲的時候偷讀過姐姐的瓊瑤、席慕容。我在烏來親臨了瓊瑤的「在水一方」、「濛濛谷」，抬頭仰望的是瀑布，伸腳觸碰的是溫泉。山路曲折，開到深處就是翡翠谷了。才知道原來瓊瑤並不都是在做夢，此處的生活就連夢也是真的。最喜歡的是那一道道廢棄的鐵軌，讓風景也變得蜿蜒起來，很像舊時的明信片。在這裡，我看見了席慕容筆下「平行又從不交叉」的愛情，也聞到了林間小路中「淡淡更久遠的花香」。

喝過了泰雅人自釀的甜米酒，又吃過了珠蔥、檳榔花和小竹雞，穿紅衣的姑娘眼睛大手兒巧，為我現織了一條棉線圍巾。假如有人告訴我：「我的故鄉在烏來」，我一定會深深的羨慕她。

五點多的時候，台師大國文系的胡衍南教授來接我去逛聞名已久的永康街。一開始不以為然，不過是一些老房子，幾條上年份的小巷子。但慢慢的，人就微醺了起來。彷彿每一棟矮房，每一棵老樹，每一個門牌都在跟你說話，像一個個老朋友一樣，向你舉起一碗碗陳年的老酒。

我們是來這裡吃晚飯的，可是誰又能想到在這樣正經吃飯的時間，吃到的竟是一個個閉門羹？一看餐館的名字，不是「大隱」就是「小隱」，怪不得。聽說永康街的店家是在週一過週末的，又想起一本書名，叫《我的早晨從中午開始》。

胡衍南急了，一陣電話招來了于彭。于彭是誰啊？

于彭，就是一個每天都要把自己精心打扮成一個乞丐後，方能安心出門的畫家。聽說台北故宮博物院的一部分用地，是從他祖上宅邸中劃撥過去的。只見于彭揚袖而來，草鞋綁腿，麻布衲衣，想到幾個月前某晚情景，我不禁失笑。那回幾個朋友在我杭州的咖啡館中喝酒，夜深散夥時，于彭鬼頭鬼腦地講：「哎，能不能麻煩誰陪我回去？」為什麼，老大一個男人。于彭低下頭指指自己的衣裳，又看了看自己的腳，說：「深更半夜的，你們看我這個樣子，唉，門衛能放我進去嗎」？哈哈，原來你也知道啊！

于彭來了，胡衍南走了。理由很簡單，于彭說既然沒飯吃，那就吃酒去。請我一起去參加在松江路二十五巷五號達迷酒坊舉辦的一個品酒會，而胡教授八點有事。

一看那陣勢，我就嚇一跳。每個座位前都鋪了一張白紙，紙上三個空杯。太專業！策劃人叫李文傑，請來的人不是行家，就是媒體品鑑師，或是紅酒專著作者，再不然就是民間品酒專家。我，一個見酒就怕的人，出現在這裡基本上是個笑話。還好，來了一位絕對不會讓人寂寞的主兒。她叫于彭師傅，師傅叫她外國人，她叫自己Crystal。

品酒會後，于彭說，走，去唱歌。記得我跟杭州的一個朋友開玩笑說：「怎麼夜晚的杭州有那麼多三頭六臂的人」？想不到這人竟跟鮑魚一般，到了台北，何止三頭六臂，竟是六頭九臂了。

到了才知道原來是一家歌星開的咖啡館，果然，老闆彈得一手好鍵盤。Crystal、會計師、日料主廚……個個都是頂級歌手。有一位老兄，最讓人銷魂，叫他紅酒大師或海峽兩岸文化大使都合適，他一晚上用詠春拳替每一個人伴舞，勸都勸不下來。最受不了的是那種用閩南話演繹的男女對唱。男聲也就罷了，音調清切悠遠。最聽不得的是女聲，那音韻是從嗓子眼兒裡擠出來的，幽怨得緊，只是太過，聽得人直想哭。于彭的歌聲則像酒，最適合永康街。恣情揮灑，縱意遊蕩，只把那光陰虛度，歲月空添。

民生東路一段，小文刈菜雞的炸雞絕了，老闆更絕。我深信不疑，那炸雞的口味一定是于彭鄉愁的一部分，但這家店的老闆簡直太跩。一家店，從老闆到廚師到夥計就她一個人，一天只供應十五隻雞。這也就罷了，但她從哪兒找來那麼多舊罐空瓶，竟滿滿地堆了一屋子。這家店其實並不算小啦，也頗有一點深，卻愣是把主力面積都讓給了雜物，從裡到外，只剩下兩張桌子的位子留給客人用。她燒完菜，與客人閒扯幾句，就點一根菸，外頭沙發上坐著。聽說媒體採訪，她是一概謝絕的。直到走的時候，我才恍然：她之所以把空間弄小，怕的就是生意太好，把自己累著了。

看看盤子都空了，我也累了。于彭看了一眼時間，懶懶地說：「才兩點半，還這麼早？」「兩點半？早？」我奇怪的看看Crystal，發現她毫無知覺，大約是在看自己。于彭又說，一般來講，台北的夜生活要持續到早餐……我說，散了散了，散了吧。

師大的大師　十一月二十二日，晴

雖然台灣師範大學離我住的福州街只隔著一條羅斯福路，但文化創藝產學中心的專案負責人李芝嫻小姐還是專門乘了計程車來接我。她與另一位同事約好，請我在學校附近吃飯，然後再去圖書館多功能廳觀看余光中的電影紀錄片《逍遙遊》。

芝嫻一身專業打扮，灰色的窄裙配一雙黑色的絲襪，恬靜中帶著一份學院派的嚴謹。我此行雖受出版方之邀，要在近十所高校演講，但就我個人而言，主要的心態是來這座美麗島觀光的，畢竟第一次來台灣。看看芝嫻，又是黑邊眼鏡又是高跟鞋的，再看看我自己，一個雙肩包一雙平底鞋，她還一口一句「老師」，喊得我渾身不自在起來。但值得安慰的是，我昨晚才在永康街吃了一頓閉門羹，想不到這麼快就能補吃回來，心理立刻平衡了不少。因此，當芝嫻問我想吃點什麼的時候，我說吃什麼都行，只要在永康街吃上一頓。說這話時是中午十一點，紀錄片放映是十二點。

從台師大創藝中心所在的青田街開始，我們往永康街方向步行。走到第一家，關門。芝嫻一臉窘迫，好像這家店的老闆是她那好吃懶做的親哥哥似的，紅著臉想對我解釋點什麼，又左右而不得要領。於是，繼續往前走。

走到第二家，又是關門。芝嫻疊聲道歉，對不起對不起，怎麼回事怎麼回事，是我事先沒弄清楚……我忙安慰她：還早呢，也不餓。一二不過三，繼續往前走。走到第三家，還是關門！

第四家……第五家……

在台灣吃一頓飯，就真的這麼難嗎？週一晚上不開門，週二中午也不開門。我突然想起一部日本的動畫《非尋》中出現的那條詭異的街道，哪兒都好看，就是沒有人，即便有，也不是人。終於，在轉角處的一家西式餐廳裡看見了幾盞略有生氣的吊燈。一看招牌，名字居然叫「兔子聽音樂」。

「兔子」們果然在聽音樂。他們一邊吃著飯，一邊禮貌地對我們說現在沒飯給我們吃，因為還沒到正式營業的時間。我察看了一下，那會兒是十一點十五分。一般來講，我是要與他們理論理論的，憑什麼大中午的只準你們自己吃？

人有時候實在會因為顧及旁人而變得虛偽起來，我就說：「哦，那我們別處看看，或者待會再過來。」芝嫻猶豫，這樣好嗎？我說，有什麼不好，反正這條街可看之處很多，到處走走也好。誰又能想到，到處走走之後，真的又回到了這裡？別處更連個門兒都沒有。我們呢，一點脾氣都沒有。

電影還沒開始，光海報就足夠吸引人：《他們在島嶼寫作——文學大師系列電影》。他們是：余光中、王文興、林海音、周夢蝶、鄭愁予、楊牧。影片由五位導演分別擔綱，被認為是「影壇最深刻的文學電影」，同時被評為「二〇一一台北電影節媒體推薦獎」。據說，今年九月剛剛完成，台北的國賓影城、高雄大遠百威秀影城和台中Tiger City威秀影城已經聯映過。

如今，每週二中午在台師大播映一部。很幸運，我到台灣的第一週正好趕上余光中的《逍遙遊》。

從文學啟蒙到寫作風格，從文壇交遊到兩岸鄉愁，從《天狼星》到《焚鶴人》，從西子湖到西子灣……電影在余光中的背影中開始，在江南水鄉的背景中結束；從詩意中來，回詩意中去。余光中的一生被光影過早地總結了，事實上研究室中的詩人、散文家至今仍筆耕不輟。電影結束後，有很多感受像綢繆的光影一般在心中交錯，只等著日後親見詩人時再與他細細交換。

此行不虛，在片場還見到了導演陳懷恩先生。聽說我也寫詩，此番來台又帶著新出版的詩集，於是就地聊了一會。我雖從事過幾年電視工作，對人物構思、素材應用、文本創作、鏡頭語言、畫面處理、音樂剪輯等基本要素大約有數，但總是匆忙，哪裡能談及許多？也不過聊勝於無，因著一份對詩的崇敬。

「師大大師」系列是台師大為曾在本校任教的大師們舉辦的一個文物特展行動，比如目前已被收藏的有散文家梁實秋。梁實秋的展館就在觀看影片的二樓，即圖書館的樓上。芝嫻請來了一名管理員為我講解。這位先生用放慢了幾倍的音調拉長了梁實秋豐富而精彩的一生。從特展中，不僅能看到梁實秋的結婚證等私人什物，也展出了諸多手稿，梁實秋與郭沫若、周作人、朱自清等文學名家之間的往來書信都保存如新。

當一個人的歷史被後人這樣有心地拾掇和串聯起來的時候，會感到一種結局被戳穿之後的滑稽。好比誓言被分成了均等的幾份，沒有深淺、真假之分，只有前後、始末之別。人的可愛與可敬亦須從人性與品性等幾個方面綜合看待。梁實秋的第二任妻子是香港影星韓菁清女士（原名韓德榮），因夫人酷愛貓，所以梁實秋為她寫了很多貓，也畫了很多貓。

我問慢調先生，怎麼沒見到那些明媚如花的情書？他說，因為這些文物是在梁實秋去世後由其遺孀韓菁清女士整理並提供的。哦，也是人之常情。女人的狹隘與文化的寬闊之間難免會產生一點小小的偏頗與失衡，想必梁實秋身前亦已知身後事。但假如韓菁清女士足夠明智，大約會明白，到這樣時候多幾封或少幾封舊書信其實已無甚要緊。

從梁實秋文物特展館出來，正好接到台師大原副校長林磐聳教授的簡訊：三點，圖書館門口露天咖啡館見。正好，距離我與胡衍南教授約好的晚餐時間足足還有兩個半鐘頭。

再一次見識到這一帶商戶們的跩勁兒了。林磐聳說要請我去一家叫「青田七六」日式茶館小坐，助理一聽趕緊打電話預約，還好，有位。到了門口，一行三人簾外靜候，待服務小姐同意我們進門才進門，並自覺地換鞋。換完鞋之後，又靜待服務小姐忙完手邊事，招呼我們落座才落座。真是不要多說一句，不可多行一步啊。可一旦服務開始，整套流程與細節都令人滿意。這在大陸幾乎是不可能的事，顧客本人會把自己當成上帝，若不能大呼著進門，那就小喝著出門了。

林磐聳是我台灣版詩集自序中提到過的四位台灣男主角之一，我在序中寫道：

我曾與幾位藝術家商定同走絲綢之路，由我擔綱文字，並相約集結後在海峽兩岸各舉辦一次展覽，詩畫同冊。然而，我竟因事未能成行。台灣著名設計師、策展人林磐聳先生，著名畫家趙恩生先生在電話中向我描繪了沿途風景，希望我處理完手頭事務後飛到敦煌與大家會合，可我終究還是爽約了。如此，是不是就有了理由，去台師大向兩位教授登門道歉，並討一杯茶喝，蹭一碗牛肉麵吃，索性等他們下次來大陸時再一併酬謝？

其實，沒認識林磐聳之前，這個大名早已鼎鼎了，他是二〇〇八北京奧運會視覺設計的評審之一，也曾榮膺台灣的最高文藝獎，大陸出版的許多設計專著上都能看到他的名字，其平面作品也一直被當成業界的經典案例。最近一些年他在集中創作「我的台灣」明信片繪畫系列，從世界各地給自己寄的明信片已達四百張之多，台師大校園中處處可見由他設計的紀念品，筆記本、書包等。

只是想不到，林磐聳在我赴台之前竟搶先到了杭州。那次他與中國美術學院視覺設計學院的副院長周剛教授一同在我咖啡館中度過了一個十分有趣的夜晚。周剛一心想了卻我們三人合著一部書的願望，於是只得主題先行，空擬了一個別致的書名，卻愣是沒想出書的內容來。今天是我與林磐聳繼杭州之後的第二次見面，但因九月時通過話，因此感覺上今天已是第三次見面了。「討一杯茶喝，蹭一碗牛肉麵吃」，他說這茶算是請上了，牛肉麵還須再補一次才好。我說不急不急，我要下月二號才回去，有的是擾你的時候。事實上，我們早已約好三天後到一個朋友的別墅中燒飯吃。受邀者自然是那次絲綢之路中所有顯性與隱性的成員嘍。

按說這樣豐富的內容一天是裝不下的，但事實上這一天的內容就是這樣豐富。

話說昨晚胡衍南教授在「饑餓永康街」將我轉手給了畫家于彭後，有事先離開了，而他是今天晚宴的召集人，因此篤定得很。五點半，林磐聳重新將我領至圖書館門口，直到見了胡衍南後才安心的離去。我就這樣從師大的視覺傳達系正式交接到了師大的國文系。

只知道大陸政府辦的接待主任最是心細，晚餐前早早的就在桌沿上放好了席簽名牌，按部就班、對號入座。想不到胡衍南教授的餐前籌備工作之縝密，竟絲毫不輸給政府辦的接待主任，簡直有過之而無不及。昨晚上一見面便交予我一份今日與餐人員的簡歷說明，整整齊齊六個人，A4紙彩色列印，有照片、有學歷，還有業績，就差沒寫上年薪及婚配情況了。真真催人淚下！心想，日後倘若胡衍南蒞臨杭州，我一定要把所有餐敘人員的名錄統統都做成一張大海報，提前一週貼在咖啡館的玻璃幕牆上。若非如此，何以為報？

晚餐陣容也的確是太強大了一點，光師大的國文系教授副教授等就有陳義芝、徐國能、李志宏、石曉楓，當然也包括胡衍南自己，還有一位研究儒學和尼采的劉滄龍。接到這份表格的時候，我都有些侷促不安起來，跟胡衍南說：「彷彿要開研究生的學術開題報告會哦？」他說，我們幾位平時也難得有機會這樣聚在一起，你來了也是順致一聚的意思。聽他這樣說，我才稍稍放心了一點。

不僅文本工作到位，交通路線以及時間節點的安排更是周全熨帖。自五點半見面以來，他先帶我感受了一回台北的巴士，沿途講解不歇，大約三站左右下車來到中正紀念堂，又陪我在自由廣場觀光、留影，大約十五分鐘的樣子我們開始步行，十分鐘後就抵達了目的地。

及至餐廳門口，我又一次領教了衍南兄的細心。我從杭州到台北才不過兩天時間，莫非他就怕我惦記家鄉菜了？餐館的招牌上溫溫柔柔地寫著：「蘇杭」。

嗜好相投的人不管在哪兒都不會陌生。陳義芝是詩人，在台灣藝文界是響噹噹的人物，圈內很少有人不知道他，很榮幸能在台灣認識他，並獲贈詩集《邊界》。徐國能的文章早在杭州就有朋友推薦我拜讀過了，著有《第九味》，這次帶來的是《煮字為藥》，只是沒想到這麼年輕，看上去樣貌清秀，才氣竟這般逼人？李志宏與胡衍南都是研究明清小說的，李志宏寫過《演義——明清四大奇書敘事研究》，胡衍南寫過《金瓶梅到紅樓夢》，只要跟《紅樓夢》沾邊的，於我而言都跟親人似的。飯前，胡衍南說今天我還將見到台師大的第一帥哥教授劉滄龍和第一美女教授石曉楓。真是才色俱佳的盛宴啊！哲學家大約怕把我嚇著，沒帶書來，而石曉楓的韓國遊記第一篇〈驚魂記〉就給我留下了深刻的印象，扎實的教授文筆。

在杭州文友聚會時幾乎很少會認真聊文學聊詩歌，到了台北反倒悉數聊起來，並商定明年索性在我的咖啡館舉辦一個兩岸詩歌對話，在場的或詩或酒，無可無不可。

席間徐國能突然拋出一個問題，「你們知道超車這個東西，最重要的是什麼嗎？讓舒羽告訴你們。」之前他曾讀過我的〈父親四記〉，現在趁興提起家父，為現場陡然增加了許多歡笑。

既然我父親的事蹟如此為人所樂道，我是不是該考慮對他進行全方位的包裝？他要是出了大名，那我的書豈不是可仰仗他大賣了？但想想還是划不來。這幾個賣書的銅錙，怕是永遠也趕不上那不斷升級的攝影器材所需要花費的銀子！唉，這上了年紀的人要是惦記點什麼，那可不就跟老房子著了火似的，接二連三，牽五掛四，如何救得下？還是少煽風、少點火的好哦！

東海的趙剛以及樹　十一月二十三日，晴

清晨的電話鈴幾乎成了我的噩夢。才七點，張大哥就把自己裝進聽筒了：「舒羽啊，我們已經出發了，五分鐘到你樓下」。

不是說好七點半嗎？張大哥的理由是台灣人比較守時。可是誰又知道，昨天下午那兩杯咖啡的威力一直發作到今天凌晨六點，我給自己講了一整個晚上的故事，也沒能把自己哄睡著，就是說，我全部的睡眠時間是從早晨六點到早晨七點。上車後，我彬彬有禮地問：「請教一下，你們到達的時間比原計畫提前了二十五分鐘，這樣也算守時麼？」嗨，都混熟了，於是笑

議了一回。

今天上午和下午我有兩場演講任務，而且都是在兩個小時車程之外的台中。演講結束後，東海大學社會學教授趙剛先生會帶我去參觀這所據說是全台灣最漂亮的校園。明知是惡性循環，但也只得喝下一杯咖啡，就讓我羸弱的體力去挑戰這豐滿的一天吧。

上午演講之後，有一位同學跑上來與我聊天，原來是浙江湖州來台灣的交換生，頓時親親熱熱的合了一張影。她很懂心理學，先表揚我講得好，然後才給我提意見：如果多點互動會更好。於是下午場我就努力改進，反響果然不錯。之後依舊與同學們合影留念，與教授們互贈作品，行禮如儀。

從圖書館一出來，我就伸長了脖子四下裡張望。這日子過得昏頭昏腦的，已經記不清前天電話裡跟趙剛約好是在哪兒見面，校門口還是圖書館？唉，之所以如此費神，都是因為這位教授用不慣手機。想來想去，原地不動要比相互尋覓的勝算大一些，就索性撿塊大石頭坐下，一邊吹風一邊等。嘿，還真等著了。

上了他的車，我拉長了語調說：「趙教授實在瀟脫得很啊，這年頭不用手機的人還真給我遇到了。現如今手機成了人的定位儀，你就不怕別人把自己弄丟？『君平既棄世，世也棄君平』啊！」

也不知是裝愚，還是守拙，趙剛連忙解釋，自己其實帶了手機，但不知道按什麼鍵才能通話。越是怕用，越不會用，揣一支手機基本上等於揣一塊鐵。「再說，不用手機難道就不對麼？手機出現也不過二十年，看來只有這二十年是對的，過去那幾千年都是不對的。天不生手機，萬古長如夜。人類因為一支手機的出現，而否認了一部歷史。」

真是雄辯滔滔啊！這樣的人好惹嗎？不好惹的。

這些天，我老是見到一些以往沒有見過的樹。在台北已是好奇，到了台中更是開了眼界。趙剛一邊開車，一邊指著路邊的一棵樹說：「它叫黑板樹。」我問原因，他說：「也不知什麼原因。你看它這平庸的長相，天生一副做黑板的料。我甚至能想到粉筆寫在上頭的觸感，沙沙的，有很強的摩擦力。」我應聲答道：「嗯，沒錯，我不用看都知道，那樹皮裡面的木頭芯子都是黑的。」趙剛猛一轉頭，詫異地朝我看了看，對我超現實的透視能力表示驚嘆。

車沿著一道圍牆開了好大一會兒工夫，我猜應該快到了。果然就到了。趙剛說自己通常從邊門走，但是你來了，還得從堂堂的大門進去才是。我心下一陣竊喜，看來我的規格比林黛玉高呀。

「馬上就要進入東海大學嘍！」趙剛正聲說道，頗有幾分職業導遊的味道。可見，因仰慕此校風光之旖旎而煩他帶領參觀的人不在少數。一進大門，迎面是兩排招招搖搖的高樹，只見一根根筆直的主幹上頂著一團團盤根與錯節，我不禁好生狐疑：怎這般怪異，莫非本末倒置了不成？趙剛得意地說：「這叫鳳凰木，只有台灣能見到。每年學生的畢業照背景上都是它，火紅火紅的一片，壯觀得很。」我淡淡地說了一句：「嗯，我在師大見過。只是這裡的不同，看上去扭扭捏捏的。」

「扭扭……捏捏……？」趙剛委委屈屈的說：「怎麼我們東海大學的迎賓樹到了你眼中就變成扭扭捏捏了呢？我在這兒這麼多年，從沒人這樣說過。枝椏歪曲就叫扭捏，那要是換了松樹呢，難道也叫扭捏不成？」

「松樹的氣場自然不同，」我立即下了斷語，「那叫巍峨而雅馴。」

打從這一回合起，趙剛只要一見到鳳凰木，就自己先給打分，「這棵不行，不夠扭捏。」「那棵好，扭捏得厲害。」關於鳳凰木的扭捏問題，顯然達成了共識。正巧，路上遇見一位趙剛的同事，他趕著跟人介紹：「這位是杭州來的詩人，可惜了可惜了，你沒聽見她關於樹的議論啊！」直到後來我臨走，他還感慨：如果有人問你是否瞭解台灣，你就考他東海大學的鳳凰木與台師大的鳳凰木有什麼不同？別說回答，我保證這樣的題目除了你，甚至沒人能問得出來。

東海大學的樹真是好看，一叢相思一叢香樟的，襯著昏黃卻並不頹廢的路燈。只是相思樹上無紅豆，而香樟樹又失於纖巧。我一邊走一邊問，這叫什麼，那又叫什麼。有他答得上來的，也有他答不上來的，不過大家都認識的是榕樹。

趙剛說，只有榕樹下才有爺爺的故事，要換了那棵倒楣的黑板樹，恐怕連童年的記憶都夭折了。東海大學的榕樹也真氣派，特別是文學院門前斜坡上那繁茂的兩排，樹冠特大，枝椏間掛滿了氣生根。我說，這披頭散髮的，像不像一身襤褸的乞丐？應該改名乞丐樹才好。這回趙剛回應得十分及時：「乞兒樹，就叫乞兒樹，這樣叫著順，好聽！」

別看乞兒樹一棵棵碩大無朋，蔭天蔽日的，其實要數它最沒有城府，有一點心事都牽腸掛肚地露在外頭。一般的樹，枝幹越高，根也就扎得越深，它倒好，連根也浮在地面上，來龍去脈，一目了然。我還在別處見過它騎牆爬壁的，肉胳膊肥大腿，很不成體統。據說倘若遇上颱風，倒得最快的就是它。

正這麼品頭論足著，突然發現身邊有一棵乞兒樹與眾不同，乾脆俐落，看不見一條氣生根。待我們走上前去一瞧，都哈哈大笑起來。以為它一無牽掛，卻不想它的心事最重，一根好粗的支柱根豎在那兒，像一條硬生生捋直了的愁腸。

「榕樹真奇怪，因為沒有什麼用，所以很自由。也因為很自由，更加沒有什麼用。」我想起台灣詩人、畫家楚戈的妙語。趙剛噓聲道：「頭上有一左一右兩棵特大的，是門神，就快到了，別說了，小心被它們聽見。」

從榕樹大道走過去，就到了貝聿銘和陳其寬設計的路思義教堂，它充分運用了力學原理，通體沒有一根柱子，僅由四個立面截搭起來，令人耳目一新。走進去看一看，我想拍幾張照片留念。攝影師當然由趙剛臨時擔當。雖然天色漸晚，可他的照相技術也真叫絕，活生生把教堂給拍成了蒙古包。細想也對，趙剛原是蒙古族。至於畫中人，只剩下一個黑黑的魅影。我想，回頭我那酷愛攝影的父親要是看見了趙剛的傑作，一定老懷大慰吧？

要不要再寫趙家園子呢？我怕若再寫下去叨擾他的人就更多了，校方該發導遊證了。哎，話都到嘴邊了，管他呢，反正主人不用手機，要推諉也容易。這麼說吧，假如當教授都能賺到一幢像趙家那樣的獨門小院，我索性不開咖啡館也不開公司了，懸梁刺股加囊螢映雪地苦讀十年，只要不弄數學，都想試試。

我到的時候，正值趙家小女兒放學歸來，「黑板狗」與「咖啡狗」一前一後歡天喜地的迎出來，沉靜嫻雅的趙夫人聞聲掀簾，笑語問候。半山坡上讀讀書，小花園中作作畫，更兼奇花異草，暮鼓晨鐘，好一幅當代田園詩的圖景，再待下去簡直就要生氣了。前不久趙剛出版了大作《求索》，我也拿到了自己詩集的台灣版。幾首小詩換一部大作，值！於是，彼此在書上簽字畫押，互贈如儀。然後我起身與趙家妻女告辭。差一點，趙剛要把花園中一顆未長成的火龍果摘下來給我帶回去。怎麼忍心讓它就這樣背井離鄉呢？還是留給趙家閨女，相伴她們成長吧！

白天的台中無精打采，整座城市都懶洋洋地打著哈欠，一到夜晚就精神抖擻起來，高樓紛紛鑲上了金邊，橋梁也都建在了彩虹上。如果說我的早晨是從中午開始的，那麼台中的早晨是從夜晚開始的。趙剛請我餐敘了一頓日本料理後，便開車送我去車站。

不得不承認，趙剛的骨董車與其主人實在是相得而益彰。每次撥動方向燈，它都會發出一種只有人類才能發得出來的搞怪聲，活像一記吊兒郎當的響指。「什麼聲音？」我問。趙剛趕緊解釋：「肯定不是我，我不可能車開得好好的，還神經質的打個響指。」他指著方向燈控制桿說：「是它！」

再仔細聽，會發現往上撥與往下撥還有細小的差別，中空而又立體。就這樣它們時不時冒出來插科打諢，引起一陣又一陣爆笑，一路上折騰個沒完。趙剛也覺得詫異，怎麼以前從不覺得這聲音怪異，被你這麼一說還真是不同凡響哎。又問我學什麼的，我說小時候學音樂。

「好車，太跩了，永遠都不要換掉它！」骨董車鑑定大師這樣說。

此次台中之行收穫頗豐，但最實用的還在後頭：趙剛傳授給我一個台灣人特有的官方句式。說的是有些自我感覺好的人，會在「我」字後面加一個「本人」，即我本人認為如何如何；又喜歡在動詞前加「下面我做一個動作」。我別的本事沒有，但自認學習能力還可以，臨走時，我向趙剛告別：

「我本人要親自去乘坐高鐵，下面我做一個開門的動作……」

一窩沸點超低的喜鵲

十一月二十四日，晴

今天的演講時間是上午的十點二十，不早不晚，甚得我意。於是，緩緩起床，慢慢梳洗。如果演講是在下午，那麼台上台下多少會帶著點生理性的倦意，用濃茶或黑咖提神，又難保不會一直精神到凌晨。我在台灣的這些日子大都在如此鋌而走險中度過，也歷經過幾次精力崩潰的危機。試想，如果從台灣回杭州還要倒上幾天時差，恐被人恥笑了去。

不過說起排課，我想起了一位雷人的大學老師，他囑咐教務科千萬別把課排在上午，他起不來。但是等拿到課表，他又打電話去責問：「我說上午不要排，難道就可以排在下午麼？」最後只好將就他，課全排到晚上去了。

我就沒這樣的底氣，沒讓我八點開始就感恩戴德了。只是讓我略感訝異的是，從前我念書的時候一個班級頂多也就五十多個人，而這次走訪了台灣的幾所高校，發現這裡一個班竟有一百多人，若遇上兩個班併在一塊兒，那簡直壯闊到有些浩渺了。今天來聽課的都是外文系的學生。如今的外文系和國文系都是女生的天下，而且天下大同，所以眼前盡是明亮亮的一片，深秋的台北呈現出了一派盎然的春意。

按慣例，演講開始前校方代表會先致一段熱情洋溢的開場白，然後薦出主講嘉賓，今天也是。這位性情明朗的朱紹俊博士祖籍也是杭州，且常在兩岸間走動，尤愛蘇杭一帶的風光。在他懇切、豁達的言談之下，我的心情也變得格外輕鬆。再加上這一班可愛的女生們，從我一踏進教室起就開始尖叫了，一下子就把我拉回到了從前主持晚會的場景中。還好所見都是女生，否則我很可能會被整出一臉酡紅。

大家告訴我，她們每一個人都寫過詩，這就好辦了，能聽到這樣的喜訊也真是意外！我的第一個問題是：「最美好的時光是如何度過的？」有說在不知不覺中度過的，也有說在最快樂的時候度過的，等等。說著說著，我有過一個短暫的出神，好像回到了多年前的校園，也這樣花費大把的時間去談論詩歌這樣矯氣的東西，也這樣沒心沒肺地說自己喜歡或不喜歡某一個事物，搬出一套無厘頭的理由。管它天高地厚、東西南北，當面信誓旦旦，回頭九霄雲外。但我希望她們多年後依然能想起我，想起我在今天說：「多年後，你們可能會將我忘記。」

人生的事，要說是說不清的，越說越說不清。中學時我時常一邊上課，一邊還在偷偷地看台灣作家三毛的遊記，那撒哈拉沙漠中自詡的女王、耿直灑脫的荷西……不小心一回頭，竟看見自己在不亦樂乎地寫著台灣遊記。站在講台上，面對著這一群已然是過去式的自己，我真想把我所有的詩都念給她們，但她們卻有她們自己的詩。她們的詩才更重要。

注定了這是一次愉快的交流。對於這一窩沸點超低的喜鵲，如果我專門講些深刻的話題就太煞風景了，因此我破例穿插朗讀了一些好玩的隨筆片段。假如日子都能這樣快樂，何必深刻，又要詩歌做什麼？

是啊，假如都能睡得著，又要詩歌做什麼？

接連幾天的奔波，我急需惡補一場深度的睡眠。把台灣放一邊，把詩歌放一邊，這個下午我很快地就把自己哄著了。直到晚飯邊，張大哥來帶我去一家不起眼的小店吃了絲瓜小籠包，細皮嫩肉的。我說不出它的好處，有些好處只有品嘗過的人知道。之後回房間，繼續睡，直睡到地老天荒。

余光中和藝術家的私房菜　十一月二十五日，晴

七點，太陽從西邊出來了：我在鬧鐘響之前醒來。這真叫自覺。出了門，從福州街拐出去，自羅斯福路步行五分鐘乘捷運到台北車站，買了八點整的單程票，隻身一人前往一座陌生的城市，高雄。

完美的天氣。一路上的田園著實風光。電線桿像魚的肋骨一根一根豎著，窗外疾行的風景也有血有肉起來。在台灣，我最愛的是路和樹。路是說走就走，像信手寫下的隨筆，永遠猜不出下一個句子是什麼。而樹是要長就長，像從小就放養慣了的丫頭，像我本人。視線中一不小心就會有一條野河清清亮亮的闖進來，是小時候父親常帶我去釣魚的那種，有葦蕩，有水灣，有散落的白石頭。

廣播說下一站就是高雄時，我開始東張西望。坐在我身邊的一位西裝男子看出了我的彷徨，禮貌地問：「是去高雄念書嗎？」不至於那麼青澀吧，我？是不是因為我背了一個台師大的書包？我說，我是去一所大學拜訪一位詩人，但我不是學生，只是偶爾寫點詩。

「拜訪高雄的詩人？不會是中山大學的余光中吧？」

忘了在哪兒看過一則故事，說有人去博爾赫斯的故鄉，結果計程車司機竟然就免了這位外鄉人的車錢。雖然我知道一千四百多台幣的高鐵車票沒有人會退給我，但我仍然十分欣喜，為著一個地方的人對當地詩人的熟悉與崇敬。「是去中山大學，但不知能不能見到余光中哦！」

我索性與他開起了玩笑，畢竟這位眉清目秀的男士眼鏡式樣滿好看的嘛。

他很興奮，為我指出了詳細的路徑，一邊喃喃自語，不斷重複：哦瞭解，余大師。太神奇了，我居然遇見一位詩人，她要去探望另一位詩人。

計程車只花了二十五分鐘，就將我送到了打狗嶺下、西子灣畔的中山大學文學院門口，余光中先生的助理黃小姐請我在三樓的教師休息室等候。室內一排教師信箱，我看到了余光中的名字，右邊緊挨著的一個寫著「余幼珊」。看來余光中的「四個假想敵」並沒有全部掠走他的女兒，至少有一位手下留情，由老二陪在二老身邊，而且還成了余光中的同事。

正替他高興著，見一個瘦削的身影度窗而來，我知道一定是余光中了。粉色襯衣，深色西服，格子帽。皮膚白，頭髮也白。但余光中的眼睛太精神了，看我的時候，好像我是一個遠方，而他的眼睛裡裝著一個透視的焦距，被看的人就成了一處特寫的風景。

「你是舒羽吧？」

「余老師您好，我是舒羽，從西子湖來到西子灣。」

我說話本來就像台灣的南北高鐵，基本不帶彎的，加上我知道余光中今天很忙，要準備下月一號在基隆舉行的「海洋與文學」講座，索性直來直去了。坐下後略寒暄了一二，就利索地攤開了一大疊資料，是今年清明節余光中和余師母江南之行的文章和報導。從敬亭山，到九華山，直到黃山，真是一山更比一山高了。

可我那個樣子，也實在像一個保險公司的業務員，好不容易約到了客戶，怕耽誤人家時間，一心想儘快完成使命。不過，這回卻是急驚風遇見了慢郎中，余光中慢條斯理地翻閱這疊報刊，不時還感慨幾句：哦，這個弄得不錯。嗯，那個標題俗氣。

我送了一本台灣版的詩集給余光中，第一次認認真真地在扉頁上寫下自己的名字，一改以往那種滿不在乎的潦草架式。隨後又呈上一份絲制的「西湖十景」。我知道杭州是余師母的出生地，此番特意捎了一個西湖給她。

余光中仔細詢問了我來台的情況，幾時來，幾時走，哪家出版社，安排了哪些活動，觀光了哪些地方，在高雄待多久，是否還要在此地辦其他事。得知我今天是專程來探望他的，並且下午要趕回台北參加一個晚宴，就說：盒飯你吃得慣嗎？中午我們一起吃盒飯吧？可以多聊一會兒。我說好，於是又請我去他五樓的研究室。

經過三樓走廊時，余光中指著廊柱上的一張海報，說這是他不久前新獲的一個大獎：「星雲貢獻獎」。說著站到了海報旁邊，我給他拍了一張照片。其實，打從進入中山大學文學院起，無論是牆上還是柱上，甚至是水杯上都能看見余光中的詩句，足見這所學校對他的尊崇。

也不知怎麼的就聊到了開車，余光中說他現在仍是自己駕車出行。他八十三歲了，駕齡接近半個世紀。我自然想到了我那六十三歲學開車的父親，三天前還有人提到我那篇〈學車記〉哩，其中有一個問題當場就笑折了大夥的腰，於是我也拿出來問一問余光中，「余老師，您會開車，那我問您一個問題，行嗎？」余光中說：「好啊，什麼問題？」「您知道超車這個東西，最重要的是什麼嗎？」

「不同的地方，交通規則是不同的，駕駛座的位置也不一樣。比如我在美國和香港都開過車，香港靠右邊，美國靠左邊。」余光中在電梯裡仔細思量了一番。

我說：「錯！」余光中轉過頭來看著我。「您想那麼多，還怎麼超車呀？我的教練說，同學們，超車這個東西，最重要的就是要超過去！正如我的數學老師說，算術算術，最關鍵的就是要算對！」

余光中沉吟片刻，眼睛在笑，臉部表情卻仍是井然而有序：「超過去是對的，但還是要注意安全！尤其是像你父親這樣的年紀。」

彼此說笑了一回。我想起他有四個女兒，就問：「您四個女兒有沒有誰專門在文章中寫過您？我可寫過我的父親哦。我父親愛好實在太多，釣魚打鳥開車上網，照阿扁的說法是罄竹難書，我最近一連寫了四篇隨筆，對他進行多角度多層次的曝光，老底子基本上揭穿了。」

余光中笑了：「哦，那我回頭好好看看！」

余光中的研究室面積不小，但能行走的地方卻不多。窄窄的，像我路上遇見的小溪一般，沿著茶几往左一個岔道，沿著書桌往右一個岔道，還都是單行道。前兩天我在台師大看過關於他的紀錄片《逍遙遊》，片子裡他站在屋子中間說：我這裡全是書，除了書還是書。今天，我站在這間屋子裡，又聽見他說：我這裡全是書，除了書還是書。一眼望去，書架上陳列著不少余光中登在報刊雜誌上的大幅封面照，也有一些鏡框是由編輯部的人精心配好後送來的樣報。在這間屋子裡，余光中是一位謙遜的王。

榮休以後，余光中仍在大學裡一週講一次英詩課，也表示想多譯一些英美詩歌，但雜務太多，不能完全投入。好在總算有一本濟慈的詩選快要出版了。另外，他早年譯過一部梵谷的傳記，台灣叫《梵谷傳》，不斷再版，研究室門上就貼著一張海報。

此番高雄之行，我還受《HOME綠城》雜誌之託，要帶一些余光中余師母的照片回去做專輯。余光中很細心，早早就備下了，並在每一張照片背後注了說明，坐在那裡一張一張地翻檢給我看，一邊回憶那些照片裡的人與事。當翻到其中一張拍有一串玉石鏈子的照片，他特別介紹道：「這是我存的手工活，哎，這都是很精細的，她就喜歡做這些。」又問我杭州的刀茅巷現在還在嗎，說那是他夫人范我存的出生地。我說在的，當然在，不會不在了。

聊了一會，余光中將視線移向對面的書架，自語道：「我想想，送你一本什麼書好？」說著，取了一本洪範書店出版的散文集《記憶像鐵軌一樣長》，坐回大書桌旁，認真題了字送我。離開研究室時還不忘再打一個電話，叮囑：「多打一份飯，今天的菜弄得好一點。」

午餐仍回到休息室吃，余光中、余幼姍、幼姍的同學和我四人，再加一位阿姨，據說她為余光中打了十年的飯。余光中真是一位溫厚的人，吃飯前說我手中的一次性竹筷不好用，便拿出一個細巧的烏木盒子，抽開蓋子，遞了一雙嶄新的木刻筷子給我。他自己則用學校為教師們統一訂製的銀質筷子，幼姍也有一雙。

幼姍的同學是台師大外文系的一位女教授，席間拿出一些點心來分享。點心如普通包子一般大小，有印著「李太白」的，也有印著「蘇東坡」的，甚是有趣。可想而知，那「蘇東坡」

定是肉餡的，「李太白」則是素餡，想必不是白菜，就是蘿蔔。大家都覺得別致好玩，幼姍就轉送了一個「蘇東坡」給我。我想起那天在龍井，亭子上有詞曲家盧前做的楹聯，有人講起一則這位大胖子的笑話，說是一次飯局上，張恨水仿效王漁洋的名句「郎似桐花，妾似桐花鳳」造句，而給了盧前一個很高的評價，喚作「文似東坡，人似東坡肉」。覺得有趣，便應景說給大家聽，余光中樂呵呵地說：有有，是有這個事。大家於是又扯了幾個可口的笑話，正好下飯。

飯後，余光中打開一本中學課本，翻到其中一頁，指給我一首他寫的詩，又聊了一回大陸與台灣兩地在教材編著上的不同特點。我一看時間，已是下午一點半了，我這保險公司的業務員竟在中山大學待了足足三個鐘頭，心想余光中還要工作，我已經占用了太多時間，便起身告辭。余光中站起來，說：「中山大學校園很大，走，我開車送你出去。」這怎麼可以？我堅持自己走。幼姍說，她正好要送同學到另一幢教學樓去開會，一併送我出去好了。於是就一起辭別了余光中。

車過校園，我看見茂密的樹叢外，和暖的陽光下，躺著靜靜的西子灣，寬闊而明亮。

以上算是這豐盛的一天的上半場。下半場始於羅斯福路的一句問詢：「是舒羽吧？」一位男士從車窗內探出頭來。

這幾天常與生人在不同的地點接頭，這回又上了一輛黑色的轎車。這人其實看著面善，原來曾在台師大文創中心門口見過，當時芝嫻介紹說，那是他們中心的許和捷主任，旁邊坐著他的太太康老師。我說，許主任，您過於年輕了。他很抱歉地說，可我已經四十六了，裝嫩比較成功而已。他四個月後就要榮升父親了。康老師笑得很溫柔。

台師大離我的住處很近，稍一彎兒就接上了林磐聳老師。今天是週五，我們說好要一起去張孟起先生家吃飯的。張家大宅坐落在台北新店的華城特區，只覺得車在盤山道上兜了好多個章回後，終於停在了一幢明亮通透的別墅前。迎賓小姐是一黑一黃兩隻狗。主人在屋前靜候已久。

如果說東海大學內的趙家小院是一種腐朽，那麼這山頂上的張家大宅則是另一種奢靡。矛盾的是，這兩種風格我都喜歡。剛一進門，就有一種行差踏錯的感覺。這是住家嗎？怎麼看都像是一個美術館，牆上錯錯落落地掛著台灣一些知名畫家的作品，有劉國松的幾幅大畫，也有林磐聳的幾幅小畫，更有一些我不熟悉的畫家作品。張孟起和劉素玉夫婦是台灣知名的藝術品經紀人。

好不容易恍過神來，與眾人一一廝認。林磐聳指著一條慈眉善目的梢長大漢說：這位就是九月時在絲綢之路上與你通過電話的楊恩生先生。我伸出手與之相握，心裡卻虛得很，因為我竟在詩集自序中自作主張為他改了一個姓，把鼎鼎大名的台灣水彩畫家楊恩生活生生寫成了趙恩生。好在這趙恩生倒不跟我一般見識，後來拿到書的時候還連連說沒事沒事。此外，生臉孔太多，一時間也記不大清了。

光看工作檯上那一溜花花綠綠的生菜熟菜我就知道，這頓晚宴搞大了。

不一會兒從廚房跑出一位繫著花圍裙的女子，捧著一個熱騰騰的盤子出來。「這是專門從成都請來的川菜高手熊薇，是今晚的主廚之一。」都主廚了，還之一啊？我想起徽州西遞一座大宅前的銘牌上寫著的「本地首富之一」，心下暗笑。女主人素玉說：「別忙，主廚有三位。」看來，今晚的一部交響樂，同時有三根指揮棒在比劃了。

令人絕倒的還在後頭。素玉遞過來一張金底鑲紫邊的彩頁，寫著主題詞：「藝術家的私房菜」。也太會搞了吧？居然是一張訂製的菜單！左側是一位邁著奔騰步的迷彩健將，是這張菜單的設計者楊恩生，不，趙恩生本人。只見他右手握著一根魚竿，一尾剛釣上來的魚蹦在他的臉頰上。這身行頭，我是再熟悉不過了：迷彩帽、迷彩服加T恤，我曾給我父親置辦過好幾套。

都是哪三位主廚呢？菜單上煞有介事地一一標出：行政主廚張孟起、創意主廚熊薇、麻辣主廚楊恩生。三位主廚為今日晚宴開出了五大系列的菜品——

川菜：魚香烘蛋、魚香肉絲、回鍋肉、麻辣豆腐、宮爆雞丁、豆瓣魚；

江浙菜：清蒸臭豆腐、烤麵；

湘菜：蒜苗臘肉；

台菜：麻油松板肉；

創意菜：熗蓮花白、涼拌三絲、炒馬鈴薯絲、豆筋燒肉、涼拌雞、炒青菜、廣式煲湯。

打住！打住！光這些就夠吃上兩三頓了！而主人兼主廚之一的張孟起說，還有很多菜沒來得及添上去呢！

熊薇、我，還有另一位來自合肥的中國科技大學的張燕翔教授，都是第一次來台灣，當然也是第一次造訪張府了。熊薇經正式介紹後我才知道，她是一位留美多年的畫家，現任成都藍頓美術館的館長。但她的廚藝實在是好，只一道涼拌三絲就把大夥兒給鎮住了。一點花椒，一點海椒，一說出來就沒了，但吃起來，帶點麻，帶點辣，真叫一個美啊！更別提後頭陸續呈上的幾道川菜，受到的歡迎堪稱火爆。

楊恩生的廚藝呢，前一次見林磐聳時就有所耳聞，這次來的路上，林磐聳又好意提醒了一番：「舒羽啊，今天雖然是楊老師做飯，但是你別著急啊，我可是有備而來的。」說著篤篤定定地拎出一個紙袋給我瞧，「喏，點心我都買好嘍。假如實在難吃，咱們也餓不著。」

「楊老師，那麼請您上場吧！」行政主廚張孟起發話了。高雅的女主人補充道：「今天楊老師一進門，嚇我一跳，大包小包的，把整個菜場都搬了來。」於是楊恩生衝進廚房，不一會兒又折回來，從工作檯上拿進去一個大大的餐盒。他要亮相的絕活是豆瓣魚，為此他在魚身上可費了不少塗脂抹粉的工夫，早早的焗了一個下午了。林磐聳揚聲呼道：「你那魚不會是現成買的吧？」現場的氣氛有點緊張。只見趙恩生，雙手虔誠地捧著一個魚形的盤子，步履莊嚴地端上席來。

好一會兒，他竟忘了坐下，站在一側一言不發。好像一老翁，捧著寶貝等人估價。大家都把頭湊到盤子裡仔仔細細地瞧啊瞧，只看到五顏六色，像水彩畫家打翻了一大盒顏料。「魚呢？在哪？」素玉問：「下面下面，肯定在下面。」主廚近乎木然，而群鴉亂嚷，七嘴八舌地叫喚：「怎麼這麼多佐料啊，就是找不到魚！」「有喧賓奪主之嫌啊！」

最後還是打撈到魚本身了。說句公道話，除了魚肉有些蒼老之外，那些五顏六色的蔥啊蒜啊剁椒啊豆瓣啊，味道還真是不錯的！比那魚還滑頭的是林磐聳老師，夾了一筷子後就不動了，只說：「好吃好吃，你們多吃點！」

美麗的康老師最愛的是張孟起煲的老菜脯雞湯，當然沒有人不叫好的。台灣人都知道這陳年老菜脯的身價，有一萬多新台幣一斤的，也有幾萬新台幣一斤的。這是素玉自己醃製的。我想著那指不定是什麼樣的稀罕物呢，沒想到竟是陳年蘿蔔乾，一般要存十年以上，才能吊出一鍋好湯。只要加三條蘿蔔乾，那麼除了清水，別說味精、料酒什麼的，就是連鹽都省下了。那淺褐的湯色，甘甜的口味，老蘿蔔與本雞的搭配，竟和那就著陳年普洱讀線裝書一樣，令人迷醉。

上了近十道菜之後，女主人說後面還等著八道呢。大夥都表示空間拮据，實在無處存放了，請求消停一會兒。於是轉戰到了另一間廳堂。現代繪畫加古典家具，茶具淨雅，茶香濃鬱，更有台灣老牌女歌星劉芬蘭的CD助興，十分歡洽。

吃飽了，喝足了，唱夠了，素玉在案上鋪開長長的宣紙，頓時滿堂飄起了墨香。我深嘆女主人的雅興，看樣子潑醋擂薑之後，必是要吟詩作畫辦雅集了？那須得滾滾的燙一壺合歡酒來助助興才更好啊。

林磐聳最先起筆，畫了一條水墨豆瓣魚，等魚形漸次明朗後，又改為一個龍頭了，煞是有趣。熊薇原是油畫專長，但操起毛筆來卻是一派恣意的優游，遠山近影，古樸閒靜，好有倪瓚筆意。隨後，康老師添墨，許和捷謙讓了一番之後也動了筆，畫的是一個餐桌上的肉菜獅子頭，又彷彿一個虛筆的太極圖。林磐聳在旁端詳了一會，又忍不住取過毛筆蘸幾滴清水，幫他梨花帶雨地灑了幾滴。再後來就亂了，索性三人一起畫將起來，你一筆我一筆，虛虛實實，洋洋灑灑，直畫滿了一個五米長卷。

眾人讓我作詩，當著這些個能人，哪敢造次？最後卻不過盛情，也只好勉強謅了幾句，搪塞過去。倒是楊恩生老師，坐觀了一宿，愣是不肯動筆。聽說多年前由他主創的《台灣瀕臨滅絕的動物》系列，曾創造過八億台幣的輝煌業績。素玉說他沒有順手合意的工具，是不肯輕易露出馬腳的。可惜了，未能一睹名家風采。楊恩生只說，定要約個時候好好畫一畫舒羽。我說這個容易，不給魚吃就行。

鶯歌玩泥巴　十一月二十六日，晴

瞧這一天過的，起早上了高雄的打狗嶺，摸黑下了台北的華城山。

Crystal是我來到台灣後認識的新朋友，自那次經畫家于彭引薦後，便與我單線聯繫了。「舒羽，明天早上十一點，台北車站南出口處等你。」我說，好的。心裡卻在想，十一點也還叫早上？好吧，那就入鄉隨俗，且把凌晨兩點當作晚上，把覺睡到十點，然後在「早上十一點」準時趕到約定地點。

Crystal遲到了，而她的一群朋友卻早早地到了。有畫家、有建築師，也有普通的居家女子，隨行更有大小不一的幾個孩童，一個團，拖兒帶小的近二十人，儼然一個和睦的大家庭。不一會就摸清了情況。原來他們是一個民間社團，從生活技巧到職場訓練，每週相聚一次，彼此友愛互助，活動多為ＡＡ制。這樣的社團在台灣數不勝數，我作為臨時團員，正可感受一回台灣人的社交方式，只是Crystal串通其他團員，斷不肯收取我的那一分子。

我們去的是新北市的鶯歌區，此地的主要特色是陶器，有「台灣景德鎮」之稱。由於到的時候接近十二點，因此第一站便是老街上一個叫「富貴陶園」的餐廳。途徑一條上坡的甬道，我一眼就看見了拴在路邊的兩匹棕馬，據說牠們是當地巡警的交通工具，想必那人高、馬大的場景一定特別有派頭吧？我曾在羅馬街頭見過那架式。可惜只見馬，未見人，於是匆匆與馬兒們合了一張影，便直奔老街而去。

其實，這樣的老街於我並不陌生，大陸遍地都是，不同的只是這裡獨有的風情。有一些好古的店家，會陳列出許多古樸的酒具杯盞、碗筷茶匙，不描金，不畫釉，直接以土坯示人，大有一種返璞歸真的意趣。而就我近期對台灣淺淺的認識，便發現這裡確有不少人能夠欣賞這樣的本色品位，並將美學理念貫徹在細碎的生活中。也有一些店家深諳商業之道，形式大於內容，難免貼金燙銀、描龍畫鳳的俗套。再一想，也怨不得商家，畢竟願意買這樣體面禮品的多是外地遊客。

富貴陶園的服務小姐笑容甜美，門前的那株大柳樹，以及一道接一道的西式餐點，讓我想起了自家的店。口味也還罷了，但菜肴裝點的藝術遠不及這裡精道，讓人捨不得吃。正在閒談，無意中得知團中有一位杭州老鄉，至今西湖邊仍留有一處祖屋。他聽說有客自杭州來，遂趕著過來敬酒，倍感親熱。再一聊，發現各家的父輩幾乎都來自大陸，有的直接入台，有的輾轉海外後入台。看著這一張張親切的臉孔，一時間泛起了一種複雜的感覺：隱約一點疏離，但這疏離又是那麼親近。

一位畫家對我的咖啡館很感興趣，大到咖啡文化的理解，小至咖啡烘焙的技藝，令我這個咖啡業中的「昏君」受益良多。一會兒又聊到了對中國水墨畫的看法。我深知兩地在國畫的基本認知上是一致的，但台灣比大陸更早接觸西畫觀念，且擅長糅合各種元素。亦常能從他們寫意的暈染中讀出明顯的幾何圖形來，心想，文化貴在交融。因此，我選擇多聽，少說。卻未料，這位畫家主張拋卻異質，回到原點，並大談先哲思想以及文人詩書畫一體的特質。我想到這次訪台的巡迴演講中就有「詩歌與繪畫的同構關係」一節，便舉起酒杯，與他輕輕一碰：兄弟，乾一杯！

無論是兄弟，亦或姐妹，大夥兒絲毫沒有把我當外人，一路講解，關切備至。這暖風薰面的台式溫情，讓我這個初來乍到的陸客賓至如歸。鶯歌不大，稍行一刻，便到了一家規模頗大的陶藝館。對於陶藝，我的印象僅停留於港片中周星馳與張曼玉的那一段逢場作戲，背景音樂是《人鬼情未了》。客觀的說，星爺是一位女性絕緣體。因為，他在電影中塑造的每一個人物，都不可能喚起女性的愛情。賈寶玉說男人是泥，女人是水，玩泥巴這一細節，對於製造浪漫的愛情電影來說，至關重要。

玩泥巴，是人人都會的小事，小時候誰又不曾玩兒過呢？只是要把這一坨泥巴玩出一種名堂，一種味道來，卻委實不易。坐在旋轉不歇的拉坯機前，我彷彿感受到了上帝創造萬物的心情。深感將靈感付諸於形，是一件多麼玄不可知，又妙不可言的手藝！因為，想到的未必能做到，做到的未必就滿意。大大小小，深深淺淺，捏得出開頭，算不到結局。

躊躇再三，我終於還是揉了一個小小的酒壺，成型後托在手上一瞧，竟像一種古時祭祀用的器皿。拿細木在沿口篆了一個「羽」字，算是落款，乍看，倒也不失幾分古意。但這都是看得見的過程，看不見的是那浴火重生。它若能經得住火焰的洗禮，那麼日後便可將它擺在咖啡館中，權作一樁台灣行的紀念。倘若遇上那不嫌粗陋的酒友，造雪而來，或可將它取下來，掃花以酌。

按趙剛教授教我的台灣官話「我本人……做一個動作」的句式來講：因「我本人」有在各地淘咖啡杯或茶具物什的喜好，臨走時，我不禁「做了一個動作」——僅瞟了一眼櫥窗，就花去了我一筆不菲的旅資。

一壺四杯，落袋後，快心離去。

蕭老和賞音卡拉OK　十一月二十七日，晴

蕭老是我見過的最靈動幽默也最熱情的老先生，我打心底裡喜歡他。見到我的第一天，蕭老就預約了今天的這頓茶餐。按說，橫豎都該我請他才是，然而所謂盛情，就是束手就請，推辭不得的呀。

一坐下，我就趕緊取出上回見面時他留在我這兒的詩集。文人之間可以不計茶酒，但所借之書是鐵定要還的，否則不是割愛，是剜心了。而這位蕭老對我的厚愛與疼惜，卻是那種掏心掏肺的好。彎下身子，他從布袋中神神祕祕地拾掇出一摞舊書來，兩隻手壓在上面，輕輕拍著。我眼睛為之一亮。

「還記得上回我跟你說起泰戈爾的書名《飛鳥集》與《漂鳥集》的不同譯法嗎？我說話是有根據的，這次我可是帶了憑據來喲！」說著翻開了糜文開翻譯的泰戈爾《漂鳥集》，三嫂在一旁插話：「這是咱們蕭老一個人跑到舊書攤上淘了一個下午的成果。」蕭老抬起專注的眼神，極不耐煩地擺擺手，「你別打岔！咱們說咱們的。」埋下頭又與我探討起飛與漂的不同含義，那股認真勁，不知道的人還以為他是一個詩學專家。看看一邊在做鬼臉的三嫂，又看看專

注的蕭老，我真想捧起他的腦袋，在他額頭上印上一枚獎勵的小紅花。

「啊！世上小小的流浪者之群啊，把你們的足跡留在我的字句裡吧。」印度人的窗前常有流浪詩人經過，他們像漂泊的鳥兒一般，在生命的流轉中體悟人生的意義。蕭老此番要與我強調的就是關於翻譯的精確性。就這樣，在異鄉，一個萍水相逢的老先生與我聊起了這世上最隱祕而又最美好的東西。除了《漂鳥集》，他還另外贈送了幾本他收藏有年的絕版詩集給我，其中有他喜歡的奈都夫人等作品。

菜單來了，服務小姐推薦了幾款套餐，三百八十元台幣和五百八十元台幣不等，區別只在於餐後的茗茶。蕭老為了說服我點那五百八十元一份的，不惜使出他如簧的巧舌：「你別看上面的價格，要看下面的茶品才是啊。這款套餐划算，單點的話光一杯這樣的好茶都要花上好幾百呢，現在合在一起算，咱們賺大了！」我說好好，聽你的，結果還是悄悄向服務員指了那三百八十元一份的。餐點上齊後才跟他解釋，理由很簡單，別忘了我是開咖啡館的，也不缺好茶，改日去我那裡，喝到你睡不著覺。

大家告訴我王三哥（王國楨）是台灣的金牌導遊，大陸有報紙曾刊登過他的專題，很多嘉賓來台觀光都指名要他做導覽。三哥性格豁達開朗，他待人的好是好在暗處的，不要人謝。按台灣人的說法：懂得人生是一個感恩的過程。王三哥兩口子與張大哥兩口子對我這個新客都好到了十分：三嫂說我這次沒時間去阿里山，因此送了那邊的紀念品給我；張大嫂，也就是樊老師索性把隨身的一枚古玉褪下來塞到我手中，她說平日裡課講到緊張時手心裡捏一捏這塊骨玉就覺得好多了。張大哥說，要樊老師這樣喜歡一個人，也是不多見的。抑何惠愛之深耶？感念不已，只得以我之盡興換他們的盡心了。

張、王兩家與蕭老已是十多年的老交情了，彼此熟稔到一見面非打情罵俏不行。張大哥走到蕭老背後，親暱地把雙手搭在他肩上，又是揉又是捏的愛撫，蕭老一邊受用著，一邊嗷嗷抗議：「他是我的冤家，你看，都掐著我的脖子了，他想謀殺我！」張大哥剛想開口回敬，又被蕭老及時封鎖了，轉向我說：「注意，注意！他講的話你可要注意啊，教你一個法子：丟三去五折一半。」「那十裡頭可不就只剩下一了？」蕭老說：「這就對了！」

一頓飯，菜、湯、麵、茶和甜點，外加一鍋由蕭老勾兌的麻辣燙，吃得我們一片歡聲笑語。如此尚不盡興，聽說張大嫂、王三嫂的歌聲很是了得，而且一週前就已說定了這個節目，於是大白天的一行人轉征歌廳去也。

「蕭老幹嘛一個人先走了？」下樓後我見蕭老背起包，埋著頭，急行軍似的銜枚疾走，遠遠的把我們甩在身後，心想這飯錢他也搶著買了，身後又沒人追，逃什麼呀？三哥瞭解他，說：「他是識趣，怕自己走得慢，讓人家等，所以老鳥先飛了。」

走到衡陽路一幢居民樓前，說到了，在四樓。出了電梯，我還是納悶，這是歌廳嗎？看這平平常常的樓層中一無色彩的裝點，而我印象中的娛樂場所必定是一個火樹銀花的琉璃世界。推開一扇小小的木門，上面寫著「賞音卡拉ＯＫ」，一個中年女子迎了上來。一剪齊耳的童髮，一身合體的衣裙，眼睛明亮，笑容甜美。待我的視覺慢慢適應了這屋子裡如酒的燈光後，我所有的神經都開始活躍起來。哇塞，太拉風了！這不就是鄧麗君的舞台嗎？

舞台是用大紅色的天鵝絨緞圍成的，它用簡潔與華麗為我再現了一個時代的隆重感，而金色的跑馬燈像一個踩著節奏的快樂鼓手，一閃一閃，繞場奔騰著。那些端坐在沙發上、椅子上的優雅的紳士與女士們，是一個個打扮入時的伯伯媽媽，甚至老爺子老太太。他們或呷一口茶，或彼此節制地耳語一番，分享著心得。他們專注地聽，一如他們專注地唱，他們是別人的表演者，也是自己的聆聽者。我的視線再也不能離開這一切，這個屋子是一枚青春的琥珀，一些再也不會老去的人們在其中盡情歡唱，歡唱恆美的生活！

要說情人交往是花前月下的眼神交匯，男人交往是澡堂子裡的肝膽相照，女人交往是美容院裡的素面朝天，那麼男男女女們的交往呢？我認為最自然的就是一起卡拉ＯＫ，那叫互遞心聲。大家都唱了，我也唱，也傳遞，但收到的更多。

「舒羽，你想唱什麼？」三嫂遞給我一疊厚厚的點歌本。記得還是在桐廬老家，也就是我初中那會，卡拉ＯＫ剛剛興起時用過這樣的點歌本，一頁頁的歌曲目錄，按歌名的字數或拼音字母排列著。講究一些的店家會用電腦列印，隨便一點的則直接用手寫。要點唱的人把中意的歌名寫在一張小紙片上，交給店老闆，然後你方唱罷我登場，按桌號輪番上場，一人一支歌，斷然多不得，否則觀眾們坐久了可不答應。要知道敢在這樣的場子裡混生活的，哪個不是摩拳擦掌、躍躍欲試的主兒？

三嫂的歌唱得好，通俗的，民族的，各種唱法都拿得起，放不下。走路的時候才發現她的腰板特直，虎虎生風。只道三嫂會唱歌，卻不想樊老師的歌也唱得極好。她喜歡演繹詩詞意境，一字一句，扣人心弦。坐在廂邊，我悄悄地在她耳邊嚼了一會舌根，是關於張大哥的。我說：「真想不到張大哥都這年紀了，還這麼肉麻！」樊老師緊張了，豎起耳朵聽下文。「有一回，他在車上跟我們叨叨說你身體有些小恙。我們說你想多了，能有什麼事兒。誰知他竟還是惆悵，婆婆媽媽的，說你們約好的，要你比他晚走，否則還有什麼活頭。」我描述這段見聞時一臉不屑，而樊老師的眼中卻含著淚花。哦，酸澀的人生多麼甘甜！

王三哥的嗓音比他的個頭偉岸，有一點沙啞，滄桑，卻不幽怨。張大哥呢，嘖嘖，深情得簡直讓人不忍心再聽下去。最令我絕望的是蕭老，我說你還真是什麼歌都會唱啊，有本事就唱首周董的唄。誰知他拿起麥克風就唱了起來了，還真不賴，都能聽出一點左突右撞的莽撞少年的味道來了。人家才八十出頭嘛！

歌廳裡有一位七旬左右的紅衣老太太最是惹人注意，披著一件黑外套坐在那裡，雙手合在胸前，只把一雙水靈靈的眼睛盯住牆角上的電視螢幕，輕輕地唱著，和著，眉目清純。一到她上場，但見她右手握著麥克風，完全是鄧麗君的手勢與派頭，左手挽著線，彷彿那一頭繫著一位情郎，一隻飛不遠的風箏。蕭老呢，人家前腳上台，他後腳就跟到舞台邊上，抽風似的幫人家敲邊鼓。也難怪，誰讓老太太有一把如此甜美水蜜的好嗓子！

我不得不再提到另一位六十歲上下的美婦，看得出她精心打扮了自己。都說愛情中的動物和花朵色彩最為鮮豔，孔雀為伴侶開屏，玫瑰為授粉綻放，女人更是如此，她們為愛情嬌媚，為悅己者歌唱。這柔情蜜意的歌聲中，充滿著躲不開的生活。她的聲音裡住著一個任性的小女孩。可以想像她的美曾顛倒過多少男子的心。如今，這位幸運的男子正如一句誓言似的陪伴在她的左右，哪怕在她唱歌的時候，也站在她的身旁。時不時對望一回，好像星星伴著月亮，相互取暖，交換光芒。

我看見，螢幕裡的歌星們也輪著上場下場，當時的時裝過時已久，然而容顏依舊。

在台北遊浙江　十一月二十八日，晴

醒來又是中午。有些想家了，但很快我意識到，回杭州後我又會想念在台灣的日子。把這些日子填得越滿，就越有想頭。於是起床，給自己泡了一杯阿里山金萱。只香香的喝了一口，從杭州來了電話。

「你一定要去金山南路吃一碗『永康牛肉麵』，需是半筋半肉的最好，否則，牛肉麵都沒吃過，還說什麼去過台灣。還有，得去永康街的『喫飯食堂』，不用多想，就點味噌魚、奇香豆腐、煎豬肝。」這可真是，在台北吃飯，居然在杭州點菜。反正今天的講座時間尚早，既然好不容易撈到一回自個兒請自個兒吃飯的機會，那就出去遛遛唄。

那歌裡唱「天還是天，地還是地，只是多了一個冬季」，這氣溫二十六度的台北的冬季還是真多出來的。出門後，秋陽懶懶地打在我身上，看那路人一個個行色匆匆，怕都像我一樣饑腸轆轆吧？無論奔向哪個方向，目標都將是某張餐桌。

上了計程車，我跟司機報了路名。「金山南路哪一段呢？」台灣的路是分段的，一條路由好多段組成，難怪司機要問。兜兜轉轉找了一圈，就是沒看見「永康牛肉麵」的招牌。於是又打電話回杭州問，這回是在台北行路，由杭州導航了。待那邊給出具體路段後，我終於站在了這家面店的門前。

也來不及那樣由表及裡的去拉扯什麼店家的裝飾文化了，徑直進門，才知道面臨的新問題是，眼前沒有一張桌子是空的。男女老少，西裝T恤，只見人人都把腦袋埋在一個個巨大的麵碗裡，好像人活著就是為了吃一碗麵似的。

在杭州也曾遇到過這樣的時候。比如去一家餐館吃飯，你得看病似的先掛號，拿了號之後你就等吧。有些個懂得體恤人的商家，還會放一碟瓜子在你面前，讓你慢慢嗑著。甚至有一次，我在杭州城西一家價廉物美的「外婆家」飯館一樓等座，看見一個中年女人索性拿出毛線，織起手套來，一根指頭又一根指頭的挑著，那是雙方耗上了。我是最看不慣這等作派的，叫人在一旁猴著貓著的，像得了饞癆病，所以每每扭頭便走。民以食為天，食也要以民為天嘛！

但這次不能扭頭便走啊，畢竟大老遠來，也不知道下一次還來不來。正當我躊躇之際，一位英俊的小夥子走過來，招呼我：「小姐，一個人嗎？」說著就把我帶到一張長方桌上，左鄰與右舍已面對面的坐滿了人，我被安排在窄窄的側面。起初覺得委屈了，坐下後才知道這是一個風光的好位子，彷彿他們都在等我，頭兒落座了好開會。天南海北的語音：閩南語、英語、日語……台灣這家很牛的牛肉麵館，一張桌子上完全可以開一個聯合國成員會議嘛。

說到語言，有好幾次我幾乎笑出聲來，因為我聽到這樣的讚美：「舒小姐，你說話一點口音都沒有，從大陸來的人，國語很少能像你這樣標準的！」這都哪兒對哪兒呀，我好歹專門學過幾句播音，說話想不標準都難。聽說想要羞辱一位僑居倫敦的蘇格蘭人，最輕描淡寫的辦法就是恭賀他：「您的鄉音真是一點都聽不出來了耶！」此言一出，即便他在倫敦生活了二十年之久，也都一筆勾銷了。

天上一刻，人間十年。吃一頓飯三四個小時，吃一碗麵只要三分鐘。那夥計只問我要吃什麼麵，我剛說了一聲半筋半肉，他就得命離去了。可我還沒說我要一百八十元新台幣的中碗，還是二百元新台幣的大碗呀？沒兩分鐘，一碗中碗的紅燒牛肉麵已經擱在了我面前，香濃肉腴。看看大家都吃得這麼賣力，我也就裝不得淑女了。生平第一次，把一碗麵吃得這樣一根不剩，稀里嘩啦的連湯都快喝完了。這下是我在台北吃麵，杭州來簡訊問了：「味道怎麼樣？沒騙你吧。我要是能再吃一碗就好了。」一見這廝對一碗麵的抒情顯得這般樸素，我也覺得有些過意不去了。可是一碗麵再好，卻也不能吃不了兜著走的，假如想吃，就只能請你自己再找上門來。

既然叫「永康牛肉麵」，那永康街自然也就不遠嘍！這永康街是曾與我結下過梁子的，這會兒都中午一點多了，青天白日的，斷然再沒有給我閉門羹吃的道理。於是，起腳便往巷子深處走去。

好像一個酒足飯飽的貨郎漢，這時的永康街是完全醒來了，甘蔗汁、小籠包、衣裳、飾品、咖啡、書籍，他把一籮筐的寶貝都攤開了來，耐著性子，任你挑任你揀。我好不歡喜！一家家逛過去，在一家「黑店」裡，點了一杯他們新近出爐的肯亞咖啡。一喝，嗯，酸味較重，「是淺度烘焙的吧？」服務小姐以為我不滿意，忙說：「是啊，我們老闆三天前焙制的，您要是喝不慣，要不就來杯深度烘焙的？」直到我說，這批豆子還有沒有，我想帶一包回去時，她才放心的幫我打包。然後又說，我們建議喝這款咖啡時不加糖不加奶。我笑著點點頭：「是啊，層次豐富。它的回味很有趣，像小姑娘在叢林裡跳舞。」

喝著了，也兜走了，又踅進一家色彩亂蹦亂跳的手工製品店，名字叫「繭里設計」。好多柔軟的棉布，有做成圍巾的，有做成桌布的，也有做成耳環、項鍊的，擺著、掛著，摺疊著、鋪陳著。我這人有一個特點，一般情況是過眼就忘，看書也是，看人也是，但假如記住的，就一定是喜歡的。有些東西，喜歡的也不是你的，但在這樣的小店裡，喜歡上了就必定是我的。買了一個雜色布包給自己，想想不過癮，轉了一圈又回去，認死理，還買了一個一模一樣的，想著帶回去送給女朋友。

起先陪我轉店的是一位形容纖娜的女孩，待到埋單時才看見裡間坐著一位披頭士，原來之前他一直低著頭做手工，見有顧客下單了就起來問候。憑我的經驗，這是店家老闆了。見他打扮得怪有型的，我就順便問問路：「請問師大路怎麼走？」他站起來，擄一擄頭巾，然後引我走出門外，橫七豎八、前三右四的比劃起來，甚至到了哪一個路口，再問一問哪一個店家都交待得清清楚楚。在台灣問路是一種享受，這一點我早有體會。

有一次，我在一輛公車上問乘客，去羅斯福路要在哪一站下車。結果三位男士給了我三個意見，有說兩站後下車，到下一條路右轉步行五分鐘的；有說往前坐三站，再朝左往回走五分鐘的……不到半站路，三位男士幾乎快要反目成仇了，搞得我這個問路的都問出了罪惡感。最後，其中一位出狠招了，說：「來，你跟我走，我提前一站下車，帶你過去。」台灣人還把他們的熱情寫在了我滿口袋的便條上，有去往故宮博物院的路線指示，也有去往台北車站、誠品書店的等等，還有的生怕你走丟，把電話也寫上。這回我有了披頭士的指向，便放心大膽的往前逛去。

永康街、麗水街、溫州街、金華街、青田街……如果再走幾條街，就到了杭州南路。以為自己離開浙江了，卻發現自己竟從未真正離開過浙江。咦，永康街都有了，怎麼沒有義烏街呢？要知道，這座小商品的聖城地球人都知道，你要說你是浙江人，老外會問：「請問浙江在義烏的什麼地方？」這又讓我想起賈平凹說過的那個貴州老漢，問他為什麼不在北京的女兒家裡多住些日子，老漢卻埋怨說，北京好是好，就是太偏遠了點。我嘛，從浙江來，到浙江去，而浙江又怎麼少得了義烏呢？依我看，師大路一帶夜市如此繁華，大有義烏小商品海洋的氣象，還不如改名叫義烏街得了！

只曉得這義烏街晚上熱鬧，及至到了，才知道白天也是十分活潑。看中了一幅門簾，是一顆顆極細小的玻璃珠子手工串成的，尋思著淘回去掛在咖啡館的哪扇門上好？疏疏落落的一定很有味道吧。但又猶豫，像這樣的物件，十有八九是從浙江義烏來的。然而，這人吧要是遇上了自己喜歡的東西，總能找出說服自己的理由來：這影影與綽綽的珠簾背後，說不定還能聽到「每日家情思睡昏昏」的春睏幽情。再說，要知道珠簾在盛唐時期那可是一等一貴重的禮品啊，今日相逢，豈不歡喜？理由足夠充分了，出手吧。貴倒不貴，重卻很重，掂量著總也有四五斤吧，還配著一根長長的桿子，這樣折騰來折騰去，是不是不太理智呢？

但女人很多時候就是不理智的。而且很多事情，一理智就錯過了。於是，這幅原籍估計浙江的珠簾，還是被一個浙江人帶回了浙江去。

銘傳大學裡的紅學

十一月二十九日，晴

除了剛到的那天是雨天，連著十天都是大晴天，還說冬季到台北來看雨，看什麼看？這些天來，雨沒看著，人倒是看了不少。去桃園的路上我暗自嘀咕。

今天的演講地點是銘傳大學。當然嘍，校名來自台灣第一任巡撫劉銘傳。到了之後一看，果然立著銅像。心想，這所學校的辦學宗旨大約是強身健體、保家衛國吧？要知道劉銘傳出道之前，可是合肥鄉下的一位懶讀聖賢書卻飽打群架的彪悍少年。無論從什麼角度看，劉銘傳都吻合毛澤東「文明其精神，野蠻其體魄」的樹人理念。直到演講前，專門從台北校區趕來接待的樊中原博士和本校區文學院的陳德昭院長帶我參觀過校園後，我終於大跌眼鏡，並對眼前的一切肅然起敬。

陳院長的講解簡直太有感染力了，讓我相信此刻在參觀的不是學校，而是他的家。首先我們被邀請去他家的客廳小坐。一進門便飄來一股細細的甜香，家中的書桌、茶具、典籍等各色擺件悉按古制，更想不到的是，這所以武將命名的學校竟文氣到將明清樣式的床榻也搬了進來，三四十個平方的屋子裡，圓洞門、錦簾、繡被、旗袍、古箏一應俱全。倘若那牆上再多一幅「宋學士秦太虛」寫的「嫩寒鎖夢因春冷，芳氣襲人是酒香」的對聯，估計我興許也能去那太虛幻境走一遭，探一探此生之虛實了。正這麼胡思亂想著，陳院長滿懷激越的說：「舒小姐，我們還有一間紅學教室，請！」我驚愕得差點昏過去。

驚魂未定，我來到了紅學教室。陳院長站在一張巨大的紅樓人物關係圖前感慨：「這部小說中的人物有幾百名之多，可謂錯綜複雜……」從小到大，我在變，大觀園內的情事也在變。這些名字的主人又有哪個不是我的七大姑八大姨？「這是我們按照小說中提到的樣式蒐集來的擺件，這是我們學校教師整理出來的紅樓食譜，這是大觀園電子平面示意圖，這是仿製當年的衣裳……」一時間我彷彿產生了一種幻覺，好像我是一個旁人，冷冷地聽著一老翁向一年輕的女子介紹我的家事，直聽到一聲：「走，邊上還有一間四書五經教室！」我才被嚇回來，遂感眼前一片正大光明，趕緊端正起身段，跟著院長大人搖頭晃腦起來。

如果說這是一個曲徑通幽的樓層，那麼更上一層樓後便移步換景，出了國門。日語教學區內有幾個女生在榻榻米上試穿和服，映著粉粉的櫻花；英語教學區的牆上貼著不言而喻的真理，自由宣言：人人生而平等，造物者賦予他們若干不可剝奪的權利，其中包括生命權、自由權和追求幸福的權利。校方試圖以建築、服裝、用具等生活情境的植入喚起同學們的語境意識，從而取得意想不到的教學成果，採用這種教學理念的學校想必也有不少，但能做得這樣精緻的想必不多。

與這所學校的學生們一起談詩論畫，肯定用不著擔心注意力和理解力的問題，更何況在座的又都是國文系的學生。只是院長及老師們也都坐在一起聽，同學們難免拘謹一些，九十分鐘，安安靜靜的。演講前樊博士代表校方贈送了學校特製的桑葚酒，演講後又得了陳院長送的阿里山烏龍，我給的這麼少，卻拿了這麼多，心下很是慚愧。結束的時候，當陳院長說：「可惜了可惜了，今天學校還有其他課程安排，沒能讓更多的學生來聽這場演講。」我便答應，回頭把演講稿整理出來發給他。話音未落，陳院長已拿起麥克風，對眾宣布：「舒羽說了，要把演講內容留給我們，也就是說，她同意把智慧財產權贈送給我們銘傳大學。好，一言為定，鼓掌！」到底是劉銘傳名下的學校啊，利索！

楊恩生和林老師們

十一月三十日，晴

楊恩生老師來電話，說這回舒羽是畫不成了，因為我後天就要返程回杭州，臨行前想請我吃頓飯。我當然樂意了，一聽是去吃湘菜，眼前頓覺一片火紅，連味蕾們都開始鼓起了掌，於是歡跳著下樓。

一見面，楊老師就把一份講義提綱交給我，原來他上午剛聽完一個講座，講得好，因此多帶了一份材料出來給我看。「容納量決定自己嫉妒與嘲諷的多寡，異質度決定自己驕傲與挫折的深淺。」哦，原來講的是人生的企劃，要在平靜中精進的道理。「嗯，好大的主題，不用問也知道那講師一定很厲害的，敢於把這東西講得這麼難，這麼長。想當年尹喜在函谷關苦留李耳，老子也不過只講了五千字。」

我在福州街住下後，眼界便逼仄了許多。凡說起台北何處，我均以距離福州街有多遠來判斷其位置之偏遠與否。至於這家羅斯福路上已有六十年歷史的湘菜館嘛，是真正的中心了，因為我下了樓，步行五分鐘就到了。我一看楊老師那點菜不看菜單的架式，就知道他是熟客。

共進午餐的還有楊老師的一位學生，這位學生也是一位老師。「你能吃辣嗎？」我是向來不挑食的，見楊老師的學生這樣關切地問，於是我也彬彬有禮的回答：「哦，只要不吃楊老師做的豆瓣魚，其他都可以。」楊老師聽了會心一笑，我怕他尷尬，於是趕緊解釋：「其實，楊老師做的魚也沒那麼難吃，只是不太好吃而已。」

不過這家的湘菜是真當好吃！雖然我的皮膚比我的神經更敏感，但面對「辣」這樣一種即時消費的歡樂誘惑，每每也就奮不顧身了。只是楊老師有點吃虧，因為他光顧著說話，忘了美食，不覺間被另外兩位吃客占了便宜。這話頭還得從其中的一道叫「三蘇」的菜說起。

三蘇也叫鳥巢蕨，是通過孢子繁殖的。風吹過，孢子落在腐葉上，於是就長出了蕨。有一種樹蛙最喜歡在這蕨中築窩，因此很多人看似在自家園中養蕨，其實是為了聽取蛙聲一片。楊老師的這一講解很快就吸引了我的注意，才想起他的身分，除了台師大教授、畫家外，他還是亞熱帶生態藝術協會的理事長，但他自詡的名號是「當代魯濱遜」。

我見過殺雞取卵，也聽說過有個做地板生意的溫州人買下非洲的一座森林，但我第一次聽說，有人為了安靜，在美國加州給自己買了一座四十公頃的森林，做起了當代魯濱遜。所謂魯濱遜，據說就是內心文雅身外蠻荒的人，楊老師當仁不讓。我嘖嘖讚嘆楊老師的富有！他卻說自己窮得只剩下尊嚴，買加州的森林只花了很少一點錢。

四十公頃有多大？我不會算。但我知道那肯定是一個巨大的寂寥！想起《麥田捕手》，那個用獵槍保衛寧靜的沙林傑，便問楊老師，你家有獵槍沒有？他說，我是《水滸》中的孫二娘，雖然開著人肉包子鋪，卻沒殺過一個人，所以槍是有的，只是派不上用場，就是狗熊來了我都歡迎，更別提人了。這一點我同意，去過歐洲鄉村的人都有一個共同的體會：那裡最珍稀的動物是人類。只是唏噓這買了寂寞又怕寂寞的林中人啊！

除了狗熊的故事，魯濱遜的英雄故事也很多，光在大陸寫生期間就能撰出一部情節跌宕的連環畫來，只是都這樣隨筆一寫，似乎太褻瀆了英雄人物那光輝的一生。想想還是先存著吧，不如日後找個寬裕的時間，好一邊賣關子，一邊再煞有介事的娓娓道來。

楊老師怕我不能完全體會他寶貴的野外生存經驗，但又十分希望我的筆下能出現那些被他視為生命，又高於生命的奇妙物種，於是力邀我明年春天再來台灣，深入野生保護區，或詩或散文，創作一部台灣生態文學。要知道假如不是課題創作，在台灣這樣的保護區是不允許人進入的。由此，我們展開了一番對話：

——你見過陽光照在沼澤地上嗎？你見過陽光本身的樣子嗎？

——我沒見過，但我可以想像，是不是像創世紀裡那樣，光線一束一束，如神啟，又似亂箭，直直的射進叢林？

——你見過黃鼠狼的眼睛，滴溜溜的轉動著，趴在窗口看著你嗎？你見過每天同一個時間，有四五種你從沒見過的動物，排著隊從你身邊走過，而一點都不把你放在眼裡嗎？

——很遺憾，楊老師。雖然我不可能見過我從沒見過的動物，在我眼前旁若無我的走過去，但假如可能的話，我願意去見一見！

與楊老師達成春天之約後，他要去另一個校區上課，說下課後再趕到台師大文創中心來聽我的詩歌講座。師大是我在台演講的最後一站。

一進文創中心的大門就見到了芝嫻，她繼續羞愧著，因為看了我前幾天博客上的台灣箚記中寫到吃永康街之「閉門羹」一事，「要是讓林老師看見了，他一定會罵我待客不周！」我只得好生寬慰她幾句。說話間，抬頭看見電子屏上寫著：「二〇一一文學名家系列講座／詩人舒羽」等字樣，深感慚愧。文學名家？台師大那些文學大佬們才叫名家呢！

「我帶你去參觀梁實秋故居吧，六月才改建完成的。」文創中心「長得過於年輕」的許和捷主任看時間尚早，便帶我去師大路，不，義烏街一帶轉轉。

梁實秋的「雅舍」並不很大，帶花園約二百七十平米。室內空間採用「和洋二館」形式，為典型的中央走廊型住宅。不過最搶眼的要數門口那棵麵包樹，是梁實秋的第一任太太種下的。余光中在出席落館儀式時，回想起年輕時常與朋友到這裡拜訪，感慨：樹猶如此，人何以堪。

走出梁實秋故居，才注意到這裡的路仍依浙江取名：雲和街。但這時的雲和縣卻讓我想到了瓊瑤的「雲河啊雲河，雲河裡有個我，隨風飄過」。嗯，是了，瓊瑤的父親曾經也是台師大國文系的老師，舊時住在文創中心右邊的青田街五號。邊上就是「師大當代人文藝術空間」了，小小一個所在，正在展出一組ＤＩＹ創意，許和捷主任說師大非常注重當代藝術領域。看時間差不多了，我們匆匆拍了幾張照片就往回走。

待重新回到文創中心時，正巧導演林靖傑也到了。林磐聳老師曾跟我介紹過這位傑出的導演，由他執導的紀錄片曾獲過電影金馬獎。台灣文學大師系列電影《他們在島嶼寫作》的六部作品中，他執導的是《尋找背海的人》，主角是小說家王文興。林導演長得很台灣，黑黑瘦瘦的，一看就是一個穿鞋不如光腳，在野地裡跑大的孩子，很有點歌手伍佰的風貌。當然，伍佰遠不如他長得周正。

台灣林姓的人真是不少，林青霞、林磐聳、林靖傑，與林導一道來的，還有另一位視覺設計系的教授林俊良，簡直快趕上《紅樓夢》裡的「奶奶」系列了。也虧得王熙鳳的丫頭小紅才能嚼得清：「我們奶奶問這裡奶奶好。等五奶奶好些，我們奶奶還會了五奶奶來瞧奶奶呢……」這任務要是讓林老師的助理芝嫻來完成，大約會是這樣的：我們學校的林老師，讓我向您介紹我們學校的這位林老師，跟這位林老師一起來的，是我們學校視覺傳達系的另一位林老師……

演講活動由林老師主持，下面坐著聽講的老師跟學生一樣多，有林老師和林老師等，楊恩生老師也及時趕到了。我跟林老師們說：「弄這麼多教授老師來聽講座，不是存心讓我緊張麼？」

比較精彩的是活動的後半部分。起初大家還正襟危坐的談一談感想，林靖傑說聽完講座後只想回去趴在桌上，寫詩。不過真正的發散性互動要從楊老師的提問開始：怎麼理解「浪漫」一詞？

沒辦法，這樣的題目，大家總是要推選倒楣的詩人先回答。我說，我理解的浪漫一般總是伴隨著追憶，並且帶著一定的憂傷，當下發生時，往往不自覺，也很難製造。比如電影《有話好好說》裡姜文剛點燃蠟燭，放好音樂，開始晃動酒杯，準備與瞿穎浪漫一把，就被來討要筆記型電腦的李保田的敲門聲給攪黃了。重來一次，浪漫就不見了。幾位老師大都贊成我的觀點，但一般來講，問題的答案往往掌握在提問者的手上，只是再料不到楊老師最浪漫的情事對象，竟是一隻母熊！說是有一次他在叢林裡寫生，被一隻豐腴的母熊百般愛撫，險些在那溫柔的熊掌中丟了性命。我這才想起午餐時他說「就是熊來了我都歡迎」，哦，怪不得。

楊老師曾指使我，結束後讓林磐聳老師請大家磋一頓「不太便宜」的希臘餐，可我得趕著去書店，因為詩集的發表會安排在今天晚上，只得作別。林磐聳老師居然送了我一張他即興創作的明信片，一份珍貴的紀念。

台灣有很多表述與大陸不同，比如「水平」與「水準」，比如「安全出口」與「緊急出口」，比如「新書發布會」與「新書發表會」。說起這個在金石堂舉辦的「《舒羽詩集》新書發表會」，實在是費了好大周折，因為出版社在邀請我入台的文件中忘了寫「作者本人出席新書發表會」一事，所以，我本人的新書發表會，我本人反而不能參加。想要採訪我的記者亦只能約在書店的咖啡館內與我見面。

如此，發表會上如何介紹如何互動等情況，我均不得而知，只在心裡存一分歉意，為一些敗興而歸的讀者。但願我的文字能帶給他們哪怕一絲的安慰！

外雙溪的白菜，老呂的書

十二月一日，晴

為了顯示有文化，到了台北，就不能不去外雙溪的故宮博物院；去了故宮博物院，就不能不看鎮館之寶翠玉白菜。可是一到了那個白菜展廳前，我立馬見識了什麼叫People mountain people sea，讓人想到過去老北京人排長隊買白菜過冬的情形。

論材質，這塊玉料算不得精品；論時間，這件晚清玉器遠不如西周的毛公鼎；論美學價值，一幅王羲之的〈快雪時晴帖〉也壓倒性勝過它。台北故宮的藏品六十五萬，其競爭激烈之程度遠超過後宮的佳麗三千，那麼，這翠玉白菜究竟憑什麼力拔頭籌呢？

嗨，東西好，不如故事講得好；故事好，不如主角選得好。果然，據推測，故事的女主角是瑾妃，翠玉白菜正是她當年嫁給男主角光緒皇帝時的嫁妝。男女主角的戲分夠了，再加上文人雅士們什麼「葉青梗白象徵清白，螽斯蝗蟲寓意多產」等一番合意的解讀，老百姓聽著耳順，也就看著眼熱了。

同樣是鎮館之寶，相比羅浮宮中蒙娜麗莎那雙神祕莫測的眼睛，這寂寂無言的白菜，到底還是缺乏讓我為它排幾小時長隊的動力。但不管怎麼說，我比東漢時期那個出使羅馬無功而返的甘英可要靠譜多了。

漢永元三年，班超平定西域之後委派甘英向西進發，結果甘英說自己到了一個不知名的海岸邊，因聽船老大說順風三月可到，逆風可能要兩年，乾糧不足又思家心切，無奈之下只得半途折返。有人說他大約到了波斯灣，可波斯灣即令再大的順風三個月內也到不了羅馬；又有人說他大約到了巴基斯坦，可當時的巴基斯坦與羅馬之間交通已十分頻繁，不可能只聽一家船夫之言。就是這麼一個漏洞百出的謊話，使得當時世界東西兩大帝國的文化交流多等了一千七百年。相比之下，我畢竟到了台北故宮。再說，我是來感受中國文化富藏的。重要的是我來過了，而且有照片為證。

「老呂回來了！」胡衍南來簡訊說。比起透過冷冰冰的玻璃，以隔靴搔癢的方式瞻仰文物，我更想拜見的是這位呂正惠教授。

候了十天，老呂終於回來了。按說，去呂府之前我是有心理準備的，但還是吃了一個大驚：他家的書，多，實在是多，比我想像的還要多，而且多太多。

「太不像話了，這太不像話了！」也顧不得是第一次登門造訪必備的禮貌，面對著這一大片布滿了視網膜的書海，我直截了當的表達了我的痛心：「呂老師啊，這像什麼樣子啊，師母竟也能容忍？」

大約是聾子不怕雷打，面對我的大驚小怪，老呂早已見怪不怪了吧。起初他很淡定，臉上浮著一種略帶麻木的滿足與微笑，就像電影院的剪票員，哪怕情節再緊張，他也緩緩地把票給你剪嘍。直聽到「師母竟也能容忍」一句時，眉毛便立刻彈跳了起來，一手接住從鼻梁上滑落下來的眼鏡，一邊努嘴，東張西望：「快別說了，剛剛還在跟我鬧彆扭呢！」

「鬧彆扭才正常，不鬧才怪呢！」我依舊一副吃錯藥狀，不停的環顧四周，聽老呂在跟胡衍南聊最近剛收了一部綫裝的《紅樓夢》乾隆抄本的事。胡衍南說，你還沒去地下室看過呢？

說著便前面帶路，引我下樓。

有朋友曾提醒我，舒羽啊，你舉例的時候能不能不用《紅樓夢》裡頭的？現在，我很嚴肅的回答：不能！《紅樓夢》第六回，劉姥姥一進榮國府，「只聞一陣香撲了臉來，竟不知是何氣味，身子就像在雲端裡一般。滿屋子的東西都是耀眼爭光，使人頭暈目眩，劉姥姥此時只有點頭咂嘴念佛而已。」就我此刻的心情，誰能舉出一個更恰切的例子，與這段描述相媲美？

說是圖書館吧，圖書館裡到底還有幾排書架幾條通道，好讓人往返尋覓；說是書店吧，書店中終歸還有幾個分門別類的專櫃，好讓人俯仰搜檢。這老呂家的地下室，我只能說它是一個紙倉庫！當然，CD也不在少數。

老呂得意地說：「索性你再去我後面的走廊看看。」

還用看嗎？我不過搖著頭走過去，又搖著頭走回來罷了。中途經過臥房，瞥了一眼，天哪，居然連臥房也未能倖免。我忍不住問老呂：「這麼多書，難道你都看過了？」應對這樣的問題，老呂顯然胸有成竹，「要回答你這個問題很簡單，那麼你櫃子裡的衣服每一件都穿過了嗎？」老呂是老呂的新聞發言人。

師母真是一位極文雅的人。我又問她，家裡這許多書，你平時看嗎？

與前秦那位聽不得「少」的暴君苻生正好相反，師母聽不得一個「多」字，「多？這裡還不多，隔壁還有幾間屋子，都是！」老呂也來湊趣，「我還有很多書，留在以前清華大學的宿舍裡了。」老呂與師母，儼然一個是圖書館館長，一個是圖書館館員。也是，師母怨氣再多，又怎麼多得過這牆上地下不斷蔓生滋長的新書和舊書以及不新不舊的書啊書？見她拱著雙手，眼中放出遼遠的目光，好似股市崩盤一般，我也就不大敢再問下去了，只聽見她幽幽地說：「我不看。光買，不看，沒人看。」是了，我從別處得知，呂公子也不大愛看。後繼無人啊老呂，你藏的是什麼？難道是寂寞？

待我坐下後，老呂已經讀了我帶去的詩集中好幾首詩了，〈貓〉呀，〈NO I DO〉呀。於是，我們就像打麻將似的，聊了一圈現代詩與詩人。他出一張里爾克，我出一張R. S.湯瑪斯，他又出一張穆旦，我又出一張米沃什……只是詩人陳義芝等約好了今晚為我踐行，晚餐的時間已經到了，雖然癮頭剛被吊起來，十分不能盡興，也只得起身出門了。我說，師母不一起晚餐嗎？她說，這麼多書在家，不放心。

剛一推門，我又一次大驚小怪起來。那門上居然貼著一張小白條，看樣子，貼上去的時間已經不短了，是師母的墨寶，用細毛筆寫的四個字和三個驚嘆號：「要帶眼鏡!!!」我再回頭看看倚在門邊送別的師母，她眼裡帶著一抹家常的薄嗔，只看著老呂，「早點去車站，別誤了點。」

路上我問老呂：「你還要出門嗎？」他說要去台南的成功大學，講一個根本沒法講的課題：小說修辭學。我想著，正因為難講，所以才找你講啊。話講回來，要連胸羅萬卷的老呂都不能講，又讓誰講去？

到餐廳的時候，陳義芝、徐國能、李志宏三人已經到了。石曉楓早在一週前已發郵件請假，正好這天約了中醫，而劉滄龍出差去外地了。六個人坐下，喝陳義芝帶來的紅酒。席間，不免又提到了我的詩和隨筆。李志宏仍然津津樂道於我的隨筆，如何將其中的一些內容說給他夫人，結果又笑岔了一家子人。作為前輩老師，陳義芝給了我一些鼓舞人心的勉勵。老呂接過話頭說，舒羽的詩好啊，有一句「裸露的脊背」我印象很深，這女人寫女人，真是入木三分。老呂在家時匆匆看了我的幾首詩，偏偏就記住了這首我寫車模的〈NO I DO〉，又偏偏記住了這個裸露背脊的意象，只是記不全，原句是「最令人的絕望的是那冰涼的修長」。在座的都一頭霧水，我這個當事人實在按捺不住了，「呂老師啊，你看似平靜的外表下，隱藏著的是一顆多麼狂放的心？」

老呂只是笑。喝酒。眼看著兩瓶紅酒見底了，老呂的牢騷也上來了。「給舒羽餞行，只是喝紅酒嗎？不夠隆重吧？」我知道老呂的意思是不喝白的不過癮。這回輪到我傻笑了，難道我敢說：「給舒羽餞行就不能用紅酒嗎？我本人又不喝白酒的嘍！」

徐國能接了靈子後，趕緊跑到隔壁去弄了一瓶高度的金門高粱來，老呂才遂心得意地一杯接一杯淺斟慢飲起來，一邊對我說：「你的詩，我有話說。我要給你寫篇詩評，題目我都想好了。」

不等我給反應，陳義芝先發言了。「好難得的自覺。我的一篇評論，老呂都欠了四五年了，喝過的酒想必也忘了。」老呂管自己笑，又管自己說：「舒羽，聽說你這一本詩集是一年內寫完的，而且是第一年寫詩。你十六歲不寫，二十歲不寫，為什麼偏偏到現在開始寫了，而且一寫就是這麼樣的一本?我這篇文章的題目就叫〈這個女人有問題〉。」

仍然不等我給反應,陳義芝又接過去說了:「口說無憑!」老呂又仰下一杯,說:「二月交稿。」

真是意外的收穫啊,我讓他千萬別留情面,該動刀,就動刀。

天下沒有不散的宴席。胡衍南已先行了一步,因為台師大晚上他還有一堂明清小說的課要上;老呂的酒量雖然無限,但他口袋裡那張車票上的發車時間是有限的。再說,我明天也得趕機場。臨走,我請老呂一定要抽時間去杭州到我的咖啡館坐坐。老呂問,關鍵是咖啡館裡有沒有酒?我說,這麼關鍵的東西又怎麼會沒有呢?

第三輯

草書

它讓生活中一切所感、所念，

像執於聖人之手的花灑一般，

噴出一粒粒緊緻的水珠，

向著心中的祕密花園。

所有的字符也都張開了透明的翅膀，

著了魔似的向它敞開著，低訴著。

馬友友的天方夜彈

一個人的閱歷大約是有重量的，我想。這重量讓人變得低沉，所以，年紀大了，走路就慢了。我小時候喜歡聽古箏，總覺得叮咚作響的絲弦裡擰得出水來，鬼靈鬼靈的，長大了卻更愛古琴的含蓄與分寸。聽琴就像聽一個老者說話，一句頂得上妄人的一席。然而低沉並不表示沒有喜悅，壓抑的表達往往最有力量。因此，雖不到中年，我聽大提琴卻能聽出中年的心情來。很小的時候我就能猜出大人的心思，偶然看見母親哭，我也不怎麼難過，反倒覺得人應當懂得克制。女人可以流淚，但不可以哭，我就這樣沒心沒肺地以為。

大提琴是人。他的身體，他的嗓音。有夙慧的琴師朝他吹一口氣，他就活了，就跟你說話，談心，有時還很執拗，要與你爭執，惹得琴師癲狂萬狀，抱著他搖啊、拉啊、捶啊、打啊，愛恨交織的，好像有多少談不攏又放不下的話題似的。

在我的想像中，未來比較理想的晚年生活定是要請大提琴先生相伴。大提琴讓我想到劈啪作響的爐火、古色斑斕的披肩、半舊不新的杯子和屋外流逝的時間。大提琴的聲音是從木紋中走來的，像一種講述，像旁白，溫厚，中肯，無情，但公道。可他言說的一切都在屋外，在夜晚流動的空氣中，此時，屋內的我們卻是暫得安生於流逝之外的小小存在。就著明亮的爐火，我們感到過去的一切都還可以挽回，也還來得及細細體會。該悔恨的在此刻悔恨，該感激的在此時感激。想到這一分寧靜，我甚至希望爐火旁的晚年時光快點到來。

為什麼要聽馬友友？很簡單，因為他是華人音樂家。因為血液的關係，我相信，曾經感動過他的事物也一定可以感動我。三月六日晚八時，杭州大劇院，馬友友來了，與他「絲綢之路樂隊」的夥伴們一道出場。一個中年男子，普普通通，歡歡喜喜，走出來，坐下去。我很喜歡這樣的出場方式。很多所謂的人物之所以需要借助激昂的音樂、驚愕的聚光燈和主持人受寵若驚又受驚若寵的接引，皆因不自信。

然而，馬友友大約是鐵了心希望杭州觀眾能夠忘了他吧？在近兩個小時的演出中，這位大師竟心安理得地混跡在樂隊中，就像當年的卓別林擠在「模仿卓別林比賽」的人叢中找樂子一樣。大家合奏的時候他也一溜著出來了，小組重奏的時候又不見了，從頭到尾愣是沒有等到他哪怕一個華彩片段。至於獨奏，那是完全輪不到的。大約馬友友心裡也明白樂迷對他的期待，一度終於高抬貴臀，把椅子挪到了台前，結果卻是為吹笙人吳彤演唱的哈薩克民歌〈燕子〉做伴奏，而且音符給的極為簡約，能斷開的絕不黏連，像是惜墨如金，又像是畫龍點睛：遠遠的進三步，湊過去，描一筆，逗一點，又遙遙地退三步，袖手旁觀起來。多謙虛，多審慎，真有點微服私訪的味道。

這多少有損於杭州觀眾對海報上「馬友友三十年來一次」的信任，也由於台上的這位大提琴樂手使用了馬友友先生的名號，而大大傷了樂迷的心。此等失望的體驗，就好像人們見到周星馳，發現他的舉止一點都不好玩，講話一點都不好笑，正常人一個樣！所以，那晚回家後我會順手寫下幾句俏皮話，說老馬不會拉琴的可能性很大，也就不足為奇了。

因為工作的緣故，我曾經接觸過一個國外的音樂經紀公司，旗下的一位音樂家曾是中國家喻戶曉的流行鋼琴王子，藍色的眼睛，深情的樂句。可是作為工作人員，我們被直接告知，該鋼琴家早已不再彈琴，其表演皆為錄音與手形的協作配合。有這樣的故事打底子，我的抗擊能力強悍了許多，再加上瘋傳馬友友日常事務繁忙，下得賈伯斯家的廚房，上得歐巴馬就職演說的廳堂……我也就釋然了。應該說，作為一名普通樂手，馬友友當晚的表現無可指摘，因為整個「絲綢之路樂隊」的能量大得簡直可怕，直讓人想把每一個音符都小心地收藏起來，好回去慢慢療傷。所以，第二天有朋友說弄到了上海站的門票，我便不打二話，開了車就走了。再說，心裡也著實放不下那印度鼓手、伊朗琴手、西班牙女風笛手，以及那幾個形色各異、吊兒郎當的幫閒樂手。

不去還好，這一去使我原本就頗感不快的心情變得愈加不快！想起了一部青春劇，說一位女孩移情別戀了，男孩因為太過絕望沉默不語了好些日子，大家都以為他失聲了，怪嚇人的，可是突然有一天他指著女孩哭喊道：「你這個騙子！」這個片子也就這樣達到了一種悲劇到深刻的喜劇感。聽完上海站的音樂會，我原本只是罵罵咧咧的幾句微辭瞬間沒了，只想手指著馬友友，恨恨地說：「你這個騙子！」

是啊，連著兩天，馬友友傷了我的心兩次：一次是因為失望，一次是因為絕望。

與在杭州的低調相比，馬友友這回可真叫活躍：幾乎每個曲目都攙合，而且華彩不斷，時而是繁勝時光的再現，時而是美妙事物的寫生，時而是情思縈逗、纏綿固結的鉤沉，時而是純淨圓熟、渾樸真率的吐露。一切思想、色彩與圖形，在他的揮霍與指示下掰開又揉碎，讓人意愜神動。飛揚的琴弓為所欲為，這才是揮舞魔杖的馬友友！

掌聲嘩啦啦嘩啦啦激起一層層水霧讓我眼睛都睜不開簡直就不會再有放晴的時候……

中場休息後再進場，朋友指我看前幾排正落座的譚盾，又是一位大佬。我終於意識到，這是上海。如果學張愛玲講幾句刻薄話，Yo-Yo Ma對上海的寬綽與對杭州的慳吝都維持在同樣高的水準上，敢情真把杭州當作上海的後花園了？

兩天下來，由於情感上的複雜而導致我的心理始終處於一種為敵復仇式的紊亂中。哎，算了算了，不糾結了吧。反正我杭州上海包了個圓，無可遺憾的了。還是回味一番馬友友與伊朗弓形魯特琴師賈赫爾合作的〈嘎西達〉，談談這對旅人彌留在時空中的對話吧。

無論在杭州在上海，馬友友在演奏前總要向大家介紹賈赫爾和他手中的樂器，他對賈赫爾恭敬有加，稱之為自己的老師，還說魯特琴是大提琴的祖宗，因為誕生的時間比大提琴早很多。從十二世紀有文獻記載以來，魯特琴的確一直以謙和的、民間的、宗教的形象出現，經常演繹簡單、溫暖的伊斯蘭音樂，演奏的時候可以擱在膝上，也可以放在地上。賈赫爾的習慣顯然是放在地上，格外有一種隨遇而安的流浪感。〈嘎西達〉即興的成分很濃，是一首二重奏，但實際上是「幻影三重奏」。烏茲別克的作曲家楊諾夫專門為大提琴和波斯音樂創作了它，靈感來自賈赫爾的一盒音樂帶。作曲家說：「當我開始在樂譜上研究這個錄音盒作品時，我決定將賈赫爾的主題融合入樂譜本身錄音的部分。這個主意不是將錄音用作大提琴・卡曼奇二重奏的背景，而是作為三重奏中的另一位成員——幻影三重。」

舞台上，賈赫爾和馬友友各執一琴，分坐兩端，像一對手把手拉大鋸的鋸匠，又像是兩個棋枰上手談的弈士。一個聲音來自空中，是另一個藏匿在錄音帶中的賈赫爾發出的，大提琴和魯特琴在這個聲音中恣情穿梭，像祕魯詩人聶魯達長詩〈馬楚・比楚之巔〉中的第一句：「從空間到空間，好像在一張空洞的網裡。」

席地而坐的賈赫爾始終處於遊弋狀態，神思飛越猶如風舞落葉，但是片雲可以致雨，他的飄忽是可供尋繹的線條，常常引得風流雲動，似智者的占卜術。大提琴呢？雖不乏放縱馳蕩的表達，但看得出在努力保持著良風美俗，遠遠的迎過來，動情地說上一席工緻華縟的心裡話，之後侍立一側，恭聽下文。大多數的時候魯特琴自顧自地織著網，一副習焉不察、熟而相忘的樣子，於是大提琴只好退避一旁，側身走自己的小道。但心思縝密、沉迷於針黹縫補的魯特琴有時也會毫無徵兆的突然擾攘起來，橫挑對手。面對強鄰的興兵犯闕，大提琴起先是有禮有節的答覆，惹急了，便揮舞琴弓如劍走偏鋒，濃墨重彩搶白一番，甚而衝過去扭打作一處，難分難解。雅健奢靡的大提琴再也顧不上原本英國水彩畫家般的紳士風度了。這般激烈的挑釁與交鋒讓人坐立不安，但樂曲終於在各臻極致而又無所黏滯中結束了。

大提琴與魯特琴，馬友友與賈赫爾，一對仇敵，一對兄弟！

九歲開始拉琴，獲過十五次葛萊美大獎的馬友友，是什麼時候走向自然、走向民間的？我想上海大劇院的觀眾席中一定也坐著翟小松吧。他在《音樂筆記》裡提到過一件事，說馬友友在非洲原野上看到一位黑人兄弟，僅僅用一根掛在樹上的鋼絲就奏出了一段極動人而又不可再現的音樂，面對他，面對這片原始與廣袤，學院派的音樂大師馬友友只能無奈而恭順的拉上一曲巴哈。這是不是一個刺激？刺激他找到了賈赫爾，這位不識五線譜的伊朗的老琴師？也許吧，有時放下所得是衝出自身局限的唯一方法。

在對音樂的描繪中，我也深感用文字去鞏固音樂猶如用鞭子去抽打空氣，純屬狂妄者的蠢舉，最終不過是一場撲捉螢火蟲的徒然而無效的遊戲，因為抓住了一隻，驚飛了所有；抓住得越多，飛走得越多。音樂本身已包含了太多嘆息。可就是有許多人在樂此不疲的重複著這項遊戲，以藝術的名義捕捉藝術的本質，這種能力也被稱為人類文明的象徵。文學、美術、雕塑、音樂，藝術彼此尋找，道出的只能是作為未能道出部分的補充。

想起頭一天晚上，老賈赫爾坐在舞台中間抬起的一塊平台上，樂手們圍坐在他身旁，與他共同演繹了一首〈寂靜之城〉。十幾分鐘的時間整個失陷於不可思議的帶有一絲溫甜的苦難中。伊朗，戰雲密布的伊朗，阿巴斯的憂傷。我滿以為，從賈赫爾搖擺的臂彎與勾連的指間溢出的琴聲，必是一片深重的苦海。卻未料，從引子開始，一個個樂句像粉紅的天空一般，慢慢地鋪陳，緩緩地降臨，隱隱地似有祝禱的歌聲從某處滲出，是那麼平靜的陳述，神聖的懷念，以至於未及聽得真切，又被一雙看不見的手小心翼翼地摀了回去。隨後弦樂、管樂、打擊樂等更多樂音漸次參與了進來，小心謹慎，猶如聲聲殷勤的問候。音符們亦步亦趨的行走著，像波斯掛毯上衣袂飄飄的人，相互簇擁著，疊加，撫摸，擁抱，迴旋，上升。

賈赫爾的悲傷是粉紅色的悲傷，是溫情、高貴而節制的悲傷，而印度音樂給人的印象往往是彩色斑斕的，猶如跳舞的非洲。鼓手珊迪普・達斯在我眼中是一位油畫家，富諧趣而盛彩藻。他向著空氣隨意塗抹色彩的本領，想必能為許多職業畫家帶去啟發性的悟見。而且他擅用濕筆，色彩鮮活、跳躍，如孩子們穿著糖果色的節日盛裝。不得不嘆服，音樂家的手指是他們原本就細於常人的神經末梢的外在表露，機智、警覺，敏感得像盲人的耳朵。

達斯的鼓叫塔布拉，是一大一小並排的兩隻，它們周身被緊緊包裹著，只露出小小一個直徑的鼓面，特殊的構造使它能發出攝人心魄的音響效果。演奏者會一邊用手指擊打，一邊又急於將聲音摁下去，把聲音撲滅，像極了一個技術高超的槍手，先是射出子彈，然後一個反手，又迅疾地接住了自己射出的彈頭。達斯便是這樣的神槍手，他能讓聲音形成一個又一個黑洞，很快，聽者的心就隨之淪陷了，變成了一塊塊沉墜的石頭，不自覺的滑入了一個個渾圓的深淵中，迷幻，滅頂，窒息。欣賞這種因對恐懼的執迷而產生的美感，近乎欣賞在地獄的風中飄蕩的保羅與法蘭西斯卡的愛情，那麼癡迷，無助，又那麼凜然，勇敢。但矮個子的達斯看上去是如此忠厚老實，一點都不像一個為非作歹的人。

至於加利西亞風笛手，那位性格勁爆的西班牙女郎，我就不敢打包票了。除了誘惑，她什麼都不會。她的名字叫克里斯汀娜•派朵，名字像她染成綠色的頭髮一樣長。杭州站演出的第一個曲目叫〈卡隆特〉，講述的是希臘神話故事中擺渡人卡隆特將亡靈運過冥河的故事。這女人一出場我就知道，卡隆特完了。那天她穿著一身長長的紅色連衣裙，那麼鮮，那麼豔，是鬥牛士手中的紅布的那一種紅。她懷抱一支風笛，像懷揣著一隻乳香四溢的小馬駒，就著馬駒她直腰一吹，身體就向後倒了下去，倒得那麼低，好像等著誰去扶。一個高亢到極點又扭曲到極點的聲音就這樣被她吹了出來，這是一個放浪到妖魔化了的聲音，凌空扭動腰肢，空氣中編織著多少不安分的綺思？再配上西班牙女郎特有的身段，鄙夷的眼神，探戈的步子，幽靈的氣息，哪怕是一隻老鼠也一定會被這隻貓吸引的。真真歌有裂石之音，舞有天魔之態。尼德蘭諺語中說，像這樣的紅衣悍婦，就算獨闖地獄也不會受到傷害。這一次，我信了。同樣作為一個女人，雖然我的傲慢讓我對此不屑一顧，但又不得不同意：男人若是對這樣的女人犯下了罪，倒也並非不值得同情。而上海站的表演，由於曲目的關係，她的凌亂不堪的教養顯然收斂了不少，但也讓她顯得不那麼酣暢完整了。

另一個對我產生極大誘惑的，是日本的尺八演奏家梅崎康次郎。他抽搐著身體，眼看著把一根筆直的竹管也吹成了彎曲的形狀，聽的人心裡一酸，看哪兒都是悽愴的異鄉，而且欲歸無路，欲歸無期。尺八大約是唐朝時候傳入日本的，卞之琳先生的〈尺八〉一詩寫道：「長安丸載來的海西客／夜半聽樓下醉漢的尺八，／想一個孤館寄居的番客／聽了雁聲，動了鄉愁，／得了慰藉於鄰家的尺八，／次朝在長安市的繁華裡／獨訪取一枝淒涼的竹管……」這位梅崎康次郎的祖先，恐怕就是一千三百年前寄居在長安孤館裡的那個遣唐使吧？跟卞先生一樣，我也覺得單純的尺八像一條鑰匙，能夠為我無意地「開啟一個忘卻的故鄉」。

上海站仍然保留了杭州演奏過的〈誕生〉這個鼓樂節目，我不禁莫名其妙地油然而生一種自豪感。細想想，這四種鼓沒有一樣是中國的，四位鼓手也沒有一個中國人，有什麼可高興的？但我就是高興，而且的確自豪。四個人，除了那印度人達斯是好得不用說了，另外三個也是個個都稱心如意。尤其是最邊上一個瘦高個打排鼓的，穿著一身筆挺的襯衫西褲，讓我喜歡得不知如何是好，甚至想，假如是我的兒子就好了！回頭一想，又一笑，他未必就比我小呢。還有一位老兄，情難自禁時竟站起來拍打全身，拍胸脯拍屁股拍大腿，把身體拍成一具樂器，簡直匪夷所思。

四個鼓手都好得無可挑剔，表面看似油滑，卻相互默契極了，一個靈子，扔過去，蕩過來，引出觀眾陣陣訝異與錯愕。而他們之間的那個遊戲，那個靈子，只會故意懸置，絕對不會失了手接不住落了空。這「絲綢之路」的班子，就像巴薩隊的拉馬西亞青訓營出來的發小們，梅西、哈威、伊涅斯塔，一群小矮人在跑動，靈犀一點，靈光一閃，一傳，一切，你還沒緩過神來，球進了！

一個個樂手都要這樣說過去，實在顯得我背晦了，杭州話講「嘎背滴」，尤其怕被伊拉上海人看輕了，說我們杭州人沒見過世面。但是忍住不說，卻也不好，尤其不能虧待了咱們杭州的琵琶女吳蠻。同行間總是缺少神祕感，所謂熟人面前無英雄。吳蠻雖與我讀過同一所藝校，學的也都是民樂，熟倒是不熟的，再說我也久不操練了。我最喜歡她彈到高興的時候放開兩隻手敲打琴面的機靈樣兒，像一隻懸空輪翅的小麻雀，又像騎自行車時的雙放手，好的不只是技術，還有心情。

吹笙人吳彤，要不是上海站結束後加演的那一段，我會停留在杭州站的印象上，還以為他唱得比吹得還要好呢。是「小樓吹徹玉笙寒」的笙麼？是「相對坐調笙」的笙麼？怎麼可能搖滾？能，無限的可能。他和印度鼓手達斯，一個搖唇鼓舌地吹，一個指手畫腳地打，吹吹，打打，情往似贈，興來如答，將一場音樂會攪到最後，攪得我徹底不得安生！

馬友友說，自己很可憐，一個中國人，卻像猶太人一樣流浪世界。但流浪的人有福了。流浪的音樂有福了。這些流浪的笙、琵琶、尺八、塔布拉鼓、魯特琴、風笛、小提琴和大提琴，在一整張歐亞地圖上撒野。與其說他們是音樂家，不如說是浪跡天涯的藝人。他們走過的每一個夜晚都是一千零一夜。他們把靈魂藏進弦管裡，像把迷香藏在靈魂中，走過一座又一座城堡，團夥作案，騙取國王的珠寶，擄走公主的愛情。

一千零一夜

——記二〇一二年三月六日《絲綢之路》杭州音樂會

我迷上那個印度鼓手達斯了，
你看見了嗎，他的雙手沾滿了顏色？

——我一直在注意的是深淵。
他掘出一個又一個渾圓、向下的黑夜，
我多想滑下去，滑下去，把自己淹死。

看看那沉默的伊朗人吧，
低著頭多憂鬱！他擺布著魯特琴，

二〇一二年三月十三日

彷彿命運在擺布著他。
——你是說那個席地而坐的賈赫爾嗎？
他失去了上帝指向的隱喻之地。
為了尋找，他把自己變成了盲人。

天哪，我不能忍受那竹管的哭泣！
它吹破了夜，故鄉變得遙不可及。

——那叫尺八。
聽說管子深處隱居著一位唐人，
披頭散髮，落拓不羈，是詩仙也是酒狂。

哦他叫什麼，最邊上，擊大鼓的高個兒，
風流倜儻。約瑟？馬克？還是蕭恩？
瞧他噱頭噱腦的樣子，簡直像個壞人！

——據不可靠消息，他來自愛琴海，

最擅長興風作浪，專門製造別致的戰爭：
黑珍珠、藍寶石，豪奪、嫉妒與恐懼。

你猜那女人的亡靈能迷住卡隆特嗎？
看來她是個急性子的潑辣貨。有了她，
地獄也別想安寧！

——西班牙女人總是會有辦法的。
別忘了她會吹蘇格蘭風笛，冥河擺渡人
有多久沒有聽到過這樣如火的歌子了！

大提琴是命運的旁白，盡說著
無情的公道話；小提琴是快樂的單身漢，
只負責帶來風景。我歡喜〈燕子〉，它歌唱愛情！

——那是一支唱給過去的歌，
誰有過去就唱給誰聽。至於愛情，

愛情就是過去認為是那樣，
現在認為是這樣的東西啊！

真是神奇的一千零一夜！
不管怎麼說，Yo-Yo Ma可真讓人失望，
可憐見兒的，一支像樣的曲子都沒留給杭州。
你聽著，我這裡有一個被證實的謠言：
老馬不會拉琴的可能性很大！

——你相信神話可以被創造嗎？
我想不好，所以無法回答。

二〇一二年三月六日

普魯斯特三題

普魯斯特的咒語

讀普魯斯特讓我受盡折磨。對其文字的抗拒，猶如一個嗜毒者之對毒品，那種難捨的絕望，令人虛弱。我憤怒地將書合上，四下裡尋找深淵，直想將它扔下去。對某種東西，你必須以恨的方式去愛。這就是賈寶玉幾次三番在林黛玉面前摔玉的原因：求全之毀。

類似的情形曾經出現在我讀沃倫的〈真愛〉、〈時間中的二重性〉等詩篇的時候。如果說沃倫是一位時間的定格大師，他在每一個間隙中透視和被透視、剖析和被剖析，抓住思維的末梢，並讓這些小細末兒梢們像森林中被施了魔咒或受了驚嚇的小動物一樣，瞬間靜下來，聽詩人在時間的此岸緩緩地述說，那麼，普魯斯特，這位法國病人，卻讓你完全陷溺於他咒語式的回憶文字中，細若遊絲的回憶，如此強韌，輕輕地越過事物，只需叫出一個名字，發出一個音節，就能喚出一片完整的場景。

普魯斯特說：「恰如某些民間傳說的亡靈所經歷的那樣，我們生命的每個時辰一經消亡，立刻靈魂轉生，隱藏在某個物質客體中。消亡的生命時辰被囚於客體，永遠被囚禁，除非我們碰到這個客體。通過該客體，我們認出它，呼喚它，這才把它釋放。」就像沃倫把寶貴的初戀體驗僅僅給了一個坐在雜貨店前用吸管吮食的也許還不滿十歲的小女孩，在普魯斯特的文字中，到處散見這樣一些人物，鐵路旁賣牛奶咖啡的村姑、坐在老橋上的漁家女，以及鄉村小徑旁那些個矢車菊一般的少女們。她，她們，也許只適合存在於我們回憶的溫床中，或隨時間的推移逐漸成為一些回憶中被損耗的部分。「或許她只說一句話，嫣然一笑，就能給我提供意想不到的祕訣和線索，以便辨識她的臉部表情和舉止含義，但之後她的臉龐和舉止會很快變得平淡無奇了。」在唯恐幻想破滅的同時，作者又生怕「這個客體太小，一旦墜入茫茫塵海，在我們行進道路上出現的機會微乎其微」。然而奇蹟出現了。

「喂，吉爾內特，來呀，你在幹嘛？」伴隨著女孩母親的一聲呼喚，這個原本沒有或根本就不需要名字的少女就這樣植入了普魯斯特的靈府——

> 好似護符那樣產生奇效，把片刻之前還只是一個不清晰的輪廓變成一個活生生的人。……這個名字載著潔淨的空氣穿越時，在經過的地方上空鋪展一片虹彩，使那塊地方隔絕起來，使她所指的那個姑娘的生活祕密只限於跟他一起生活和旅行的幸福的人們；穿過山楂花到達我肩頭的這聲呼喚表明幸福的人們與她的生活祕密親密無間的內涵，而我感到痛

心疾首，因為我無法進入她的生活祕密。

愛情，即美的咒語。「吉爾內特」，要知道這一發音在普魯斯特心中喚起的無瑕之愛是一整座花園，它天然吸附著一切美好、醉人的因素。它讓生活中一切所感、所念，像執於聖人之手的花灑一般，噴出一粒粒緊緻的水珠，向著心中的祕密花園。所有的字符也都張開了透明的翅膀，著了魔似的向它敞開著，低訴著。透過這些恍惚不定的細密如雨的文字，愛意被層層加深了，而這種愛，像雨後在屋頂上散步的雞雛沐浴到的金光一樣，煥然一新。

愛情的來臨於普魯斯特而言，是對晦澀思想的擦拭，對生命內核的點亮。一個心智再強健的人，一旦滑入了愛情，就難免變得迷醉、虛弱，演漾著不安的情緒。於是，現實一排一排倒下去，猶如事物約定俗成的規律紛紛瓦解，眼裡，心中，只錫澀著死一般迷人的心情，宗教祭祀一般虔誠的，迎向一小片光明。

我忘不了那一叢山楂花，「沒有人工的斧鑿，全然是大自然自生的，其天真的程度酷似鄉村女商人」。它就生長在梅澤格里茲鄉間的唐松維爾莊園，因為斯萬小姐可能會在這裡出現，而使得這座莊園成為了普魯斯特心中的一處名符其實的仙境：

我發現小路上到處都充滿著山楂花嗡嗡作響的香味。籬笆活像一排小教堂隱沒在叢叢簇簇的花卉中形成一座臨時祭壇；在繁花下的地面上排列著一方格一方格耀目的金光，如同陽光透過一片彩畫玻璃窗；繁花的芳香甜蜜蜜，只限在祭壇的範圍飄溢，我彷彿處在聖母的祭壇前……凡是含苞待放的，就像粉紅大理石杯的杯底，露出紅殷殷的花心。

在這段文字的最後他竟然說：

這株信奉天主教的小花木真令人快樂。

普魯斯特是一位超越智力、追求本能的時空虛擬大師。他認為，「智力之所以不配頂戴至高至上的桂冠，是因為唯有它能授予桂冠。如果說智力在德行的等第上只占次位，那也唯有它能宣告本能占有首位。」山楂花的肉質、丁香花的香氣、母親的吻、鄉村姑娘的微笑、路上的小石塊，以及馬車轉彎處忽閃而至的樹木、教堂的鐘樓等，都能讓他產生愛的迷醉與幻想，但成就他這一超凡能力的主要卻是哮喘病，它最終在五十一歲上要了普魯斯特的命。羸弱的病體使他不具備去深入探索愛情之虛實的條件，因而他的愛情注定無法落在實處，因而他篤信「美是一系列的假設」。

過去比未來更深不可測。普魯斯特的生命是一頁對折的紙張，一半即完滿。對折後的另一半可以一直空白著，也可以直接撕下來，拋入空中。是的，他馬達強勁的想像力足夠他忙活下半生了。那麼，為什麼普魯斯特仍然「渴望在我面前突然出現一個農家女，好讓我抱入懷中」？因為，「這種快感是各種思緒給予我的快感的一種昇華。」

抽象的美，是藝術。而唯一能與藝術抗衡並超越它的，是愛情。愛情固然充滿著空靈的氣息，但也必然會有一個相對具體的訴求物件。當理想的愛情落在了實處，面對它，即便當代最拿得出手的科學技術，也是蒼白的。因為愛情向著肉體，而肉體不可關閉。反之，失去肉體的愛，只能向隅而泣。誠然，很多作家會採用「空中語耳」的寫法，相信他們有不得不然的苦衷，但假如借此刻意追求玄學，卻不可取，因為真正一流的作家都是文成肉身，如杜甫、莎士比亞、福樓拜、托爾斯泰，等等。

前一陣子詩人歐陽江河來訪，對我們說起他十歲的女兒正在玩電腦遊戲，他讓女兒不要再玩了，女兒卻語出驚人：「你這個肉體給我閉嘴！」是的，我們可以關掉電視，關掉電腦，甚至關掉遊戲中某一個人物或一項武器，但唯獨不能關閉的是肉體。哪怕是一個習慣於漫無指歸的思想馳騁者，一個單憑想像即可完成全部人生的藝術大師，其生命也必將面臨一個局限，即孤獨的局限。

據說，普魯斯特喜歡對著火車時刻表縱情遐想，想像某個秋夜，他下車時，木葉微脫，在清冽的空氣中散發出枯敗的氣味。詩人或作家用語言去構建一個物質的世界，用藝術餵養靈魂。普魯斯特放棄智力，離群索居，不在乎所見事物的絕對價值。從彼岸那實有的虛無，到此岸這虛無的實有，什麼才能使人理解，為何一位智者卻擁有一個瘋子的腦袋？事實上，普魯斯特也深知他迥異於人的病症並非只是哮喘：

我看見水上和牆面泛起的蒼白的微笑與天邊的微笑遙相輝映，不禁欣喜若狂，揮動已經收好的雨傘，連連高喊：咿喔，咿喔，咿喔，咿喔。但同時我感到我的責任不應限於這些叫人捉摸不透的咿喔聲，應當努力弄清楚我為何欣喜若狂。

就在普魯斯特手舞足蹈時，正好有個農夫經過，雨傘差一點就打在了農夫的臉上，因此神色有些不大高興，於是他只得尷尬地寒暄道：「天氣真好，是吧，走一走舒服極了。」之後，普魯斯特幡然醒悟：「多虧他我才明白，同樣的激情不是按預定的次序同時在所有的人身上發生的。」物、人、情感和思緒，在同一時刻甦醒，相互支持，建立起一種唯有藝術家才能深悉的秩序。普魯斯特此時的錯愕與孤獨，猶如詩人里爾克借〈杜伊諾哀歌〉對著永恆說：「如果我叫喊，誰將在天使的序列中聽到我？」

當一個人擁有如此強大的敘述虛無的能力時，我們反而要懷疑虛無的虛無性了。漸漸地，我感到閱讀普魯斯特最大的困難，是由文字引發的無盡漫遊。雖然，普魯斯特說真正的藝術無需大肆鼓噪，那是在靜悄悄中完成的。雖然我無端花費了十五年的鉅資，築起了我一個人的大觀園，但我不得不提醒自己折返現實的世界，就像我明白愛情的勝義是：我們不能一味地沉湎於想像，還有一個實有的生活在等著我們去擁抱，正如上帝必須通過耶穌的肉身才能彰顯其深邃的意義。

永遠其實並不遙遠，只是從此到彼，不過一生而已。在某種意義上，普魯斯特是在幫我完成一封給愛情的信。因為他在敘述美，因為愛情是美的咒語，也因為愛情與美互為印證。

二〇一二年二月二十六日

尋找天堂的入口

清晨，我被一記玻璃滑過水面的聲音喚醒，它像極了我專門設置的一種手機簡訊的提示音。睜開眼，一小片亮光從隔壁的房間透出來，溟濛，含混，好像在與我身邊的這團黑暗交換著邊防意見，而我也慢慢釐清了那聲響的來源：不是真的聲音，而是意念。

從昨晚開始，我就想著要描摹一下或捕捉一點普魯斯特思緒中那種輕盈曼妙的，片狀、霧狀、雲狀的東西，我為他這項捕捉虛空的能力深深著迷了。而且我和他一樣堅信，那虛空中的確存在著一些可以被我們固定下來的東西。可是居然下雪了！

開窗雪尚飄，一片一片，不可思議地飄著。這叫人怎麼靜得下來？雪下得如此稀罕，都早春二月了。它們像風中急匆匆的趕路人一樣，片片斜逸到一邊，這證明雪下得很大，我應該跑出去，在雪地上大叫，亂跳。總之，我不能這樣待在屋子裡無所事事。可是，它們漸漸成直線下墜，越來越小。我反而稱心如願了，因為雪花正在受雨水夾擊，成不了什麼氣候。於是我又做回那個床後有一架中國屏風的普魯斯特，一心一意地碼字了。

我想，如果此刻普魯斯特在我身邊，他一定會附和我說，這雪來自鋼琴家之手，而世界正在舉行一場白色的沙龍聚會。那雙手酷似蕭邦，在彈奏一個婉轉曲折、極盡冗長的句子，就像他筆下的德・洛姆親王夫人在巴黎沙龍中所聽到的：

那樣的自由，那樣的柔曼，那樣的容易感受，樂句開始時意在尋覓，總想逸出最初的方向，遠離人們早先希望它們的切點所能達到的地方，在奇妙的僻壤遊蕩之後，更為堅定的返回來叩擊你的心房，這返回的路程是事先精確布置好的，就像擊打水晶物時的振盪聲使你連聲叫絕。

對普魯斯特來說，這世上沒有什麼是不能形容和觸摸的，他像一位絕妙的樂手，調度神奇的聽覺、觸覺和嗅覺在彈撥著你的神經，那樣的輕率而精準。正如他能分清光線的投影是被剝蝕了的，還是被馴服過的，正如他看見聲波是菱形紋的，鐘聲是銅黃色的，而姑娘的嗓音是淡紫色的。

輕盈的人容易靠近天堂。

普魯斯特想像力的鋪張與浪費簡直到了無以復加的地步，足以帶他去到任何地方。是的，普魯斯特是一個酷愛散步的人：

每逢我們去梅澤格里茲那邊散步……

這個秋天我們的散步尤其愜意……

我們在蓋芒特那邊散步……

有一次我們的散步大大超過了平時的時間……

那麼，散步會對普魯斯特產生怎樣的奇思妙用呢？想想他的外祖母就知道了：

我外祖母的小跑根據她內心起伏的波瀾而調節；暴風雨的狂勁兒、衛生保健的威力，對我愚蠢的教育，花園的對稱劃一都會引起她心潮澎湃。

同時，外祖母只要一想到普魯斯特虛弱的身體，薄弱的意志，困惑的前途，就會在下午和晚間不停地跑來跑去，牽腸掛肚，寒冷和憂思每每使她流下淚來，她卻總是讓眼淚在皺紋縱橫的臉上自然乾去。

一般人散步是為了保持健康或排遣憂愁，而普魯斯特的散步卻是為了遭逢奇遇，尋找天堂的入口。有一次他在林子裡散步，一處房屋、一塊石子的反光和小路上洋溢著的氣息讓普魯斯特駐足停留，彷彿其中隱藏著某種肉眼看不見的東西，吸引他去發現，去攝取。工兵的探測器發現了地雷，他立馬臥倒，輕輕打個手勢：噓，別作聲，你們先過去，我留下來對付好了。這種發現給予普魯斯特「一種未經思考的快樂，一種文思四溢的幻覺」。這種遊戲頻繁出現，他經常會感到有個東西來自深處，移動，上升，並能感到它上升的阻力和激起的聲響。還有一次，馬車行駛至一個林蔭園徑的路口，他因為三棵似曾相識的樹，而頓感時空交錯，意識在遙遠的年代和眼前的時刻之間磕磕絆絆，於是：

> 我凝視三棵樹，昭昭在目，可我的心總覺得它們遮蓋著什麼，便六神無主起來，就像放得太遠的物件，我們伸直胳膊，手指勉強碰得上物件的封套，怎麼也抓不住，乾著急哩。於是我休息片刻，再使個猛勁把手臂伸過去，千方百計到達更遠。

這個一再令普魯斯特憋氣凝神，伸長了胳膊意欲生擒活捉的東西是什麼？他讓我想到了日本的空手道，中國的神婆，或是孩子們常幹的那種撲蝴蝶、捉蛐蛐的把戲，「抓住了，抓住了！毛茸茸，還是滑溜溜？」這位屢屢以詩人自居的小說家描述的這些，讓我極為自然地我想到自己的一首舊詩〈灰雀〉：

我知道有些什麼在那裡，
當我傾聽，髮絲低垂。
在答案被灰雀的啼叫取代前，
我保持著閉目冥思的姿勢，
以延緩嘈雜過快地侵入我的身體。
假如這尋找與隱匿的遊戲
將終我一生，即當我老去不復存世
而它依然在那裡，那麼
將由誰來延續這冥思，
在下一隻灰雀將這一切打破前，
誰將得到啟示？

當普魯斯特調動意念，斂聲靜氣，驟然衝向那三棵樹的同時，事實上他衝向的正是他自己的心：「因為在心的盡頭我看見了那三棵樹。」三棵樹的場景在他心中引發的是一個隱喻，而這個隱喻，我想正是被我們稱之為靈感的東西。然而，靈感向我們呈現它自身的時候，並不表示它願意在同一時間向我們揭示答案，有時只是一團蒙昧的煙雲。普魯斯特認為麻煩就在於靈感自己不會說話，像個惹了春意的女孩，心事需要別人去猜。

馬車把我帶走了，遠離了只有我信以為真的事情，遠離了也許會真正使我幸福的事情：馬車活像我的生活。我望見那些樹揮著絕望的手臂遠去，彷彿對我說，你今天沒有得悉我們的事情，你永遠都不會知道了。

據說，凱爾薩人信仰逝者的靈魂被禁錮在某些低等物種的軀殼內，一頭畜生，一株植物，或一個無生命的對象中，直到有一天人們經過它，發現禁錮在其中的靈魂。於是靈魂大為震動，呼喚偶遇的親人，一旦相認，便打破了魔法。很顯然，這位永遠不會長大的孩童普魯斯特對此深信不疑，為不能破譯三棵樹的語言黯然神傷：「彷彿失去了一位朋友，彷彿自己剛死去，彷彿剛背棄了一位亡人，或彷彿剛有眼不識一個神祇。」而在他母親的眼中，普魯斯特永遠是一個四歲的孩子，一個「家中的白癡」。

那麼，經歷了那麼多次尋繹後，這位偉大的小說家兼心事重重的巡林人，竟從未有所斬獲嗎？終於，馬丁維爾教堂的鐘樓給了他一份特殊的「幸福感」。這次，當他感到鐘樓移動和反光的背後蘊藏著某些祕密時，他在心中自問自答，最後奮筆疾書下一段，從而平息了心中的激蕩。普魯斯特興奮之極，說這東西就是我們印象的精妙之所在，一旦被我們察覺，我們就產生無與倫比的快樂，甚至一時忘乎所以，把生死置之度外。「痛快得像隻母雞，彷彿剛下完了蛋，扯開嗓子唱了起來。」而在我看來，他當時記下的那段令他心滿意足的文字平淡無奇，遠不如他初見鐘樓時那驚心動魄的感受來得動人。正如「對象、地域、憂愁、愛情，好像都是如此。擁有者察覺不出其詩意。詩意只在遠處閃現。」但是，普魯斯特邂逅鐘樓的這段遭遇無可辯駁地說明了，他每一次才下眉頭、卻上心頭的那種感覺，正是詩人、作家們頂禮膜拜的靈感。

最令我難以置信的是普魯斯特對生活那廣袤無邊的激情。他最終相信真正的天堂在自己的心中，猶如他用一生的時間實踐了成為小說家的夢想，超越了人類的生命必然走向死亡的宿命。他對天堂的理解，不僅僅是個體與萬物之間的相互發現與啟迪，同樣也投向每一個在他身邊出現過的，哪怕是最微不足道的生命，對一切飽含著人的深情與神的品性。要知道在貴族、貧民等級制度涇渭分明的當時，這並不容易。一天他坐火車，在鐵路上看見了一位賣牛奶咖啡的鄉村女子。

我向她叫牛奶咖啡。她沒有聽見我叫喊，對這個生命我未做出過任何貢獻，她的眼睛不認識我，她的思想沒有我的存在……我多麼想攝取她的生命，跟她一起旅行。

他甚至擔心，假如此刻看著她的不是自己，而是另一位攜帶情人的男子經過她，那麼她就不會進入他的視線，她將因永不存在而失去意義——

> 對我來說，現實是個體的，不是找個女人，而是找某個女人，為了高攀她，我不辭辛勞，只要她和我沐浴相同的陽光相同的氣候。

普魯斯特的生命是一株向日葵，他仰望著，撫觸著，呼吸著每一縷陽光，對一切都充滿著愛意，懷抱著恩澤心情。其心思縝密的程度除了他自己的文字，再也沒有什麼東西可以替代了。面對這樣一個輕如雲翳的靈魂，我們除了閉上眼睛去傾聽，還能做什麼？因為任何一項行為的背面或側面，直角或銳角，都有可能會刺傷或折斷他纖細的纖維。

普魯斯特的漫步人生，尋找天堂，讓我想到但丁《神曲》地獄篇的第一圈。荷馬、奧維德、蘇格拉底、柏拉圖等赫赫有名的詩人與聖哲被幽禁在這天堂與地獄之中央的林菩獄，他們穿過七重門，眼神緩慢而莊重，漫步到了一片青翠如琺瑯，開闊、光輝而隆起的草地上。他們希圖天堂的願望懸而未決，因為，「他們沒有希望得生活在欲望之中」。也許，這些往日的智者們正聚在一起交頭接耳，有的摀住胸口暗自傷懷，有的譏笑別人的問題比自己嚴重；有的抽菸，叉腰，仰天長嘆；有的一隻手扎入頭髮，另一隻在地上畫字……哎，這群雲中漫步，視真理為生命的人，很可能永遠都拿不到天國的簽證。世俗的界定統治著人界與神界，偉大如但丁也不能免俗。

是否這就是詩人的聖地，天堂的入口？而我聽說，天堂裡有幸福，也有痛苦。痛苦一旦消失，夢想也隨之消失，剩下的只有幸福的哈欠。從陽台上望下去，我看見一棵光禿禿的無花果樹孤零零地站在花園中，我相信不久後它就會帶給我一個驚喜。雪已經停了很久。

二〇一二年二月二十八日

接一個有思想的吻

讀普魯斯特這位雅士的意識流小說，你往往需要在目光掠過文字的同時，順手撮起一些綱領性的句子，就像恍惚間進入了一條無窮無盡的巷子，在每一個轉彎或者抹角處留下些記號，就像那位誤入桃花源的漁夫所做的那樣。否則，你會緩不過神來。不過，漁夫的經驗告訴我們，即便做了記號也未必就一定能緩得回來。哪怕是普魯斯特自己，也時常會有跟不上自個兒趟兒的時候，有時還會出現同一記憶被反復拿出來描紅、編織的情況，而且手法和路徑驚人相似。

當然，如果把《追憶似水年華》這樣一部長達三百多萬字的超長篇小說比喻成一部浩瀚的交響樂，那麼重複出現幾次音樂主題以昇華作曲家心中縈繞不去的衷腸，似乎也並不過分。我無意於揪他的小辮子。對於這樣一位幽默風趣、親切體貼而又禮貌過人的沙龍寵兒，永遠年輕的優雅騎士，纏綿病榻的孤獨旅人，心神不寧的雙性戀人，一切劣跡敗行在我眼中都是可愛的。有一些人因為品性誠實的緣故，會讓人產生一種壞得無可挑剔的感覺。

我盯著普魯斯特的肖像，凝視著他那雙顯得極為專注卻又毫無中心思想的眼睛，活像我們透過玻璃缸看見的神經質的魚眼，又好似一段搖擺不定的音樂主題，永遠新奇，卻猜不透它的含義。在我看來，普魯斯特的這雙媚眼竟毫不遜色於蓋芒特家族成員那「探測性致意」的眼神：「從介紹人嘴裡聽到你的姓氏，便向你投下一道目光，一般是藍色的，總像鋼鐵那般冰冷，彷彿要鑽到你的心窩的最深處，卻完全拿不定主意向你問好。」是啊，天知道這雙眼睛在想些什麼?哦，他在想——

> 人顯然是比海膽、鯨魚更高級的生物，不過他還是缺少一些重要的器官，特別是用來接吻的器官，竟是一個也沒有。因為缺這器官，人便用嘴唇來代替，如此這般，其效果也許比用一對獠牙去愛撫所愛者更令人滿意那麼一丁點兒吧。

英國作家阿蘭・德波頓在講普魯斯特的書中有這樣一段話：「從某個層面來看嗎，接吻不過是用一塊柔軟多肉且潮潤的皮膚組織摩擦相應的一塊神經末梢區所產生的快感，如此而已。但是我們對接吻的期待遠非如此。」德波頓認為，經由接吻，人們嚮往的是更高的占有形式，代表了情人間對彼此身體深入漫遊的許可。

當普魯斯特在闃無一人的房間裡經歷了無數次接吻的向壁虛構後，他終於求得了阿爾貝蒂娜的一吻。然而，他的感受竟是：

像在用長牙愛撫，而且接吻的姿勢笨拙之極，看不見她，鼻子太礙事，差點沒閉過氣去。

他的初衷是寄希望於通過接吻來回味男女初遇時的情景，以及由女性引發的全部人生的思考，比如懷舊之情、夏日海洋的氣息和逝去的青春等等。也就是說，他需要接一個有思想的吻。鑑於以上症狀，我認為普魯斯特假如改行去研究生物學或物理學，估計也是不會令人失望的。因為他有的是思想，而思想高於一切。任何小說家多少都脫離不了自我講述的本能，像普魯斯特這樣忠於直覺且到了無可救藥的地步，我們更無須懷疑這一點。在《追憶似水年華》中，他隱身於一位叫斯萬的男士，並在親吻前做了一番長考。

斯萬用雙手把她的臉捧住，保持一定的距離。他想讓他的思想有時間跟上，認出長期以來所懷的夢想，看一看夢想變成現實，有如請一位母親來分享她愛子的好成績。斯萬盯視尚未被他占有甚至尚未被他親吻的奧黛特的臉，也許想最後看一眼，就像啟程的人在離開前把眼光投到再也見不到的景色。

只有缺乏行動的人才會耽溺於思想。我不禁想到普魯斯特的弟弟羅貝爾，他是這樣評價仁兄的大作的：「要想讀《追憶似水年華》，先得大病一場，或是把腿摔折，要不哪來那麼多時間？」可是想讓這位賢弟生一場大病談何容易？據說，羅貝爾有一次被壓在了一輛裝有五噸煤的車輪下，居然順利脫險，甚至沒有留下一星半點兒後遺症。普魯斯特呢，阿蘭・德波頓曾為他的病痛開具過一份遼闊的清單。與這位睡前只能喝四分之一杯水，否則會因肚子裡有一CC水的波蕩而無法入眠的，「因兼有異能而遭詛咒」的仁兄相比，羅貝爾賢弟這副經打經摔的結實體質，想必連得一場感冒的願望都難以實現吧？

不過，一身的病讓普魯斯特擁有了更多操練靈魂的機會。他說快樂對身體是件好事，但唯有悲傷才使我們心靈的力量得以發展。這一理念不僅使他強大的心靈得到了蓬勃的發展，而且還強有力地支撐起了普魯斯特勇往直前的自虐精神。他認為，男人們雖然會為自己鍾情的女人倍感折磨，但悲傷卻能激發出一種獨特的情感，強烈而深刻，簡直令人神魂顛倒，這種裨益是任何天才都無法辦到的。因此，生一場冗長的病，對於擅寫一手冗長句子的普魯斯特而言，簡直是上天的特地垂青。

對於虛弱的體質而引發的悲傷情緒，以及因此可能帶來的中彩般的好處，除了普魯斯特自己外，他的母親更是百般珍惜。當巴黎上流社會的達官貴人們因不忍久違而頻頻問詢這位顯赫的作家的身體狀況時，讓娜・普魯斯特夫人的反應，好像「寧可他災病不斷，諸事由人，也不願他身體康健，尿路通暢」似的。因為常年照顧普魯斯特，這位母親早已習慣了她的長子永遠只是一個四歲的孩子，以至於普魯斯特生命中最不能忍受的災難竟是與母親分離，以至於兒子曾這樣抱怨母親：「一旦我身體好一點你就心煩意亂，非到我又病了，你才稱心如意。有了健康就得不到關愛，真是叫人傷心。」哪怕同在一個屋簷下，他也要寫以「小媽咪」開頭的柔情蜜意的家書，在黎明之前深情地塞進母親臥房的門下，而內容僅僅只是告訴親愛的小媽咪，他側側力力，輾轉不眠了，所以只好寫小紙條告訴媽咪，我一直在想著你。寫信時這位乖兒子的年齡是三十一歲。

因此，假如問普魯斯特，倘若在這個世上你只能得到一位女性的吻，你希望她是誰？我想他會毫不猶豫的滾進小媽咪的懷抱，用滿懷愛意的獠牙為母親送上一個心滿意足的吻。

普魯斯特通過書中的人物這樣描述母親的吻：

> 我上樓睡覺時，唯一的安慰是媽媽在我上床後來吻我。但她道晚安的時間太短，轉身下樓太快，以致每當我聽見她上樓，聽見她經過雙門走廊時她那掛著草編飾帶的藍色平紋細布套裙窸窣作響，我便感到一陣痛苦。

母子間的這項終生相伴的睡前儀式，令他的父親大為光火：「不，行了，別糾纏你母親了，你們這個樣子道晚安該收場了，這種表示真是荒誕可笑。」因此，母親也竭力希望扭轉兒子的這項需求，只要家中來了客人，哪怕是最尋常的鄰居串門，她也就讓兒子獨自上樓，不再吻他了。

我不得不離開，沒領到盤纏就上路了。硬著頭皮蹬每級樓梯……因為她還沒有吻我，我的心沒有得到她發的許可證，不肯跟我回房。

這是淒慘的夜晚，他只能「掀被子，為自己挖好墳墓，穿上裹屍布似的睡衣，把自己埋進床單」。要知道，這令人髮指的活寶天才，本來已經藉著餐廳明亮的燈光，早就開始用目光在母親的面頰上選擇好了即將親吻的位置，為這一個「珍貴而易逝」的吻做好了深刻的思想準備。

說到接吻與接吻的深刻性，我記憶的搜尋引擎立馬為我挑揀出了另一位旅居海外的華人鋼琴家。他也是一位絕對優雅的男士，一切都遵循著事物必然的規律。生活中，他處處保持著作為藝術家的謹慎風度，而當他沉浸於黑白起伏的琴鍵，他的身體便會掀起一陣陣那種唯有水流至深時才能自然形成的孟浪。

談論普魯斯特，似乎首先得學會拋開主題，東拉西扯，否則不能得其神髓。那麼，在引述這位鋼琴家的接吻理論之前，我們先來穿插幾件奇聞趣事，就從多年前的一場音樂會開始。那場音樂會邀請的正是這位鋼琴家，作為主辦者，會後我十分興奮，充滿了藝術參與者應有的榮光。因為我堅信每一個聽眾都和我一樣，毫厘不差地感受到了他動情的表達。客觀的說，差一點，只差那麼一點，他因太過陶醉而導致不斷抽搐與痙攣的右腿就快抬到琴鍵上去了，最要命的是，它還時不時左右擺動幾下。腿的主人似乎也意識到了，偶爾試圖將它按捺下來，但不一會又抬上去了。沒辦法，誰叫這也是一條有思想的腿？我也終於領會，原來思想對靈魂的煽動會伴隨著肉身如此強烈的反應。

雖然情況完全不同，但既然提到鋼琴家，我忍不住又想起了那次沙龍上，一位鋼琴家彈奏李斯特的曲子，引發了一名貴婦人的痛苦情狀：

德・康布勒梅爾夫人正在顯示受過良好的音樂教育，她搖頭晃腦地打著拍子，腦袋像節拍器的擺，從一個肩頭晃到另一個肩頭，擺動的幅度很大，速度很快，她的目光迷迷濛濛，似乎內心的痛苦已不在話下，不必去管它了，好像在說：那有什麼辦法呢！

我的閨蜜錢舟是著名的小提琴演奏家，她說她最不能理解的是，為什麼國內有些演奏者剛一上台，連樂隊的前奏都不曾響起，就跟體操運動員上場前那樣，猛一抬頭，一挺胸，一翹臂，然後左手掄起一個弧度，舉起小提琴，把它夾在下巴底下。一套動作完成得如此流暢而規範，就像好戲開場前的鑼鼓，拍賣進行前的提示，法官宣判前的肅靜，以及「嗨希特勒」式神經質的舉手禮。

真正的音樂須是自我的漸次進入，像水一般漫過作曲家的思想，然後慢慢地與自己匯合，直到充滿。一個小提琴手哪能像一個體操運動員上槓前那樣亮相，謝幕時又那麼誇張地把小提琴像火腿一樣舉過頭頂？

現在，讓我們再回到那位旅居海外的鋼琴家吧。與普魯斯特頑強的戀母癖不同的是，他只是沾染了比較嚴重的潔癖。每次吃飯前他不僅要把自己面前的盤子擦得咯吱咯吱響，而且還請求在座的其他賓客，允許自己幫他們擦。顯然，在巨大的好奇心的驅使下，有人問道：「你這麼愛乾淨，那麼你和女朋友接吻的時候呢？要知道，口腔內的成分並不那麼單純。」

鋼琴家放下手中擦了一半的盤子，擺正上身，頭部微微側到一邊，以充分地表現出一位藝術家深思熟慮的思想性。他和顏悅色地回答：「酒精啊。事先用酒精消毒過就可以了。」說完，他繼續擦盤子。可憐我們滿桌的人，一個個崩潰得只想把面前的盤子全都扔到地上去！

想想吧，這位充滿思想的鋼琴家在房間裡為女友抹酒精，就像夏威夷海灘上的紳士在為女士搽防曬油。這樣的場景有可能實現嗎？不可能實現的。鋼琴家至今未娶。小說家普魯斯特的戀情也只能是一個永遠的傳說。如果說小提琴家的獨孤一生、鋼琴家的孑然一世、小說家的虛夢一場是一種宿命，那麼我想，並非上天刻意安排了這一切，而是這些執著於生命和藝術的靈魂讓命運之神悄悄地改變了主意。讓我們透過藝術，向他們致以最深的愛意吧，在他們的額頭印上一個有思想的吻。

二〇一二年三月一日

麥卡勒斯：把瘋狂燒成詩

我最喜歡的美國小說家是卡森・麥卡勒斯（Carson McCullers，1917-1967），假如沒有其他作家跳出來反對的話。可是這位迷人的女魔頭一生倍受如福樓拜說的「水軍」的摧殘，自十五歲患上風濕症後便百病纏身，得過肋膜炎、鏈球菌喉炎、肺炎，做過乳腺癌切除手術，還屢遭庸醫誤治，第三次腦中風後癱瘓坐床，嘗試過自殺，不過最終還是死於一場昏迷：延宕了四十七小時的腦溢血。多麼遺憾，照片上這位狂笑不羈的麥卡勒斯小姐竟只活過區區半百，叫人怎麼忍心效仿呢！如果天才非得短命，那麼心寬體胖的作家該怎麼辦，還活不活了？

《心是孤獨的獵手》、《金色眼睛的映像》、《婚禮的成員》、《傷心咖啡館之歌》、《沒有指針的鐘》，從這些書名中，多少能猜出作者哪裡出了點問題。除了這五部長篇，目前能讀到的中文版還有李文俊先生翻譯的六個短篇。死後，她妹妹又查漏補缺式的將幾個未曾發表過的短篇和隨筆一起收在了《抵押出去的心》一書中。聽說還寫過詩，可惜未曾見到。

麥卡勒斯在一篇隨筆中談道：孤獨是最大的美國式疾病。歐洲人在家庭紐帶和死硬的階級愚忠之中獲得安全感，幾乎完全不懂得那種精神上的孤獨，這對美國人來說卻是自然而然的。「沒有比個體意識對自我身分認同及歸屬感的索求更強有力和更持久的主題了」。所以，麥卡勒斯在每一個故事中很順手地處理著孤獨與疏離的主題。

讀她的東西就像看那位希臘籍義大利畫家契里柯的畫兒，〈一條街的寂靜與憂鬱〉。表面上十分寧靜，卻總像會發生一些什麼，充滿著某種預感。她對環境的營造甚至不依賴夜晚，直接暴露在光天化日的午後。她的語言之清澈、直白，一如她所嚮往的愛琴海岸上的太陽。一個個頓挫、肯定的句式，將殘忍日常化，像一個徒步短刀的殺手，身懷毫不矯情的深刻，越平和，越心狠，手越辣。讀起來簡直有一種攙雜著些許墨綠色的煙灰風，雖全然區別於暴襲型的巴別爾文風，但卻有一種非常迷人的落拓氣質。有時神祕，有時矛盾，彌漫著一絲近乎問題少女般的瘋狂氣息。這是特別講究「心理衛生」的十九世紀歐洲作家無法企及的。

心是孤獨的獵手。藏身於形單影隻的小說家後頭，在一個寂靜、悶熱的小鎮子裡走街串巷、遊手蕩心時，我由衷的欽佩作者敘述的耐心。她把每一個人都當成主角來寫，把文字當成最平常的日子過，把筆墨、心智均勻地分配給她吹活的每一個人。

《心是孤獨的獵手》一開頭的名字叫《啞巴》。小鎮上飄滿了有關聾啞人辛格的流言，這個沉默友好的男人因為殘疾反被人們奉為了上帝。

最近的幾年中，每個人都明白根本沒有真正的上帝。當她想到以前她想像中的上帝的模樣時，她卻只能看見辛格先生，他的身上披著長長的白單子。上帝是沉默的——也許正是因為這點她才想到了上帝。

對於用雙手發言的聾啞人辛格來說，任何一個微小的手勢都代表了某種精確的含義。辛格沉默的時候一雙手總是緊緊地插在口袋中。福樓拜在那本有趣的小書《庸見詞典》中有關「手指」（Doigt）一詞的說法是：上帝無處不插手。

「你是這個鎮上唯一能聽懂我說話的人……兩天啦，我一直在腦子裡和你交談，因為我知道你明白我想說什麼」。「他傾聽的時候，臉部是溫柔的，猶太式的，一個屬於被壓迫民族的人的理解力。」

人有被傾聽與被理解的需求。一般人對細節爭辨得太多，真理往往在途中被消解掉了。在人與人，這絕非相同的個體之間要進行雙向而又無間的交流非常困難，而禮數、修養的維持又絕不會比最短的PEA愛情濃度指數更長，因此能夠找到一個單向度的縱容和理解自己的對象就變得十分可喜。聾啞人過濾了所有的嘈雜，內心的天平保持著自然的穩定，一切風吹草動也不過是心靈彎曲的微笑和悲憫。辛格，一個獨善其身又樂於聆聽的聾啞人，在現代社會裡就成了一個完美無缺的聖人，總讓你覺得跟他共有著同一個祕密，而你自己卻不知道它是什麼。

上帝死了！辛格自殺了。當得知聾啞夥伴安東尼帕羅斯死在了瘋人院裡，無聲的辛格選擇了開槍自殺。有人將小說題材指為「同性戀問題」，可全文並無一處情色愛戀之嫌，生生扣住的關鍵字只有一個：孤獨。什麼樣的情感可以稱之為愛情？男人，女人？歡娛的愛情，在四處尋求釋放的孤獨心靈面前，又算得了什麼？

如果你認為十七歲就參加了文學創作班的麥卡勒斯，只是一個單純執著於心靈傾訴的文學女青年而不存一絲野心，那就錯了。卡爾•馬克思、法西斯、猶太人、白人副警長、著裝鮮豔但表情憤怒的黑人、工人、移民、佃農等等，小說裡她於靜悄悄中同步處理著的，是一個既古老又棘手，甚至想起來會讓人心生厭倦的主題——黑白種族之戰。

南方，在美國作家眼裡是一個關乎人格的形容詞。田納西•威廉姆斯很自豪地說，「卡爾精神的純潔，她的溫柔和仁慈，這些都是我們南方各州一位女士所具備的品德。在那裡，『女士』這個詞不是一個稱謂，而是一種品德。」要有怎樣熾烈的情感、敏銳的認知、天縱的才情和革命家的雄心，才能支持小說中艱難人性的每一步旨意深明的跋涉？此時，這位孤獨的獵手，南方「女士」，才二十二歲。我想起那年在台灣東海大學校園裡，社會學家趙剛教授突然站定了，問我：「你運動嗎？」當時我目光呆滯地回答：「我平時連走路都很少的。」對比之下，我的存在是多麼幸運，又是多麼蒼白無力！

為麥卡勒斯贏得「二十世紀最重要的小說家」名聲的，仍然是她的首部長篇《心是孤獨的獵手》。好在她的《傷心咖啡館之歌》等後續的幾部作品風格更趨成熟，語言個性也更為鮮明，足以取信於挑剔的讀者。而且，基於後者的傑出表現，倒不難理解《心是孤獨的獵手》之所以是她處女作的原因。也許吧，很多人的第一次，不是因為緊張，而是過於人盡其才、物盡其用，把想說的想表現的都試圖而且真的全都說了出來表現了出來。但她的第一次肯定沒有演砸，就像在高溫暈眩的教室裡高考沒有流鼻血昏倒一樣幸運。不僅如此，她還給了讀者沉重的一擊。

必須去思考，孤獨是什麼？

孤獨是女生日記裡蒙羞被好、不訾詬恥的矯情，還是那喀索斯氤氳曖昧的水仙倒影？是詩人心中恨恨欲死又取之不竭的愛意，還是煽情大師到處講用、舉國若狂的懸想？麥卡勒斯的孤獨，是一幅呼之欲出的浮雕，是一個無聲的聾啞人從夢中醒來，驚見於自己的雙手在空中打著瘋狂的手語！

讓我們直接面對文本，聽一聽孤獨的聲音吧。

——有些曲子，太私人了，沒法在擠滿了人的房子裡唱。這也很奇怪，在擁擠的房子裡，一個人會如此的孤獨。

——他很想把這事說給一個人聽，如果他能大聲地說出所有的事實，也許就能弄清令他困惑的東西。

——「不說話也可以是爭吵。」鮑蒂婭說：「我感覺，就算是像這樣靜靜地坐著，我們之間也在爭論著什麼」。

——你只用腦子思考。而我們呢，我們說話，是出自內心深處的感情，它們在那裡已經很久了。

——有些事情你就是不想讓別人知道。不是因為它們是壞事，你就是想讓它們成為祕密。

小鎮，是麥卡勒斯式憂傷的祕密寶盒。就像《心是孤獨的獵手》書中少女米克藏在床下的那只鞋盒，裡面有一把她永遠無法做完的小提琴。麥卡勒斯總是喜歡讓故事發生在一個接一個封閉和荒蠻的微工業小鎮上，《心是孤獨的獵手》、《傷心咖啡館之歌》、《婚禮的成員》等等，屢試不爽。這種堅執令她別有一種膽識。反過來，因為她相信愛能驅逐孤獨的恐懼，讓人變得坦誠而寬容，於是，心靈深處對敘述的衝動又使她獲得了浩渺。但倍感寂寥的是，她筆下的那些人物，不僅沒能在人群中找到一份精切而確當的愛，而且最終都被淹沒在了失落之後的更廣漠的孤獨中——

咖啡館老闆比夫成了鰥夫；夢想成為鋼琴家的米克當上了一名售貨員；七歲的巴伯爾小弟因為喜歡五歲的小貝貝而槍擊了她；熱血黑人青年蘭斯死於遊樂場的混戰；少年哈里因愛情失身避走他鄉；心智康健的安東尼帕羅斯死於瘋人院；上帝辛格打爆了自己的頭顱；肩挑使命的黑人醫生考普蘭德移居鄉下養老；業餘革命家傑克再度失業身世飄零……啊，我真佩服麥卡勒斯跟幸福過不去的偉大存心！

不過小說人物的命運再鯁悶悲傷，也敵不過她本人現實生活的荒謬絕望！在那半身不遂的有限生命中，她與丈夫利夫斯一起嘗遍了婚姻所有的可能性：結婚——離婚——復婚——再分居，然後情投意合地在巴黎的某個酒店中商議如何雙雙自殺。這段出生入死、錯亂到戰慄的孽債奇緣終以麥卡勒斯隻身返回紐約，留下利夫斯一人在酒店結果性命而結束。

再來說說麥卡勒斯給我的第一次饋贈，《傷心咖啡館之歌》吧。強力驚豔。磁鐵般的吸引。一種被拆散了的世紀荒蠻感，像一個裝在麻袋裡的人被無數黑暗的拳頭擊打，痛感七零八落。

麥卡勒斯的小說充斥著闃寂空闊的憂傷。詭譎如一張張被釘在小酒館牆壁上的水手海報，荒誕、無辜的存在感靜止在那裡不動。她製造的荒誕感極富視覺性，使得這種靜止不動在閱讀中被讀者自動置換成了一連串跳動的畫面，像早期的電影，理所當然地給人以真實就是荒誕本身之感。這種淪肌浹髓的存在感，將人迫入死角，甚至懷疑這樣的存在是沒有必要的。細細體會，這種感覺正是麥卡勒斯想要交予我們的，是我們已經接受到了的一切，稱之為荒誕也好，疏離也好，歸根結底，是人自出生以來便已存在了的根深蒂固的個體孤獨。人性本身有自己尋找出路的要求，於是身體被各種弱點牽制著，奔走趨候，惶惑無依。

當把問題放在了這樣一個位置上之後，很多問題就變得失去了談論的意義。合上書，你只想找個沒人的地方，坐下來，喝一杯。

寫到這兒，我想到了馬奎斯的《百年孤獨》。這時的麥卡勒斯，珠寶店主的女兒，已成長為一名精湛的技師，每落一錘，都能收回一記叫人警覺的振盪。

孩子、咖啡館、音樂、愛情，是麥卡勒斯文本的嫡系縱隊。它們像一個盆景師手中把玩不輟的幾塊山棱頑石，依據季節、空間和背景的變化，以及個人審美的轉變，移動、重組。試著去分析這些元素，能組合出一個怎樣的麥卡勒斯呢？

麥卡勒斯有執拗的未成年情結，用於抵禦文明給人帶來的疏離感。在《傷心咖啡館之歌》、《心是孤獨的獵手》、《婚禮的成員》，還有短篇〈神童〉中，你幾乎能在絕大多數的故事裡找到同一個小孩。讀著讀著，會突然生一種恍惚：這個世上怎麼會有那麼多小孩？在《傷心咖啡館之歌》中，有一段關於兒童心理的正面描寫：

兒童幼小的心靈是非常細嫩的器官。冷酷的開端會把他們的心靈扭曲成奇形怪狀。一顆受了傷害的兒童的心會萎縮成這樣：一輩子都像核桃一樣堅硬，一樣布滿深溝。

咖啡館裡很多人喝酒卻很少人喝咖啡，為什麼還叫咖啡館不叫酒館？全世界都一樣。如果自由是一個小孩應有的權利，可以耍賴的正當理由，那麼他／她為什麼還渴望長大？長大，就意味著必然走向人類的文明。在成人的世界裡，人們自覺地在規定的背景中起舞。社會是一個劇場。不容否認，藝術的成功與否，很大程度上取決於在怎樣的劇場中演出。

麥卡勒斯的第一個夢想是鋼琴家，由於她的音樂老師瑪麗・塔克夫人搬家離去而不得不中止學習（塔克曾向傳記作家維吉尼亞女士表示，麥卡勒斯並非一個天生的鋼琴家），她便迅速改口，其口吻十足一個自尊心受挫的小孩：我根本就不想當什麼鋼琴家，我只想當一名作家。

人類的自我意識，是從琢磨自己的聲音開始的。這說法應該沒有問題。人們通過捕捉聲音，即後來的音樂，去辨認、重現甚而創造一些轉瞬即逝的東西。某種意義上，音樂品味決定了一個人的藝術命運。麥卡勒斯的音樂視野並不寬闊，莫札特、貝多芬、約翰・鮑威爾和幾位音樂劇作家給了她足夠的滋養。這不重要，音樂知識的多少不能決定音樂品味的高低。

麥卡勒斯敏銳、尖利的音樂修養，不僅賦予了她一種早熟與滄桑情調調和之下的獨特氣質，還為她的現實主義小說劃上了不可言喻的灰色煙圈一般的美感：

那首前奏曲歡快多采，猶如晨室裡的一面多稜鏡。它具有一種孤獨者不懼怕匯入整體的高尚精神。（〈旅居者〉）

他唯一能記起來的只有結尾處的和絃與些許不相干的樂音了；主要旋律本身已經逃離了他。（〈旅居者〉）

在音樂室裡，那音樂好像是在死乞白賴卻又笨嘴拙舌地想求得什麼不該有的東西似的。（〈神童〉）

上帝、人與音樂。搖擺與肯定。她通過否定上帝，來表達人存在的孤獨無依，反之，又為筆下的人物灌鑄一個溫度適宜的靈魂，告訴人們，救贖來自自身。音樂的不可觸摸，一如上帝的不可見，她通過否定聖誕老人的存在否定了上帝的存在。

> 音樂的開頭像天平一樣，從一頭搖晃到另一頭。像散步，或者行軍。像上帝在夜裡神氣活現地走路。……音樂又來了，更重，更響。它和上帝毫無關係。在烈日下，在黑夜中，充滿計畫，充滿感情。

世上最擾人的東西，莫過愛情。古往今來，小說家們出於善意、美好卻並不樸素的願望，成功引渡了成千上萬對才子佳人，登上完美的殿堂。結果呢，養成了人們普遍對愛情好高騖遠的壞習慣，深受其害的典型代表，是包法利夫人艾瑪。

麥卡勒斯的愛情是寫給少數人看的，因為大多數人會覺得倒胃口。《傷心咖啡館之歌》中的女一號艾米利亞小姐，「她那雙灰眼睛呢——一天比一天更鬥雞了，彷彿它們想靠近對方，好相互看上一眼，發洩一些苦悶，同病相憐。」男一號李蒙表哥呢？簡直不忍心重提——駝子、喪家犬、比殺人越壞還要低劣的騙子。愛情很美，可他們愛得很糟。最終毀掉了一切，連同那個野蠻小鎮唯一文明的象徵——艾米利亞小姐家的「咖啡館」。作者在小說中做出的合理解釋是這樣的：

> 愛者也能像對別人一樣把一切認得清清楚楚——可是這絲毫也不影響他的感情的發展。一個頂頂平庸的人可以成為一次沼澤毒罌粟般熱烈、狂放、美麗的戀愛的對象。

世界上有愛者，也有被愛者，這是截然不同的兩類人。往往，被愛者僅僅是愛者心底平靜得蘊積了好久的那種愛情的觸發劑。

欣賞這一路風格，說明我的秉性冷酷凶險？不會的。我也喜歡暖風薰面又觸及心靈的機智與優雅，比如熱情高漲、溫潤多情的普魯斯特。按培根的說法，是「物質以其詩意的感性光澤對人全身心發出微笑」。如果非把普魯斯特譬喻為最後一位騎士貴族，麥卡勒斯則是走在現代派前列的田徑旗手。他臉色蒼白，乘坐四輪馬車；她也臉色蒼白，但徒步前進。他的煩惱是旁顧左右用心找來的；她的孤寂是在否定了上帝救贖說之後，推開冷酷的現實寒流，尋找人與人之間自在、平等、真實的交流。需要補充的是，她心智矯健但體質羸弱，代表的是殘奧會。

封面上，麥卡勒斯斜視著天空。新剪過的劉海蓋在略顯稚氣的額頭上。她穿著白色的襯衫，深色的背心，雙手掛在一根歪曲的樹幹上，像一根懸置在節日裡的緞帶，只是照片是黑白的，看不出原來的顏色。她帶著一隻黑色腕錶，無名指上有一枚寬邊的戒指，食指與中指夾住一支快要燃盡的菸。嘴巴鼓鼓的，含一口飽滿的煙。

二〇一三年五月十七日

美人香草是離騷

讀〈離騷〉的，沒有人不為屈原的忠君憂國所感動，當然，也沒有人不為那些香草美人所吸引。

我的植物學知識很貧乏，但得益於孩提和少女時代富春山居及水居的經歷，還認得裡面寫到的許許多多花花草草。不過當年讀《楚辭》，注釋能把人氣死：杜若，香草名。留夷、揭車，都是香草名。宿莽，經冬不死的香草名。注了等於沒注。這樣的學者真是慵懶的宅男，自以為秀才不出門能知天下事，結果知道的就是香草名，香草名，香草名。

後來，我得到一冊台灣出版的《楚辭植物圖鑑》，對照著讀，才真正讀出滋味來。那些香草在我眼裡的神祕感也就慢慢消褪了。「蕙」，就是九層塔。「茹」，就是小柴胡。「薇」，呵呵，不就是野豌豆嘛！但我佩服屈原的高明，因為他從來不會錯用材料。比如《九歌・山鬼》裡，「若有人兮山之阿，披薜荔兮帶女蘿」，我腦海裡就出現一大片蔓狀叢生互相攀緣的常綠葉子，和一大蓬拉拉扯扯牽牽掛掛如煙似霧的松蘿，不僅能起遮蔽的作用，還正好給女神披一片帶一片。又比如《九章・哀郢》裡，「望長楸而太息兮，涕淫淫其若霰」，我就彷彿看見楸樹上每一簇葉子都垂下幾條細豇豆一樣的絲線，一把鼻涕一把淚的，整棵樹都哭得很愁慘，所以屈原才會與它相對垂淚。

不過，另一方面，我對屈原的惡草惡木卻不大能產生惡感。比如〈離騷〉裡，「何昔日之芳草兮，今直為此蕭艾也？」「蕭」麼，就是牛尾蒿。「艾」麼，就是五月艾，都很常見，但都不惡，我家至今每到端午節那天都還要在門口掛上一捆艾草，據說可以驅疾辟邪，怎麼屈原就那麼不喜歡呢？

提到屈原與花卉，我想起《梅庵琴譜》中有一支琴曲叫〈搔首問天〉，也叫〈水仙操〉，其節奏抑揚頓挫，其神韻諮嗟浩嘆。古人有把作品按在德高望劭者頭上的作法，此曲刻畫的主角正是屈原，著作權自然也就名正言順地讓給了屈原，正如把琴曲〈神人暢〉的作者指認為法度清明的堯帝一樣。古代表達憂愁的琴曲叫「操」，有不得志時獨善其身的意思。這支〈水仙操〉曲名，很容易使人聯想到水仙花在希臘神話故事中的隱喻：美男子納西瑟斯因迷戀自己留在水中的倒影，走不出自己的眼睛，而最終變成了一株水仙花。

我讀〈離騷〉，蕭艾並黜，蘭桂齊芳，好像百草園一樣馥郁絢爛。但這些香草香花，都是美人佩戴了來，作為其美德的外在符號。〈離騷〉裡反覆寫道：

> 紛吾既有此內美兮，又重之以修能。扈江離與辟芷兮，紉秋蘭以為佩。

> 攬木根以結茝兮，貫薜荔之落蕊。矯菌桂以紉蕙兮，索胡繩之纚纚。
> 制芰荷以為衣兮，集芙蓉以為裳。不吾知其亦已兮，苟余情其信芳。
> 高余冠之岌岌兮，長余佩之陸離。芳與澤其雜糅兮，唯昭質其猶未虧。

這一套符號系統，對往後的中國文學影響極大。但是，在我看來，屈原尤為重大的貢獻，是給中華語言大大地增添了光彩，賦予了色澤。也就是說，屈原極大地豐富了漢語詩歌的辭藻，而這些何嘗不是讓後來的詩人文人俯拾即是的花花草草呢？「羌聲色之娛人，觀者憺兮忘歸。」劉勰的《文心雕龍・辯騷》篇，特別肯定了屈原的文采給後人的深遠影響：

> 故其敘情怨，則鬱伊而易感；述離居，則愴怏而難懷；論山水，則循聲而得貌；言節候，則披文而見時。枚、賈追風以入麗，馬、揚沿波而得奇，其衣被詞人，非一代也。故才高者苑其鴻裁，中巧者獵其豔辭，吟諷者銜其山川，童蒙者拾其香草。

喜歡《楚辭》的人，都會覺得其中的山水描寫比《詩經》裡鋪張細緻得多，其中的草木也比《詩經》顯得豐富。據《楚辭植物圖鑑》的作者說，黃河流域的人比較實際，所以《詩經》裡糧食蔬菜出現得很多。長江流域的人們喜愛夢想，所以《楚辭》裡植物往往華美芳馨但不切實用。《楚辭》，尤其是〈離騷〉的鴻大體裁，啟發了後來的辭賦作家，但最讓兩千年來文人和詩家享用不盡的，是其中富豔的辭藻。東漢王逸的〈離騷經序〉說：「屈原之詞，誠博遠矣。自終沒以來，名儒博達之士著造詞賦，莫不擬則其儀表，祖式其模範，取其要妙，竊其華藻，所謂金相玉質，百世無匹，名垂罔極，永不刊滅者矣。」這些「竊其華藻」的作者，從李賀到龔自珍再到魯迅，代不乏人。魯迅借用楚騷最典型的詩句是〈湘靈歌〉：「高丘寂寞竦中夜，芳荃零落無餘春。」

〈離騷〉裡的美人也屬於象徵，我認為是作者用以自況，而不是來比楚懷王。比如：

日月忽其不淹兮，春與秋其代序。惟草木之零落兮，恐美人之遲暮。
時曖曖其將罷兮，結幽蘭而延佇。世溷濁而不分兮，好蔽美而嫉妒。
保厥美以驕傲兮，日康娛以淫遊。雖信美而無禮兮，來違棄而改求。
兩美其必合兮，孰信修而慕之？思九州之博大兮，豈唯是其有女？
勉遠逝而無狐疑兮，孰求美而釋女？何所獨無芳草兮，爾何懷乎故宇？

〈離騷〉有一個完整的比喻系統。作者自比為美人，以婚約比君臣遇合，以毀約比遭楚王拋棄，以眾女嫉妒美人比宵小嫉妒賢人。但整篇〈離騷〉讓我困惑的，是其中「求女」的情節。在向重華陳辭，叩帝閽不應之後，作者先後求高丘之宓妃、有娀之佚女和有虞之二姚：「吾令豐隆乘雲兮，求宓妃之所在。」「望瑤台之偃蹇兮，見有娀氏之佚女。」「及少康之未家兮，留有虞之二姚。」這三次「求女」——有人說是五次，因為前文還有「哀高丘之無女」，說明也已經求過，加上叩帝閽是為了求天女——後人解釋多種多樣。王逸說是追求賢臣，朱熹說是追求賢君，還有人說是因為寵妃鄭袖迷惑了楚懷王，所以要替懷王來追求賢妃。我覺得這些都不合常理，特別是追求賢妃，等於做了懷王的良媒，卻還要再找良媒替自己溝通傳達，這不是層層轉包嗎？我覺得還是現代人的解釋雖然虛一點，但比較容易接受。譬如有人說是追求理想，又有人說是追求知音。解釋成追求理想會有一個問題，假若宓妃「保厥美以驕傲」，「雖信美而無禮」，豈不是說屈原的理想變質了麼？而且理想的追求為何「自適而不可」呢？屈原的理想一直在那兒，一直沒有變。所以我覺得還是以追求知音來解釋比較貼切。整個〈離騷〉，屈原沒有一個同志和戰友，只有一個姐姐女嬃，也不能理解和接受自己。屈原孤獨的馳騖，就像魯迅寂寞的驅馳，都有急切的尋找知音和伴侶的需要。但最殘酷的現實是，他們因為走得太遠，注定無法擺脫孤獨與寂寞的宿命。

相比於《詩經》的溫柔敦厚，《楚辭》尤其是〈離騷〉真是哀怨憤激，「勁直而多懟，峭急而多露」。屈子之心，繾綣於中，對人民，對君王，對故都，對舊鄉，一往情深，令人動容。司馬遷的〈屈原列傳〉給了〈離騷〉最高的評價：

其文約，其辭微，其志潔，其行廉。其稱文小而其指極大，舉類邇而見義遠。其志潔，故其稱物芳；其行廉，故死而不容。自疏濯淖污泥之中，蟬蛻於濁穢，以浮游塵埃之外，不獲世之滋垢，皭然泥而不滓者也。推此志也，雖與日月爭光可也。

可見，〈離騷〉的忠君憂國之心，是以香草美人為外在表現形式的。志潔所以有香草，德高才能稱美人。

但是，我也不得不感慨，懷瑾握瑜的屈原在無盡的怛悼慘慼中懷石投江，從此楚國少了一個「入則與王圖議國事以出號令，出則接遇賓客應對諸侯」的良臣，世界上卻多了一個偉大的詩人。然而，我似乎能聽見太史公借漁夫之口道出的，對屈原之死的痛惜與責備：

夫聖人者，不凝滯於物而能與世推移。

屈原因為太過於專注個人的志潔德高，不能與現實相對妥協，而枉費了一身經世治國之才。中國歷史上向來不缺少「文死諫，武死戰」之硬漢，舊小說中對此就有不少爭議。《好逑傳》第一回寫道：「為臣盡忠，雖是正道，然也要有些權術，上可以悟主，下可以全身，方見才幹。若一味耿直，不知忌諱，不但事不能濟，每每觸主之怒，成君之過，至於殺身，雖忠何用？」李清園的《歧路燈》第九回裡柏老爺也說：「人臣進諫，原是要君上無過。若是任意激烈起來，只管自己為剛直名臣，卻添人君以愎諫之名，於心安乎不安？」不過都不如《紅樓夢》第三十六回中的賈寶玉表達得爽快透徹：

人誰不死，只要死得好。那些個鬚眉濁物，只知道文死諫，武死戰，這二死是大丈夫死名死節。竟何如不死的好！必定有昏君他方諫，他只顧邀名，猛拚一死，將來棄君於何地！必定有刀兵他方戰，猛拚一死，他只顧圖汗馬之名，將來棄國於何地！所以這皆非正死。」

詩人的自殺為其蒙上了一層浪漫主義的黑紗，說得再殘酷一點，在那君王昏聵佞臣當道的大環境裡，屈原卻在用殉道的方式，通過自我毀滅，向天地，向楚王，也向後人宣示了個體生命的尊嚴。欽佩之餘怎不叫人扼腕？兩千多年來，只要經過湘水沉淵處，無人不一掬同情之淚，但有多少人會像賈寶玉一樣發問，屈原是不是「正死」？知不知「天命」？

孔子曰：「五十而知天命。」逢魯之亂那年，孔子五十六歲，「轍環天下，卒老於行」，週遊列國十四年，卻不用於世。折返魯國，仍不得用，從此便不復求仕了。於是刪《詩》、定《書》、論《禮》、注《易》、作《春秋》，直到六經之道粲然大備，於七十三歲死去。他知道自己的天命何在。

那麼，屈原呢？我們不能因為他留給我們這樣一部百世無匹的《離騷》，而感謝他的殉國，只能在時空的這頭嗟嘆，天命如此，屈原注定是一個純粹的詩人。

二〇一一年八月二十二日

富春江・黃公望的水墨粉本

我大約可以稱得上是一個水的深度結緣者了。生長在富春江邊，又生活在西子湖畔，這「奇山異水，天下獨絕」和「水光瀲灩晴方好，山色空蒙雨亦奇」的恩澤江湖，注定要充沛在我的生命中。

然而，在黃公望深遠蒼莽的視線之外，我和江畔的許多居人一樣，心中都珍存著一幅屬於自己的富春長卷。與我而言，回到富春江就等於回到時間的彼岸、世界的原點，就等於從〈富春山居圖〉的逶迤長卷回到一滴水明澈的內部，一根瑤柱發出的清越音響。

記得二十多年前，父親帶我去拜訪一位深諳音律又深居簡出的琴師。只見幽暗的屋子中張著一床七弦琴，琴前坐著一位古貌溫顏的老者。肅然的氣氛中，年少的我覺出了一種因陌生而產生的距離感。於是，似聞得一股淡淡的墨香，餘皆空白。直到我的手指輕輕觸碰到了那根細若魚線的幼弦，只聽得一記清透的滴水聲自某處傳來，在我心上敲出了一個激靈。好像我的手指被施了魔法，好奇之下，又順著絲弦撫弄了一回，心旌搖曳如行雲流水。我就此開啟了音樂的學習。

江南人近水，對一切與水有關的事物都倍感親切。江南絲竹，在蘇錫常杭嘉湖一帶的民間流行了已經一百五十多年。水邊人家，男男女女，老老少少，早晚都愛聚在一塊兒演習樂事，吹拉彈唱。富春江邊，除了如南朝吳均〈與朱元思書〉所說的，「泉水激石，泠泠作響；好鳥相鳴，嚶嚶成韻」之外，更兼墟落人家的竹肉相發，弦歌不絕。

黃公望說：「若無題目，便不成畫。」在古代中國，文人畫的核心觀念是詩、書、畫的三位一體，其特點是出於自然，表達主觀感受又重在寄意。這讓我想到古人的琴，從音聲求意，以含蓄為美，講究弦外之音。黃公望的〈富春山居圖〉，以書入畫，追求筆墨的疏野淡泊之美，被推為文人畫的代表作。在筆意清潤的〈富春山居圖〉中，在高山與流水間，在詩、書、畫外，我分明聽出了「如聞流水引，誰聽伯牙琴」的叩問。

好友楊維楨曾經這樣形容黃公望：「道人臥舟吹鐵笛。」另一位好友楊瑀也提到過：「一日與客遊孤山，聞湖中笛聲，子久曰：『此鐵笛聲也』。少頃，子久亦以鐵笛自吹下山。」大癡道人黃子久原來也通音律！像〈富春山居圖〉這樣的畫作，具有絕對的不可重複性，非深諳樂理者不能為也。可見，除了為遠離塵囂的隱士排遣煩憂，音樂對黃公望簡遠逸邁、蒼勁雄秀的畫風，亦當有「暢神」之效吧？

一折青山一扇屏，一灣清水一條琴。
無聲詩與有聲畫，須在桐廬江上尋。

這是清代詩人劉嗣綰的詩句，可謂對富春江邊淳美風俗的真實寫照。桐廬江即富春江，它與新安江同為錢塘江的上游，而新安江發源於安徽黃山，流經淳安、建德兩縣，從梅城三江口一路向東九十里，來到桐廬，再流入富陽，名曰富春江。

吳均〈與朱元思書〉的確是一篇藻思綺合的美文，但在基本事實上卻犯了個錯：「風煙俱淨，天山共色。從流飄蕩，任意東西。自富陽至桐廬一百許里，奇山異水，天下獨絕。」桐廬在上游，富陽在下游，要「從流飄蕩」，應當是「自桐廬至富陽」。他記錯了，搞反了。但這位清新流麗的詩人文中流露出的避世之志，在這絕美的山水之間，卻顯得那麼自然：「鳶飛戾天者，望峰息心；經綸世務者，窺谷忘反。」

說到歸隱，不得不提到東漢時期一位著名的隱士嚴子陵。中國歷史上，有幾位以什麼都不做而享大名的人物，柳下惠是一個，嚴子陵是另一個。西元二五年，劉秀擊敗王莽，建都洛陽，是為漢光武帝。登基之初，他思賢若渴，想起自己昔日同窗嚴子陵，於是備車遣使來聘，懇切希望能夠相助為理。嚴子陵說：「士故有志，何至相迫乎？」劉秀倒也大度，嘆息說：「子陵，我竟不能下汝邪？」有一天晚上聯床夜話，嚴子陵居然將大腳伸到了劉秀的肚皮上。「明日，太史奏客星犯禦坐甚急。帝笑曰：朕故人嚴子陵共臥耳。」嚴子陵後來不辭而別，隱居到富春江畔，垂釣以終老。

中國古代，「普天之下莫非王土，率土之濱莫非王臣」，做臣子敢於犯龍顏甚至捋龍鬚的大有人在，可是敢不做臣子的那便是鳳毛麟角了。想想明朝朱元璋〈大誥〉有死罪一條：「寰中士夫不為君用，是外其教者，誅其身而沒其家，不為之過」，再想想清初吳梅村被迫出仕，哀哀無告地說：「不招豈能逃聖代，無官敢即傲高眠。匹夫志在何難奪，君相恩深自見憐」，我們就知道，為什麼嚴子陵在歷史上地位尊崇到這個地步。我們也才能理解，為什麼偉大的范仲淹會如此景仰地寫下：「雲山蒼蒼，江水泱泱，先生之風，山高水長。」

現存的東、西釣台，雄峙江畔，離江面七十多米，背倚青山，下傍綠水，掩映在蔥蘢的古木叢中。東台是嚴子陵隱居垂釣處，西台則是南宋愛國志士謝翺慟哭文天祥之處，因此又名「雙台垂釣」。此處被認為是富春江上風光最幽美的地方。如今，觀光客只要棄舟登岸，就能夠領略范成大在〈酹江月〉一詞的意境：「兩岸煙林，半溪山影，此處無榮辱。」

每年仲夏，有一種通體晶瑩透明，熠熠如碎金小魚兒，會環繞著釣台打轉，盤桓不去，當地人心生感念，因此稱它們為子陵魚。這魚，實為迎江而上，至七裡灘石間生子的鰣魚，成魚味極鮮美，只是刺多，謂之子陵，倒也恰切得很。

東坡詩云：「三吳行盡千山水，猶道桐廬更清美。」而桐廬一段，最美在七里瀧，也叫七里瀨、七里灘，由釣台上溯二十五公里便是。小時候去七里瀧所在的富春江鎮走親戚，富春江水電站是必去的，它是當地人最引為自豪的風景區，也是赫赫有名的龍頭企業。站在大壩上望出去，碧波浩淼，即便是盛夏，也覺得陰陰的，涼涼的。

中學時讀東坡詞〈行香子・過七里灘〉：「一葉舟輕。雙槳鴻驚。水天清、影湛波平。魚翻藻鑒，鷺點煙汀。過沙溪急，霜溪冷，月溪明」，便十分嚮往能坐一回船，哪怕是一隻打魚的小船。只是沿江陸路交通順達，總也沒機會如願，直到後來工作了，有一次帶了幾個留學生一道觀光，才頭一回體驗了「七里揚帆」。原來七里瀧實際全長二十二公里，南起建德市烏石灘，北至桐廬縣蘆茨溪口，因灘險流急，行上水船需借風力，否則挽縴而行，緩慢吃重得不得了。有詩云：「狹塘水隘忽迸流，滿船相顧無魂魄」，而東風一起，千帆競發，瞬息可過，俗話便是「有風七里，無風七十里」。所以，「七里楊帆」竟是取了個一路順風的理想值。

夏末秋初，船行江上，但見兩岸青山夾峙，層林蜿蜒；綠水如鏡，舟楫往來。「桐江連天兮秋水長，富春摩空兮煙樹蒼。」沿途有龍門峽、子陵峽、子胥峽，真可謂搖一櫓則換一景，撐一篙又變一境，如蘇東坡過七里灘所寫的，「重重似畫，曲曲如屏」，「遠山長，雲山亂，曉山青」。看這些山，不禁想起黃公望〈富春山居圖〉，「其山或濃或淡，都以乾而枯的筆勾皴，疏朗簡秀，清爽瀟灑，遠山及洲渚以淡墨抹出，略見筆痕」。其形態、氣勢、累疊礬石以及遠近樹影，莫不與眼前這清虛悠淡、寂寥曠遠的山色，形成意象空靈的詩畫並置。

而說到水，紀昀的「斜陽流水推篷坐，翠色隨人欲上船」，王芮的「山連別縣青難了，水浸遙空淡欲無」，都是詠富春江水的佳句。黃公望的畫中，先用濃枯墨勾寫水紋，偶加淡墨複勾，真有一種恍兮惚兮，淡到快要沒有的況味，恰合隱士幽人的精神境界。

有多少風光說不得！待到黃昏，「西風隔岸蘆花裡，無數漁舟唱落霞」，美得直教人欲落下淚來。大隱於市，小隱於野。在這富春江的船上，常年與櫓聲相伴，終日浮家泛宅，漁人們那一種「長歌日暮還」的怡然境界，大約可以算得上是現代隱士了。我曾在詩中感嘆：故鄉啊，你終是我無力描述的那個地方！

沒有人不知道嚴子陵釣台，很多人也熟悉七里瀧，可是說到富春小瀛洲蘆茨灣，就不大有人知曉了。當富春江情不自禁地挽起手臂，想把眼前優美的景致攬在懷裡，就成了蘆茨灣。與釣台隔江相望，又地處七里瀧的北端，蘆茨灣是富春江自梅城以下十里的峽谷段，可以說，這是一方儲秀之地。

按說這小小蘆茨灣實在也算不得一個正兒八經的景點，不過是山上的清溪衝出了一條百轉千回的亂石灘。窄則幾米，寬則幾十米，密布著大大小小的卵石，盛開著野花和蘆葦。蘆花似雪，山泉如歌，從古至今，未曾消歇。桐廬人對蘆茨灣多持有一份私心，不願為外人道，樂得它永遠都是一處可撒野的祕密桃花源。我就有許多生猛的記憶留在了這蘆茨灣中，其癡迷頑劣，不堪回首。

沿流水，過小橋，就到了炊煙嫋嫋的灣畔人家了。這裡是晚唐處士方干的故鄉。臨水的半山上，還有一棵亭蓋虯枝的唐代古松。《唐才子傳》說詩人方干「家貧，蓄古琴，行吟醉臥以自娛」。吳融贈這位隱士的詩寫得好：

不識朝，不識市。
曠逍遙，閒徙倚。
一杯酒，無萬事。
一葉舟，無千里。
衣裳白雲，坐臥流水。

蘆茨村的土燒本雞和清水螺螄，是我鄉愁的一部分，而我的一位朋友曾對我說，他所有難以排解的鄉愁，最終都以吃來解決。吃則不能不飲。這裡有農家自釀的酒，叫人不醉無歸。「凡畫山水，最要得山水之真性情。」山性即我性，水情即我情。酒，最具一種意想不到的移人本領。一壺好酒下肚，頓感順暢條達。相傳黃公望正是「酒不醉，不能畫」。不難想像，他隱居富春江時，除了隨身攜帶一個放置畫具的皮囊外，腰間自然也少不了一個酒葫蘆。

桐廬的名字，來自桐君山。這是桐廬的門戶，位於富春江與天目溪匯合處，高不過六十米，形如螺髻，黛色撲人，與縣城僅一水之隔，故有「小金山」之稱。郁達夫寫桐君山：

依依一水，西岸便瞰視著桐廬縣市的人家煙樹。南面對江，便是十里長洲；唐詩人方干的故居，就在這十里桐洲九里花的花圈深處。向西越過桐廬縣城，更遙遙對著一排高低不定的青巒，這就是富春山的山子山孫了。

江水澄碧，宛如一面巨大的鏡子，山浮若翠屏。山上石壁多摩崖大字，最古的是唐人所題。山不高，水卻深。山腳下是一個深不可測的桐君潭，是兩水匯合處經年對沖而成。潭水森森，令人想起老杜的詩句：「青溪合冥寞，神物有顯晦。龍依積水蟠，窟壓萬丈內。」孩提時候，大人都不允許我們去那一帶游水。據《嚴州府志》載：「潭有巨鐘，漁者常見之。」時至今日，許多高人仍把鼓湧的江水聲說成是潭裡大鐘的響動。

而桐君山的名字，來自桐君。縣志上說，相傳黃帝時有老者在此結廬煉丹，懸壺濟世，分文不收。鄉人感念，問其姓名，老人不答，指桐為名，鄉人遂稱之為「桐君老人」，山也以桐君名，縣則稱桐廬縣。桐君老人定的處方垂數千年沿用至今，為我國中醫藥的鼻祖，後人遂將桐君山尊奉為「藥祖聖地」。聽說如今一些名聞遐邇的老字號，如桐君閣、同仁堂、胡慶餘堂等，都在桐君山上開設了成藥鋪子，也不知有無？

自桐廬而下，山的圭角漸漸少了起來，也細碎一些，風景清幽如故。曲折迴旋一番，大約過了九十里，便是富陽。這是另一座千年的古城。春江之子郁達夫詩云：「家在嚴陵灘下住，秦時風物晉山川。碧桃三月花如錦，來往春江有釣船。」

富春江水流至富陽，被城東鸛山所阻，江水在此迴旋成潭。相傳三國東吳時山頂建有道觀，亦稱觀山。由於山體狀如鸛鳥，西南山麓處又有一塊石磯伸向江中，宛如鸛鳥引頸入水，故易名為鸛山。山很袖珍，海拔只有四十餘米，但它背靠城廂，面臨富春江，地理位置獨特，自然成為富陽風光之最緊要處。古木蔥蘢，樓閣錯落，真不失為一個山水兼得、玲瓏疊秀的幽僻所在。

緩步在蒼翠的鸛山步道上，道旁散落的好客的長椅可隨時休憩，耳邊常聽得軟語與琴音，很有一種恍惚之感。行至山頂，抬頭便看見清同治年間重建的「春江第一樓」，青牆黛瓦，飛簷翹角，被譽為富春覽勝的絕佳處。憑欄遠眺，江樹山色，儼然畫圖。

我曾看見「春江第一樓」屢屢出現在郁達夫的詩文小說中。東面正有一座簡潔古樸的樓宇，是郁達夫和其兄法學家郁曼陀為供老母安度晚年所建的松筠別墅。日軍入侵富陽時，太夫人以女性之剛烈絕食於此，而今松筠別墅已被辟為郁達夫、郁曼陀烈士事蹟陳列室。壁嵌有兩塊石碑，為桐廬畫家葉淺予所繪的郁氏兄弟線描半身像，以及郭沫若題書的詩碑。

參謁過雙烈亭和郁曼陀血衣塚，慢慢走到山下江邊，經過董邦達祠堂，一條畫閣長廊中，幾位婦人依依呀呀地在唱曲，老者的胡琴拉得也好。清人顧恩來〈富陽〉詩云：

水折帆回到富春，暮春香靄鎖江濱。不平波似銀光紙，如畫山多荷葉皴。

夕陽西下，一炷晚霞自西向東，朝著富春江大橋的方向揮灑光芒，將江中的泳者、磯邊的釣者，公園裡的遊憩者都鍍了一層金。若等到皓月當空，江面上漁火點點，微波蕩漾，便彷彿有無數大龜在浮水吸月，這就是春江八景之一的「龜川秋月」了。

在郁達夫的心中，黃公望的圖畫是永不褪色的。他只要寫到這一帶的山，就會提起黃子久的名字。在他看來，這些就是「黃子久的粉本」。他說在「春江第一樓」上，可以看見「這一幅山重水複的黃子久的圖畫」。

從鸛山沿江向南約五里處，相傳就是黃公望〈富春大嶺圖〉的取景之地鶴嶺。車經過時，遠遠就看見一座山像巨大的畫屏矗立在富春江畔，有一種奇崛而非凡的氣場。主峰之外，次峰遠岫林立，有自然沖淡之感。富春江流到這裡，江面寬闊而水流徐緩，致使泥沙沉積出一個個沙洲。這城南的江中有一大沙洲，即中沙。深秋時節，柏葉紅，蘆花白，令人耳畔不由得響起那支動人的琴曲〈平沙落雁〉。明人陳興詩云：

> 中沙潮落海天長，疏影紛紛下夕陽。自是江心棲息處，月明何必憶瀟湘。

這山這水，此景此情，誰不會聯想起黃公望那副陰柔與陽剛並濟的筆墨？

有專家根據畫卷與實景之大體吻合來判斷，也根據一些記載與口碑來推理，一一點出了橫六百三十七釐米，縱三十三釐米的〈富春山居圖〉中起首、中部、結尾等各處的具體地理位置，同時還肯定地指出：「細察位置環境，它的起首與桐廬無關，它的結尾與錢塘江也無關。」黃公望〈寫山水訣〉曰：「山論三遠，從下相連不斷，謂之平遠；從近隔開相對，謂之闊遠；從山外遠景，謂之高遠。」眼前山景雖得平、闊、高之三昧，但黃公亦說過：「畫不過意思而已。」中國山水畫重在寫意，重在取勢，畫家登臨之際，多為意象式凝視。匡廬圖也好，瀟湘圖也罷，都是觀其大勢，撮其要素，如同魯迅談他的小說創作，是「雜取種種，合成一個」。老是想拿真山水與筆墨圖畫一一對號入座，把黃大癡的山水寫意理解成臨摹，那是太癡了！

黃公望在〈秋山招隱圖〉的題跋中說到，他在富春山邊「構一堂於其間，每於春秋時焚香煮茗，遊焉息焉」，「當晨嵐夕照，月色當窗，或登眺，或憑欄，不知身世在塵寰矣！」他將此隱居處自題匾額為「小洞天」。此外並無其他涉及隱居地的史料面世。如此，可以明確的是黃公望在富春江邊一帶，綿延一百一十六公里的山林某處有隱居之地，但具體位置卻不得而知，更何況誰能曉得他春秋兩季之外又去何處「焚香煮茗，遊焉息焉」？

現在，富陽市城東七公里處，東接杭州，南傍富春江，有了一個「黃公望村」，是四年前將原來的華墅、白鶴、株林塢、橫山四村合併而成的。依據正是《富陽縣志》中的一條：「元處士黃公望在縣東北二十裡廟山。」為了歡迎各地遊客，這裡成立了白鶴鄉村俱樂部，建起了一排「農家樂」。往村子深處走，是一條依溪而建的行步道，一路竹林向裡延伸。春夏時流水潺湲的筲箕泉，秋天已經枯涸。大約步行十多分鐘，就到了「黃公望結廬處」了。

坐在筲箕泉邊聽風過竹林的簌簌聲，懷想當年，黃公望年輕時在地方上做過椽吏，後遭誣陷入獄，出獄後遂不問政事，游走於江湖，一度還曾以賣卜為生，後來參加了主張儒、釋、道三教合一的全真教，於是更加看破紅塵，而寄情山水了。他注定要成為一名藝術大師。晚年他偕好友無用禪師從松江歸富春山，開始於山居南樓中援筆創作富春山水長卷，「閱三四載未得完備，蓋因留在山中而雲遊在外故爾」，終於，在八十五歲上，他完成了素有「第一神品」之稱的登峰造極之作〈富春山居圖〉。樸玉渾金，方見光芒。

「作山水者，必以董為師法，如吟詩之學杜也。」黃公望在〈寫山水訣〉中坦言他的師承。但是，他師法董源、巨然，卻又超越了他們而自出一格。他首開以淺絳山水為特色的技法範式，引藤黃入墨，用螺青著色，樹取圓潤，石須多方，春夏秋冬膠轕有別，遠山近石風水間存，得浙江壯美而又優美的江山之助，完成了中國山水畫的又一次偉大變法。有人說，黃公望已經把山水畫寫成了抒情詩；我更想說，他是用濃濃淡淡的墨色勾皴，譜寫出了一部波瀾壯闊的交響樂。後人對〈富春山居圖〉無不頂禮膜拜，黃公望對中國繪畫藝術所產生的影響之深遠，恐怕連他自己也未曾料到。董其昌驚呼：「吾師乎！吾師乎！一丘五嶽，都具是矣。」鄒之麟更是乾脆，把〈富春山居圖〉稱為畫中之〈蘭亭〉。

君子之所以愛夫山水者，其旨安在？丘園，養素所常處也；泉石，嘯傲所常樂也；漁樵，隱逸所常適也；猿鶴，飛鳴所常親也。塵囂韁鎖，此人情所常厭也。煙霞仙聖，此人情所常願而不得見也。

郭熙〈山水訓〉，將可行、可望、可居、可遊的山水，看作我們心靈的安頓之鄉。富春山水，自古就是隱士的天堂。而嚴子陵以降的隱士文化，已然形成了一個綿延不息的傳統，更兼黃公望這樣偉大的藝術家，將五色洗練成水墨，讓絢爛沉澱於靜寂，為我們現代人勾畫出久已失落的夢境。「何須聽絲竹？山水有清音。」

記得十多年前，我每個週末都要去杭州老師的家中學習古箏。從桐廬出發，經富陽，坐三四個小時的公車，在杭州武林門車站下車。傍晚，再趕最晚的一班車折返，天黑時到家已算是幸運的了。倘若遇上路況不佳，改走山道那是常有的事。假如再逢上雨季，因山洪沖塌了道路，或大樹擋住了去路，致使車輛滯留至午夜，也並不奇怪。

如今，在現代化的變遷中，富春江兩岸形貌大有改觀。高速公路從杭州到桐廬僅須六十公里，車程只半個多小時，快得連沉吟一息兒的工夫都沒有了。再回想過去那些兜山轉水的日子，彷佛原本蜿蜒曲折的光陰，被拉直成了一條時光隧道，倒懷念起往日的那一份慢來，懷念那一些人在畫中行卻渾然不覺的日子。

也許，速度變了，心境變了，看風景的角度也變了，然而始終不變的，是富春江兩岸的奇絕風景，連綿不斷，亙古如斯，並且光景常新。水送山迎，一川如畫。那是永遠的完整的存在，且高於一切藝術之上。

二〇一一年十月三十日

流水觀瀾記

江弱水

一

《流水》是詩人舒羽的第一本隨筆集，卻令我想到E. B.懷特，一位一生寫了一千三百多篇隨筆的美國作家。為什麼呢？因為懷特永遠用清新的眼光看一切事物，從城市花園裡的老柳、新孵出來的鵝蛋、像當差跑腿小男孩的鐵路、《麻雀禽鳥譜》和《美國憲法》，都能發現令人愉悅的殊異之處。「我一生的主題是貫穿著欣悅的複雜（complexity- through-joy）。」懷特說：「很久以前我就發現，日常細物、家庭瑣事、貼近生活的種種碎屑，是我唯一能帶著一點聖潔與優雅所做的創造性工作。」

舒羽也是這樣，把世界看成一個好玩的去處，把人生看作一大串葡萄，流轉著光澤，孕育著酸與甜的佳釀。從富春江的清水螺螄，到羅浮宮的勝利女神；從一部摔斷腿才能看完的普魯斯特，到一隻充滿細節的蝸牛，她都津津有味地慢品細賞。所以這本《流水》，大歡喜，小快活，一以貫之。「我最喜歡她彈到高興的時候放開兩隻手敲打琴面的機靈樣兒，像一隻懸空輪翅的小麻雀，又像騎自行車時的雙放手，好的不只是技術，還有心情。」《流水》的每一頁上，都有著作者鮮亮的好心情。雖然她說自己的性格具有雙重性，一半陰鬱一半光明，這本書的主色調卻是暖紅和燦藍。

作者說過，寫作讓人變得更加明亮，超越身分，僭越年齡，跨越時空。這是實話實說。比如〈馬友友的天方夜彈〉裡有一位樂手，「最邊上一個瘦高個打排鼓的，穿著一身筆挺的襯衫西褲，讓我喜歡得不知如何是好，甚至想，假如是我的兒子就好了！回頭一想，又一笑，他未必就比我小呢。」真是不按常理出牌。書中常見這類僭越年齡、超越身分的奇情異想、偏鋒險招，最極端的是她寫給奶奶的〈離歌〉中的兩行詩：

來世讓我做你的祖母，將你繞在我的膝下，
我將把一生的美好都鐫印在你少女的額上！

何止沒大沒小，簡直無法無天，但卻至情至性，是人類情感表達的一次成功逆襲。余光中讀了〈父親四記〉，說「好笑到瀕於『不孝』的程度」，「不孝」加了引號，因為誰都能從字裡行間感受到那份深情。

舒羽筆下的父親形象，可入中國文學的無雙譜。我們都讀過朱自清的〈背影〉，短短千把字，淚落了四回，那種感動確實有點凹凸了。舒羽也寫了父親的背影：

只見父親扛起一大捆漁網，涉水而行，半截身體慢慢地飄過岸去。白色襯衣如同荇菜一般浮游在水中，而水流湍急，一股一股在父親腰部形成瞬間解散的小水渦。從那頭返回這頭，父親在岸的兩端各打下堅實的地樁，用漁網將小河攔腰截斷後，叉腰望天，夕陽下佇立，臉上一副有殺錯冇放過的斬決。整個過程除了風聲、水聲，與風水交織的聲音，並無其他語言發生。（〈打魚記〉）

「並無其他語言發生」，也並無朱自清式「晶瑩的淚光」出現，但這組〈父親四記〉，這位鬥雞走狗，賞花閱柳，興趣轉移快得像黑瞎子掰棒子，又像日本人換首相的父親，可以給承平之世做代言。假如給王安石看到，準會大加褒獎呢：「願為五陵輕薄兒，生在貞觀開元時，鬥雞走狗過一世，天地興亡兩不知。」女兒沒有寫出這位二十四歲就做廠長的父親半輩子的坎坷辛酸。為什麼不寫？可是，為什麼要寫？難道不清楚「歡愉之辭難工，而窮苦之言易好」？為什麼我們一定要放下這張臉來，非痛苦的深刻不能感動？會不會，這是一種病？

二

《流水》的作者有一種常識的健康。「普魯斯特是最健全的人，沒有絲毫癔病的跡象。」評論家雷維爾這樣說。因為普魯斯特從不狂熱和極端，不會哭泣和信仰，不會突然熱中於瑜伽或禪宗、廣義相對論或道德重整教派。從〈普魯斯特三題〉可知，舒羽像吸毒一樣不可救藥地愛上普魯斯特，因為這位有著一雙神經質的魚眼——愛德蒙・威爾遜說是蒼蠅的複眼——的精神貴族，成年累月因哮喘病躺在床上，卻僅憑馬達強勁的想像力就忙活了半輩子，僅憑愛與文字就營造出一整座花園——

它天然吸附著一切美好、醉人的因素。它讓生活中一切所感、所念，像執於聖人之手的花灑一般，噴出一粒粒緊致的水珠，向著心中的祕密花園。所有的字符也都張開了透明的翅膀，著了魔似的向它敞開著，低訴著。透過這些恍惚不定的細密如雨的文字，愛意被層層加深了，而這種愛，像雨後在屋頂上散步的雞雛沐浴到的金光一樣，煥然一新。（〈普魯斯特的咒語〉）

是普魯斯特讓她開了竅：文學原來可以這麼弄！「我是一個鬼靈精怪的小混混。普魯斯特是我的語言鑰匙，一開一個激靈，」她說。普魯斯特看上去就像是即興寫作，真會扯，扯起來沒邊，信天遊。「作者一旦動筆，便欲罷不能，詞句如泉湧出，四溢開來，層出不窮，洋洋灑灑，不可收拾。」這是雷維爾描述的普魯斯特，可比照舒羽念念不忘的蘇東坡的〈文說〉：「吾文如萬斛泉源，不擇地而出，在平地滔滔汩汩，雖一日千里無難。及其與山石曲折，隨物賦形，而不可知也。」

對於舒羽來說，文章就是編織思緒，想著都是亂的，織起來才知道頭緒在哪裡。而且越是沒頭沒緒越好，著手編織起來，真是一樁奇妙而愉快的事。素材簇擁著她，她只管跟著感覺走，如意揮灑，隨興穿插。「神而明之，小以成小，大以成大，雖山川、丘陵、草木、鳥獸，裕如也。」當然，正像《追憶逝水年華》看似漶漫無際，其實結構纖細得就好比十二音體系的音樂，舒羽的《流水》也會扯，但是學音樂出身的她，有著絕佳的自覺意識與掌控能力，兜兜轉轉，總能兜轉回來，再劃出一個冷然的休止符。她清楚蘇東坡〈文說〉後面還有一句話：「所可知者，常行於所當行，常止於不可不止，如是而已矣。」

舒羽最佩服的是普魯斯特捕捉虛無的能力，她自己也有這種能力。「我和他一樣堅信，那虛空中的確存在著一些可以被我們固定下來的東西。」如果說朱自清追憶兩年前的場景，他筆下父親的背影才那麼清晰，那麼，舒羽的〈父親四記〉有些是三十年前的舊事，卻一樣逼真到如在目前：父親的白襯衣荇菜一樣浮游在水中，而水流一股一股在他腰部形成瞬間解散的小水渦；鳥兒遠遠的飛過來，忐忐忑忑地在相鄰的幾根樹枝間跳躍，從枝幹兒晃動的幅度判斷自身的安全性。非經想像再造，怎麼能精確還原到這個分上！

而在〈馬友友的天方夜彈〉中，我們更能領略到作者「課虛無以責有」的驚人能量。這是一篇大散文，像蘋果產品一樣凝聚了我們這個時代眾多的尖端技術，因為它難度極高，寫的竟然是音樂，而正如作者所說的，「用文字去鞏固音樂，猶如用鞭子去抽打空氣」，這是一場還沒有開打就已經輸定的戰爭。為什麼中國歷代寫音樂的名篇少得可憐，原因在此。漢唐樂賦之外，詩歌只有白居易〈琵琶行〉、韓愈〈聽穎師彈琴〉、李賀〈李憑箜篌引〉等數首，小說中為人樂道的僅有《老殘遊記》中白妞說書一節。勝例罕見，可作者調動了全部的感官力量和語言手段，成功地再現了一場盛大的「絲綢之路」音樂會。

這是文字對音樂展開的絕地大反攻。六千字，五部分，第一部分是緩緩的引子，第二部分欲揚先抑，寫馬友友在杭州的演奏給人的失望，第三、第四部分，主體寫上海的演奏，偶爾補敘杭州，第五部分雖短，卻餘韻深長地作結。作者用了三分之二以上的篇幅，繪聲繪色地描述了馬友友和伊朗琴手、印度鼓手、西班牙女風笛手、以及幾個幫閒樂手的輝煌演奏，涉及到大提琴、魯特琴、塔布拉鼓、風笛、尺八、琵琶和笙。一副筆墨，兩處穿梭，在上海的主場與杭州的客場之間勾皴點染，其間又旁逸斜出著聶魯達的〈馬楚．比楚之巔〉、瞿小松的《音樂筆記》、但丁的《神曲》、卞之琳的〈尺八〉、阿巴斯的電影和巴薩的足球。不必複述馬友友和賈赫爾那場幻影三重奏〈嘎西達〉的興會淋漓了，以下單表西班牙女風笛手的一曲勁爆的〈卡隆特〉——

> 這女人一出場我就知道，卡隆特完了。那天她穿著一身長長的紅色連衣裙，那麼鮮，那麼豔，是鬥牛士手中的紅布的那一種紅。她懷抱一支風笛，像懷揣著一隻乳香四溢的小馬駒，就著馬駒她直腰一吹，身體就向後倒了下去，倒得那麼低，好像等著誰去扶。一個高亢到極點又扭曲到極點的聲音就這樣被她吹了出來，這是一個放浪到妖魔化了的聲音，凌空扭動腰肢，空氣中編織著多少不安分的綺思？再配上西班牙女郎特有的身段，鄙夷的眼

神，探戈的步子，幽靈的氣息，哪怕是一隻老鼠也一定會被這隻貓吸引的。真真歌有裂石之音，舞有天魔之態。尼德蘭諺語中說，像這樣的紅衣悍婦，就算獨闖地獄也不會受到傷害。這一次，我信了。

五色相宜的修辭，八音齊奏的樂器，百轉千回的聯想流、直覺流、體驗流和意識流。你看那吹尺八的梅崎康次郎：「他抽搐著身體，眼看著把一根筆直的竹管也吹成了彎曲的形狀，聽的人心裡一酸，看哪兒都是悽愴的異鄉，而且欲歸無路，欲歸無期。」再看那吹笙的吳彤：「怎麼可能搖滾？能，無限的可能。他和印度鼓手達斯，一個搖唇鼓舌地吹，一個指手畫腳地打，吹吹，打打，情往似贈，興來如答……」。當樂音消逝了，作者斂氣凝神，收視反聽，活生生地將瞬息變幻的光影聲色抓住，並摁在了紙上。

三

《孟子》曰：「觀水有術，必觀其瀾。」又說：「流水之為物也，不盈科不行。」舒羽在〈接一個有思想的吻〉中寫到一位鋼琴家，「他一旦沉浸於黑白起伏的琴鍵，身體便會掀起一陣陣那種唯有水流至深時才能自然形成的孟浪。」讀《流水》，我們能感覺到這一陣陣孟浪，通過那明淨或華彩的語言。因為只有語言，才是思緒和情感演漾出來的波瀾。

余光中在序中盛讚舒羽的文字放得開：「舉凡白話、文言、方言、成語、舊小說語言，甚至當前的名言等等，她都冶於一爐，結果語境非常多元而且富於彈性，乃形成她不拘常法的口吻」。的確，《流水》各篇，大抵意新而語工，得前人所未道。上文所引的幾個片段中，「有殺錯冇放過」是粵語方言，「搖唇鼓舌」、「指手畫腳」是成語的反語正用，「歌有裂石之音，舞有天魔之態」是《紅樓夢》第十八回齡官唱戲時的讚語，緊接著又追補一句尼德蘭諺語，那種多元和彈性已展露無遺。

但余光中沒有提到的是，《流水》裡的語言，最華彩的地方往往是用長而且韌的歐化語打底子的，比如她寫羅浮宮裡的勝利女神——

> 她正面迎你，立於微翹的船頭。右腿在前，臀部隨殿後的左腿而略倚向左，從腿部肌肉飽滿的線條，以及胸部凹凸有致的輪廓，你能清晰地感到她身體的重量如何均勻的囤蓄於此，囤蓄於這一副強有力但又不失女性柔美的下肢中，也正是這一完美的站姿，令女神巍然傲立了千年。
>
> 最令我心折的是女神的衣裳被海浪浸濕又被海風吹動的細節。雙乳撐起了觀者堅挺的性別意識，而衣裳S型的褶皺，以及順致而下的沉墜線條，在不斷地呼應有形物質與無形要素之間的絕對統一。那水與風與肌膚之間薄薄的透明感，甚至能讓你感到女神潮濕的腹部透過冰涼的大理石，尚在呼吸。

肌理綿密，思路縝密，表達周密，這是優質的現代漢語，就像絲綢。前不久舒羽陪同阿拉伯大詩人阿多尼斯逛杭州的絲綢城，只聽在巴黎生活多年的阿多尼斯善頌善禱，誇獎她說：「在這個腈綸和尼龍的世界，你屬於絲綢。」讀《流水》，也常常會感覺文如其人，作者染織語言的功夫十分了得。

舒羽說，對於今天的寫作者，優秀的翻譯體簡直是福音。當然，純粹的白話口語，口角兒很剪斷的那種，她一樣能著手成春。下面這一句就很典型，會令翻譯家束手的：「他家的書，多，實在是多，比我想像的還要多，而且多太多。」（〈外雙溪的白菜，老呂的書〉）所以敬文東會說《流水》是「語言的輕度狂歡」，的確到位。語言的狂歡來自心態的豐裕和放鬆，所以才能舌鋒所及，人皆妙人；筆鋒所至，法無定法。讀《流水》，你不斷會發現裡面有些鬼話，或者至少不是人話，讓你腦筋一時轉不過彎來，而一跤跌到邏輯外：

> 比姐姐小五歲的我和比我大五歲的姐姐，兩姐妹加起來還不到十五歲，但歡暢的笑聲比江水更清澈。（〈只生一個好〉）
>
> 瑞士就連時間也比中國慢上七個小時，慢到連死都要活活等上一輩子，因為聯邦憲法禁止死刑。（〈瑞士那個慢〉）
>
> 鮑貝總是喜歡到她不喜歡去的咖啡館去喝咖啡。（〈鮑貝寶貝，五線靠譜〉）

波俏的口角，無厘頭的妙。我們都看到〈父親四記〉中損父親損得有趣，其實作者也雅善自嘲：

最重要的是，我用打遍整條巷子無敵手的五子棋的輝煌戰績，斬獲了隔壁金氏兄弟家所有我看得上的郵票，並在此結束了我飛揚跋扈又懵懂無知的短髮生涯，學會了無故尋愁覓恨，有時搔首弄姿。（〈石明弄26號〉）

最後一句，顯然套用了《紅樓夢》第三回上寫賈寶玉的〈西江月〉詞。這就要談到舒羽式語言編碼的一個公開的祕本了。

讀罷《流水》，大家定然有一個印象：這是從沁芳閘裡流出來的，上面還漂著黛玉的花籃裡灑落的花瓣兒。對舒羽來說，大觀園裡，人是親人，事是家事。所以，她寫自己到了銘傳大學的紅學教室，面對一張紅樓夢人物關係圖，只覺滿眼都是她的七大姑八大姨。從小到大翻爛了好幾套，於是《紅樓夢》成了她最重要的話語與想像資源，是她兜裡揣著的一張信用卡，哪怕能付現金，她也忍不住要刷卡。買一根濰坊大蘿蔔，她要學薛蟠來比劃：是這麼粗、這麼長脆生生的鮮蘿蔔（第二十六回）。望見白玉蘭從樹端嘩啦一下鋪散開去，「像拿了白孔雀毛拈了銀線織的大裘」，又接了晴雯補雀金裘的活兒（第五十二回）。看到一件寶藍色的箭袖對襟衫古裝，立馬想到賈寶玉出場就穿著「一件二色金百蝶穿花大紅箭袖」（第三回）。連跟父親吹噓自己如何輕鬆就考到了駕照，「扯篷拉縴，不一而足」，也露出王熙鳳的口風（第十五回）。至於在〈冬季到台北來看人〉裡每一篇都故意或明或暗地設置了《紅樓夢》的密碼，那就像〈父親四記〉裡每一篇都用里爾克〈秋天〉裡同一句詩來提點高潮一樣，不是賣弄，是好玩。《紅樓夢》與現代詩是作者的兩大必殺技，時不時就要玩一玩。

四

一談起現代女作家，繞不過的話題總是張愛玲。這是個夢魇，宿命地纏繞著所有的「她」。好在眼前這個場合，還真是有話可說。

若說《流水》的文筆旁通《追憶逝水年華》的普魯斯特，遠紹《紅樓夢》的曹雪芹，那麼最近的師承便是〈金鎖記〉的張愛玲了。張愛玲顯然是舒羽的嫡親姑奶奶，都是從榮寧二府一脈下來的。張愛玲的小說散文是大觀園語加上海話的雜交，舒羽則是雜入了杭州話。而且杭州話從北宋汴梁南渡後，兒化音本來就多，更容易與王熙鳳的話語打成一片。所以當她這麼說，「淮安的軟兜雖軟，卻瓷實得緊哪！撲撲滿的一碗兒，精黃黃的條桿兒」，便伶牙俐齒的格外好聽。

作者的心裡老是有一個張愛玲。她看見陽台下的柳樹，馬上想到張愛玲的姑姑說的話，「可不能再長高了。」而那件寶藍色的箭袖對襟衫，一般人穿不得，「不過要是張愛玲在，怕是要請店家取下來給她試穿一回。」怎麼就想到張愛玲？因為張愛玲寫過〈更衣記〉，而且是奇裝異服慣了的。

這是挑明了說的，還有更多更隱祕的聯繫。〈外雙溪的白菜，老呂的書〉中，舒羽寫道：

師母怨氣再多，又怎麼多得過這牆上地下不斷蔓生滋長的新書和舊書以及不新不舊的書啊書？見她拱著雙手，眼中放出遼遠的目光，好似股市崩盤一般，我也就不大敢再問下去了，只聽見她幽幽地說……

再看張愛玲的〈金鎖記〉臨末，女兒長安被母親曹七巧輕輕一句話毀掉了愛的希望，生命崩盤了：

長安靜靜的跟在他後面送了出來，她的藏青長袖旗袍上有著淡黃的雛菊。她兩手交握著，臉上顯出稀有的柔和。世舫回過身來道：姜小姐……

「她拱著雙手，眼中放出遼遠的目光」，「她兩手交握著，臉上顯出稀有的柔和」，都寫出崩盤後的恍惚、「沒有能力干涉」的無奈、和恨意過了頭的超然。這驚人的一致說明舒羽在刻意模仿張愛玲麼？沒那回事，不過是〈金鎖記〉熟到入骨，熟到還魂而已。

再舉一個例子。舒羽說她一讀到〈女兒經〉開篇六個字——

眼前就立刻出現了一位面目森嚴的老婆子，她筆筆挺地釘在地上，壓暗了屋內的光線，連貓兒狗兒都暫停了嬉戲，聳著瘦肩，詭詭異異地縮在陰影裡。

這不是曹七巧又是誰？請看——

長白突然手按著桌子站了起來。世舫回過頭去，只見門口背著光立著一個小身材的老太太，臉看不清楚……一級一級上去，通入沒有光的所在。

所有的元素都在，只不過把兒子長白換成了貓兒狗兒。當然，這貓兒狗兒又是從《紅樓夢》裡出來的。秦可卿囑咐小丫頭們好生看著貓兒狗兒打架，柳湘蓮說寧國府裡只怕貓兒狗兒都不乾淨。

在細節的把握上，舒羽也有張愛玲式的精準，往往一筆就能攝入事物的神理。「實在吃煩了，就曬成魚兒乾，潑出去，陽台上一片細碎的銀光。」（〈打魚記〉）「也有很少那麼幾次，父親獨自去打鳥，這晚的餐桌上就會多出一盤細胳膊細腿的野味。」（〈獵鳥記〉）「細細的一盤上來，甚至有一種小戶人家的寡淡和清寒。」（〈螺螄青〉）魚乾、野鳥、螺螄，幾個「細」字都用得極好，而「小戶人家的寡淡和清寒」，也神似張愛玲的市井的感性。

張愛玲聽不懂紹興戲「借銀燈」，但酷愛這風韻天然的題目，便借來寫了篇文章。舒羽看見揚州箇園邊的「花局里」，也覺得名字綺麗，想移用作自己的書名。講到書名，《流水》的作者潛意識裡怕也有《流言》在作祟。《流言》從英文written on water來，寫在水上，自然成文，可以給《流水》做注。這也是旨趣上的相通相應吧，因為她們的世界都是有聲有色有味的。「她就是這樣，總覺得對這世界愛之不盡。」胡蘭成這樣說張愛玲。又說她的文章有一種古典的，同時又有一種熱帶的新鮮的氣息，一種生之潑剌。舒羽不也是這樣麼？

然而，張愛玲是冷而豔，她孤寒的甚至有點毒的成分是舒羽沒有的，後者看待世界的眼光更清新，更溫婉，更興奮，因為她沒什麼深黑的歷史負重。時代的氣候和家族的氛圍如何造就一個人，比較她倆怎麼寫父親母親，就一清二楚了。生活的形態不同，想必會影響到寫作的心態吧。張愛玲說她寫文章很慢很吃力，舒羽卻是很快很放鬆。大約因為張愛玲是繪畫型的作者（「我不大喜歡音樂」），而舒羽是音樂型。她曾是專業級的彈箏高手。當指尖在繁弦上拂出流水似的音符，她打給這個世界的手勢，美麗但不蒼涼。

二〇一三年八月十一日於杭州

跋

為自己的書起名字應當嚴肅認真，可我長這麼大卻沒做過幾件嚴肅認真的事。當年父母也不是不希望我從事一份安耽的職業，比如做會計、當老師，而我卻學了音樂。一起學音樂的同學後來大都當了專業演奏家或音樂教育家，我卻把興趣轉向了媒體。五年後我又從電視台辭職，去創辦文化公司，這才心無旁騖地奮鬥了幾年。但是，隨後發生的一系列變化我自己也始料不及，而且十分不靠譜，比如寫詩、開咖啡館，現在又出隨筆集，將來還不知會幹什麼去。從前認識我的人突聞近況，有眼鏡的跌眼鏡，沒眼鏡的也直呼大跌眼鏡。俗話說得好，知人知面不知心哪。

人總是有歸宿的。我半路上橫生枝節慣了，簡直是遊蕩不歸。可寫作以來的這些日子，我似乎漸漸明白了過往經歷的意義。有人問我，書名為什麼叫《流水》？其實這也是宿命。誰讓我出生在富春江畔，求學在西子湖畔，咖啡館開在大運河畔，連家也臨水而居，居住在余杭塘河畔。世界上的水流是相通的，既然我怎麼也繞不開流水，只好把書題獻給流水。這是其一。

其二，朋友都說我的文字很流暢，我說因為我寫的是流水帳。從小到大，兜兜轉轉，看慣了流水的樣子，便以流水的形式寫一部主題寬泛的流水帳，「不擇地而出，在平地滔滔汩汩，雖一日千里無難。」然而流水有形式嗎？我不知道。流水正因為不在意自身的形式，所以它的流動永無止境。只是水流走了自己，而我留下了文字。

最後，這個書名也跟我喜歡的箏曲〈高山流水〉和琴曲〈流水〉、〈瀟湘水雲〉等有精神上的牽繫。我在〈普魯斯特三題〉中曾這樣寫過一位鋼琴家，說他一旦沉浸於黑白起伏的琴鍵，身體便會掀起一陣陣那種唯有水流至深時才能自然形成的孟浪。我寫作時常能體會這種孟浪。

本書編為楷書、行書、草書三輯。「楷書」一輯主要寫人，寫我的父親、母親，我的奶奶、姐姐，我的老師、學生，還有我的朋友。他們都是些足以成為楷模式的人物。只不過我用的筆法不是正楷，而是俳諧。余光中先生的序裡，說我寫自己的父母「好笑到瀕於『不孝』的程度」，但是天可憐見，我其實還是滿「孝」的，只是不很「順」罷了。

「行書」當然是行走中所書。我坦承過自己天性慵懶，平常不大願意出行，誰知這一年來驛馬星大動，遊了小半個歐洲、大半個江南，以及半個台灣。這一輯之所以格外豐滿，彷彿正因為從前的虧空，故而感受力比較集中。大概是缺什麼補什麼吧。

「草書」顧名思義，寫來潦草就是。聽馬友友、讀普魯斯特和麥卡勒斯、寫文本化了的富春江，想到什麼是什麼，很潦草，很開心。它們算是柔波里的一條條水草吧。閒時我還寫過一些有關詩歌、音樂、繪畫、舞蹈以及藝術收藏之類的評論文字，暫且就不攙合進這本書裡了，日後有機會新翻別曲，再結集也不遲。

最後，我要感謝余光中先生惠允賜序，感謝一直以來關注我寫作的讀者給我的欣賞、鼓勵與批評，感謝我的父親，資深攝影愛好家周元根先生，為本書提供了幾幀精彩的插圖。尤其要感謝的，是他從小便對我採取百年樹人的大計，那就是放任自流，讓流水演漾出她自己的花樣。

二〇一二年六月二十七日於杭州

文學叢書 410

INK PUBLISHING

流水

作　　者	舒　羽
總 編 輯	初安民
責任編輯	鄭嫦娥
美術編輯	陳淑美
校　　對	舒　羽　鄭嫦娥
發 行 人	張書銘
出　　版	INK 印刻文學生活雜誌出版有限公司 新北市中和區建一路249號8樓 電話：02-22281626 傳真：02-22281598 e-mail:ink.book@msa.hinet.net
網　　址	舒讀網 http://www.sudu.cc
法律顧問	漢廷法律事務所 劉大正律師
總 代 理	成陽出版股份有限公司 電話：03-3589000（代表號） 傳真：03-3556521
郵政劃撥	19000691 成陽出版股份有限公司
印　　刷	海王印刷事業股份有限公司
港澳總經銷	泛華發行代理有限公司
地　　址	香港筲箕灣東旺道3號星島新聞集團大廈3樓
電　　話	852-2798-2220
傳　　真	852-2796-5471
網　　址	www.gccd.com.hk
出版日期	2014年 8 月 初版
ISBN	978-986-5823-86-3
定　　價	300元

國家圖書館出版品預行編目(CIP)資料

流水／舒羽著. --初版. --新北市：INK
印刻文學, 2014. 07
288面；14.8×21公分. --（文學叢書；410）
ISBN 978-986-5823-86-3（平裝）

855　　103013334